劉邦

霸業崛起的大謀略家

李偉【編著】

好讀出版

【導讀推薦】

平民皇帝　劉邦

——彈性領導的弱勢大贏家

近十幾年來，有許多連續劇、電影以「楚漢相爭」——也就是項羽和劉邦爭天下作為主題，而無論在這些作品當中，劉邦被塑造成正面還是負面角色，秦末天下大亂以來，最後的贏家仍歸劉邦，這一點是無可否認的事實。綜觀中國歷史，出身寒微，不靠家世，最後能夠平定四海、成就大業的，只有漢高祖劉邦與明太祖朱元璋兩人（如果將近代史也算進來，則毛澤東也勉強可以入列）。而相較於明太祖勞心勞力、廢除宰相，直統六部，以一人治天下，自以為立下萬世不拔的規模，然而身死數十年後，制度規模就已全然無法適用；劉邦收拾秦末大亂的餘燼，與民休息，不事更張。如果要論及「治大國若烹小鮮」的舉重若輕、借力施力、遊刃有餘，那麼劉邦更是在朱元璋之上。

秦失天下，以致群雄逐鹿，而逐鹿「群雄」裡面，藏龍臥虎，個個非簡單人物。讓我們先看看劉邦想要推翻的大秦帝國。秦朝是由秦王嬴政建立的，這可不是個簡單人物，他十三歲即王位，先後掃除權臣呂不韋、嫪毒，接著掃滅六國，一統寰宇，自認功德超越三皇五帝，所以自稱「始皇帝」，算得上是千古一帝。結果，他所建立的大一統秦朝，竟只維持了短短十五年！而劉邦創立的漢朝，僅以定都長安的西漢而論，就享國達兩百一十五年（西元前二〇六年至西元九年）。這其中的差異，值得我們深思。

再看劉邦爭天下過程中遇到的對手。在秦政權失去控制力時，最先起來舉旗造亂的，雖然是老百姓（陳勝、吳廣），但具有實力而能夠組織起局面的，還是原先的六國貴族。在六國貴族當中，以原先楚國的勢力最爲強大，反抗秦朝的決心也最強烈，所謂「楚雖三戶，亡秦必楚」。當時天下群雄當中，最爲雄姿英發的，莫過於西楚霸王項羽，也是出身楚國貴族。項羽，力能拔山，氣魄蓋世，衝鋒陷陣，天下無雙；他曾經豪氣干雲，指點江山，分封天下，並且三番兩次把競爭對手劉邦打得抱頭鼠竄，好幾回讓劉邦命懸一髮。但是，同樣這位項羽，逐走亞父范增，敗於劉邦背信突襲，最後窮途末路，霸王別姬，竟被一闋楚歌唱垮十萬大軍，而終於自刎烏江，徒留遺恨！

再讓我們回頭來看本書的男主角，也就是舉兵抗秦、與楚爭霸的劉邦。論家世，劉邦不過是泗水沛縣一普通農戶之子；論出身，劉邦年少時性格輕佻，沒有人看得起，及長，只不過擔任泗水亭長，約略等同於今日的派出所所長；論領導統御的才幹，韓信曾說劉邦只能率領十萬之眾，而這還是客氣的溢美之詞，戰場上的劉邦，統兵作戰，屢屢失敗；論爲人的氣質，劉邦書讀不多，粗俗不堪，不但鄙視儒生，更屢次背信棄義、說話不算話，甚至還曾在兵敗逃亡時，幾次拋棄家人，父母妻小遭到項羽俘虜，也能忍情的說出「若烹我父，請分我一杯羹」這樣的話來。如此性格、如此面目的劉邦，與對手項羽的出身、家世、戰場魅力和氣質比起來，相差眞是不可以道里計！

但是，透過這樣的比較，勢必會引出一個問題：這樣的劉邦，爲什麼是最後翻轉局勢的霸者？爲什麼有明顯缺陷的劉邦，是弱勢崛起的大贏家？

誠然，劉邦沒有家世，沒有信用，不愛讀書，不懂帶兵；他更是愛講大話，愛罵髒話、愛說謊話的領導者，然而通觀本書《霸業崛起的大謀略家——劉邦》，劉邦善用自身特長的能耐及其隨時修正缺失的能力，貫穿他的一生，鮮活躍然於紙上，這正是他由平民崛起，翻轉形勢，成就偉業的最重要關鍵。簡單歸納起來，劉邦是一位懂得「彈性領導」的弱勢大贏家。

《霸業崛起的大謀略家——劉邦》向我們完整展示了這個「彈性領導」的統御祕訣：由於胸無點墨，他懂得傾聽；由於本身條件不佳，他懂得用人不疑，信任授權；由於身處弱勢，他懂得急中生智、能屈能伸，扮醜賣乖、隱藏實力；最後，劉邦記取失敗的教訓，快速重整旗鼓的能力，在當時的群雄之中，更無人能出其右。劉邦不是不會失敗，也不是從不驕傲忘形，但是這些特質，卻能夠像交響樂反覆出現的主旋律那樣，貫穿在劉邦創業（爭天下）與管理（治天下）的人生階段當中。簡而言之，劉邦的一生，唯一不變的，就是「彈性」二字。

劉邦的弱勢成功，後來成爲歷史上的經典，是許多後世人物爭相仿效的對象。學到一部分，就有可能成就事業，就拿漢末、三國來說：局面最大的曹操，其實在創業過程中，走的就是劉邦「水無常形」的彈性路線，只不過他在統一中原之後，這種風格就慢慢的失去了。打著漢朝皇室招牌的劉備，在他和諸葛亮的君臣際遇上，把「用人不疑」這四個字發揮到極致。而善於隱忍待機的孫權，更是「能屈能伸」的代表人物。

本書將這種彈性領導統御的風格，轉化成當代讀者可以消化吸收的語言，作了巨細靡遺的詮釋。而做爲人生成功謀略的寶典，這本書不僅告訴我們劉邦成功的祕訣，更有價值的地方尤在於提示我們：該怎麼向劉邦看齊。當然，生活在二十一世紀的今天，如果我們還像劉邦那樣，看到秦始皇出巡的車馬陣勢，就立下「大丈夫當如是」的志願而想當皇帝，未免也太不切實際。但是，如果各位賢明的讀者，在己身學歷、家世條件樣樣不如人的情況下，想要在職場出人頭地；如果身爲中級主管的你，對上對下都感覺疲於應付；又如果，你面對前所未有的強敵，對方具有壓倒性的優勢，或者你的事業遭遇了突如其來的打擊重挫，幾乎失去了重新奮鬥的勇氣；甚至如果，你曾經栽培、信賴的部屬，在事業壯大之後，卻反過頭來威脅你，搶走你的生意……本書會是讀者們尋求從弱勢／頹勢之中奮起的一帖知識彈藥庫、思想大補帖！

美國維吉尼亞大學歷史系博士班　廖彥博

序言

關於劉邦，二千多年來仁者見仁，智者見智，直到現在仍沒有一個較公正的評價。這樣的人物，頗值得我們好好研究一番。劉邦是一個相當有趣的人，在很多人眼裡，他形同無賴，整天滿口粗話，既善變又狡猾，但很多時候，他又相當能控制自己的脾氣，待人寬容而有度量，做起事來不太計較利害關係。他有情有義，常將自己比作戰國四公子之一的信陵君，並常以此而洋洋得意。劉邦是中國歷史上第一位出身於平民階層的皇帝，也是第一位成功地將中國版圖擴展至極限的大帝。他的成功，無論在當時還是現在，都讓許多人大惑不解。這位一向被人看作是小混混、小無賴般的人物，竟然在秦朝末年那個極度動盪不安的惡劣環境中，與群雄爭強鬥狠，並最終打敗了有史以來最強大勇猛的對手——項羽。

這樣一個每戰必敗、攻無有克的弱勢人物，憑什麼打敗了最強大的西楚霸王，搖身一變，從一個仰人鼻息的可憐蟲變成了抬頭挺胸、傲視寰宇的千古大帝？這些問題，至今仍讓人爭論不休，一位來自西方的著名歷史學家湯恩比卻對劉邦作出了極高的評價。在這位外國人看來，「人類史上最有遠見、對後世影響最大的兩位政治人物，一位是開創羅馬帝國的凱撒，另一位便是創建大漢文明的漢高祖劉邦。凱撒未能目睹羅馬帝國的建立及文明的興起，便不幸遇刺身亡，而劉邦卻親手締造了一個昌盛的時期，並以其極富遠見的領導才能，爲人類歷史開創了新紀元！」

其實，對於成功的原因，劉邦自己就曾作出過相當不錯的總結：

「運籌帷幄，決勝千里，我不如張良；鎭守國家，安撫百姓，供給軍糧，暢通糧道，我不如蕭何；運兵百萬，戰必勝、攻必克，我不如韓信。能任用這三位人中英傑，極度調動他們的聰明才智，是我之所以取得天下的原因，而項羽有一個范增都用不好，這是他所以失敗的原因！」

「伐無道，誅暴秦」，迎來統一皇朝的新歲月，但人們頭腦中仍在做著「王侯將相，寧有種乎」的美夢。嬴政能當皇帝，我爲什麼就不能？於是，亂紛紛的歷史舞臺上，你方唱罷我登場。

一場鴻門宴，拉開了楚漢逐鹿那激盪人心的雄壯話劇。楚漢相爭之際，項羽雖憑藉作戰天才而屢戰屢勝，但在戰略方面卻讓劉邦掌有漢中、關中，韓信又已攻略魏、代、趙之地，江南大本營的九江王英布叛離，衡山王、臨江王保持中立。項羽自己正陷入滎陽、成皋之戰局，補給線又屢被彭越的游擊戰攻破，不得不東西來回疲於奔命；他將戰場局限於自己統有的梁地，在自己家裡和敵人打仗，自然是愈來愈不利，而明顯地露出敗象來。楚漢相爭四年的時間，是從劉邦入關、秦王子嬰投降時算起，因此頭一年包括了鴻門宴、項羽分封天下、劉邦被迫退入漢中等事件。

這段期間，劉邦完全處於挨打狀態，根本談不上有什麼「爭」事發生。從劉邦漢中拜韓信爲大將開始，被後世稱爲「兵仙」的韓信，暗渡陳倉、併呑三秦，才算正式進入了楚漢對抗。劉邦一開始在戰略上便採取聯合諸侯以對抗項羽的方式，但項羽卻仍實行唯我獨尊、猛獅對抗猴群的策略，即使連江南原屬班底的諸侯他也沒有特別拉攏，因此造成劉邦有游說九江王英布的機會。

彭城大敗的結果，顯示劉邦在作戰指揮方面的確不是項羽的對手。由於對彼此能力的錯誤評估，使劉邦陷入空前絕後的危機，而項羽之所以無法在這次決戰中殲滅劉邦，應屬天運所致。

從此以後，劉邦也絕不肯再和項羽進行會戰，但他選擇滎陽和成皋作對峙的地點，卻是非常高明的策略。不論在糧食補給或地利上，滎陽戰線的敖倉糧庫和成皋天險，都足以讓勇猛無敵的項羽英雄無用武之地。雖然其間數度被迫撤離，劉邦仍有效地在周邊封鎖住楚軍對關中地區的攻擊。相反地，項羽無論如何努力，也占不了多大的便宜。彭城大敗後，劉邦最成功的戰略是拉攏了九江的英布和梁地的彭越。這兩人傾向劉邦，無疑斷了項羽的左右手，項羽之所以始終無力攻破劉邦的滎陽防線，失去這兩股力量的協助應數最大原因。

只要守住滎陽，劉邦便立於不敗之地。接著劉邦在戰略上的優勢便一路領先，在這方面功勞最大的人應數韓信。收服魏國、代國和趙國，已讓劉邦取得了絕對優勢，不論是他統轄的地區、人口或糧秣，在這一年多時間都成長好幾倍。相反地，項羽的力量卻愈來愈弱，已完全呈現了敗象。最後爭勝的關鍵在齊國。項羽在滎陽僵局下，仍派出數十萬兵馬給龍且，顯示他也看出了這個危機；不過此時大勢已去，扳回劣勢的機會已不大。濰水之戰可以說是楚漢相爭的最大關鍵，但項羽在危機中仍選擇和自己比較相像的龍且，而不是和他可以互補的鍾離昧，因此喪失了最後機會，待韓信收復齊地，項羽便只有烏江自刎的份了。

歷史並不對昔日的貴族之後裔格外垂青，也不讓出身布衣、俠居於鄉間的小小亭長失去機遇。歷史是公正的。誰能順應潮流，抓住時代趨勢，順乎廣大民心，誰就能取得問鼎中原的最後成功。只恃匹夫之勇，看不到歷史發展的大趨勢，既抓不住人心又不會講智謀的人，最後只能淪爲失敗的逐鹿者，成爲抱恨終生的自刎「英雄」。很多史學家和小說家在談及項羽和劉邦的楚漢相爭時，大多認爲劉邦長於巧計、善於欺敵，項羽則過分魯直、拙於用人，這是項羽在最後關頭輸給劉邦的最主要因素。千秋功過，後人評說。然而，這種評說，在很多時候都是不大公允的。劉邦便是在這種不公允的評說中，被後人褒貶了二千餘年的一個典型。所幸，終於有人站出來替他說上幾句公道話，還予歷史另一番面目。

編者　李偉謹識

第一章

英雄不怕出身低

劉邦創業初期修身之道

第二章

秦失其鹿 群雄共逐

劉邦抗秦用兵之道

第三章

能屈者方能伸
劉邦保身之道

第四章

善將將者 勝於善將兵者

劉邦馭將用人之道

第五章

楚漢相爭 雙雄對峙

劉邦的戰略智謀

第六章

垓下大捷 畢其功於一役

劉邦乃弱勢大贏家

第七章

治大國若烹小鮮

劉邦治國之方

【第一章】

英雄不怕出身低

劉邦創業初期修身之道

在中國歷史上，出身於平民階層的皇帝，似只有漢高祖劉邦和明太祖朱元璋。由於漢代較之明代離我們更為久遠，很多曾經發生過的事情均已被人們淡忘，所以直到現在我們甚至連這位大名鼎鼎的漢高祖出生年代都弄不清楚。就是這樣一個沒有名字、沒有生辰年月、沒有身分的農家小子，卻成了中國歷史上第一位平民皇帝，成了西方史學大師湯恩比眼中人類史上另一位與凱撒並列的遠見者，以及影響最大的政治人物。能這樣建立偉大的功業，與其說是歷史選擇了劉邦，倒不如說是劉邦順應了歷史，然後又改變了歷史。而改變歷史的人，歷史就會記住他的名字。

出身低微，志高氣遠

按照史學家的說法，劉邦乃是西元前二四七年（一說爲西元前二五六年），出生於沛縣豐邑的。沛縣是在秦朝時開始建制，豐邑則是沛縣的鄉邑。劉邦出生那天，豐邑某戶盧姓人家也添了一個男孩。劉家和盧家關係向來不錯，又是同一天得子，當然都很高興，便商量著爲兩個孩子風風光光地過一回「百日」。

盧家的這個男孩，便是日後在戰場上隨同劉邦出生入死的盧綰。兩人因是同日出生，算是緣分，從小感情就很深，雖然在後來的戰場上，盧綰戰績平平，未曾建立過什麼大功，但劉邦還是破格封他爲長安侯，後來又再一次破格，將他晉封爲燕王。

劉邦小時候並無什麼異於常人的地方，要不是神祕主義籠罩下的相人術、相面術、相骨術給了他極大的自信，那麼他便極有可能落得像盧綰一樣平庸。當然，劉邦若沒有出人頭地那一天，自然也就沒有盧綰的王侯前程了，說不定盧綰一輩子都是個種地的農民。如此看來，盧綰也算是幸運兒。不過，這種幸運完全是別人硬塞給他的，不要都不行，屬於「天上掉餡餅」的那種。

與盧綰的封侯封王相比，劉邦顯然幸運許多，但這種幸運卻和盧綰那種餡餅式的幸運完全不同。劉邦的前程是靠自己拚殺出來的，誰都明白，皇帝這塊餡餅實在太大太大，天上沒有哪位神仙會隨便就將這塊超級大餡餅扔給一個平庸之輩。從這個理論來說，劉邦生來就不是平庸之輩。

劉邦相貌非凡，是標準的美髯公。這種飄逸的美髯頗能吸引相士們的目光，讓相士們驚奇的是，這位美髯公竟是個「隆準而龍顏，左股有七十二黑子」的人。

隆準是指鼻子高挺，兩頰端正。這種面相的人，非常高貴。另外，劉邦除了鼻子高外，另一個突出特徵就是頸子很長，加之「口角戴勝、斗胸、龜背、龍股」，這種面相豈止高貴，簡直是貴不可言了。更為「可怕」的是，劉邦的左股上竟整整齊齊地排列著七十二顆黑痣。

當時凡是見過劉邦的人，都肯定地認為劉邦高貴非凡，高貴到不得不讓他嘗到成功的喜悅。

生性豪邁，立志學信陵君

劉邦最崇拜的人，乃是被稱為「戰國四公子」之一的信陵君。「戰國四公子」指的是齊國孟嘗君田文、魏國信陵君魏無忌、趙國平原君趙勝和楚國春申君黃歇。

信陵君為魏昭王的兒子，雖屬於貴族階層，但他和門下三千賓客之間的故事，往往最能讓出身低微的市井人物們感動。這些故事中，尤讓劉邦感動者是信陵君和侯嬴、朱亥間的故事。

侯嬴是位隱士，生活貧困不堪，信陵君門下有位賓客深知侯嬴才華橫溢，便極力向信陵君舉薦。於是，信陵君立刻帶著禮物親訪侯嬴家。看到信陵君如此禮賢下士，侯嬴不勝感動。雖然如此，一向潔身自愛的侯嬴還是沒有接受信陵君的邀請。

初回吃了閉門羹，信陵君毫不灰心。不久，信陵君在府邸裡特地為侯嬴舉行了一場盛宴，宴會快開始時，信陵君坐上馬車，空出左邊較尊貴的位置，親自到侯嬴家邀請他。這一次，侯嬴接受了信陵君的邀請。他仍穿著破舊衣服，毫不謙讓，大剌剌地坐上了信陵君為他留出的位置。信陵君對此非但沒生氣，反而神色更為恭敬。

半路上，侯嬴突然請信陵君停下馬車，要求信陵君把他送到友人那裡。信陵君立刻答應了他，並調轉馬頭向侯嬴販肉友人所在的市場駛去。侯嬴的朋友朱亥是個屠夫，地位低下，卻是個劍術高明、深藏不露、有勇有謀的人物。到了市場，侯嬴把信陵君丟在一邊，自己下車和朱亥沒完沒了地閒聊起來，彷彿忘掉了在旁的信陵君和在府邸裡等待他們回去的賓客們。信陵君富有名望、聲名極佳，市場上的人大多認識他，看見侯嬴對待信陵君如此無禮都大感氣憤，只有在一旁始終微笑著耐心等待侯嬴的信陵君沒發火。

又過了許久，侯嬴才轉過身向信陵君介紹說：「這位是我做屠夫的朋友朱亥。」聽了侯嬴的介紹，信陵君忙向朱亥施禮，並邀請他和侯嬴一同赴宴。而朱亥既不答應亦不推辭，也是一副傲慢無禮的樣子。侯嬴辭別朱亥後，便和信陵君上車前往府邸參加宴會。當信陵君向全場賓客引薦侯嬴時，大家都驚愕不已，誰也沒有想到今日貴賓竟是位穿著破衣爛衫的糟老頭子。宴會結束後，侯嬴向信陵君表示道：「今天閣下給我的面子夠大的了，但我已經加倍回報給你了！」說完，侯嬴辭別而去。

其實，爲了成就信陵君的盛名，侯嬴故意轉到市場去和朱亥閒聊，讓信陵君委屈等候。這樣一來，市場上的人看到這種情形，定會更加讚揚信陵君的禮賢下士。於是，對信陵君的盛情邀請，侯嬴利用此款貶己褒人的策略給予了回報。侯嬴運用自己的智慧，使信陵君的盛名更勝以往。後來，信陵君率軍救趙，遇上了生死難關，侯嬴和朱亥又立刻毫不猶豫地捨身相救。

劉邦對信陵君的領袖魅力崇拜得五體投地，沒事時常常把自己幻想成信陵君，而把一些朋友比作侯嬴與朱亥，在精神上作一番自我陶醉。做了皇帝後，每次路過信陵君故里，劉邦都不忘去信陵君的墓前弔祭一番，後來甚至還爲信陵君設置了三名守墳員，讓他們長久地守護著信陵君的亡靈。

生於市井中的民間領袖

沛縣舊址大約在今天的江蘇省北部；漢代以後，泗水郡改稱沛郡，沛縣縣城便隨之改稱小沛，成了徐州重要的糧食儲存基地。回溯春秋時，這裡是吳、楚、陳的交界，戰國時期則是楚、齊的邊疆。沛縣水源充沛，加之長江北岸諸多支流帶來的大量泥沙，久而久之，便在這兒堆積出了一大片遼闊又肥沃的平原。靠著這塊肥沃土地，沛縣老百姓的收成還算不錯，飽暖思淫欲，這兒游手好閒的人也就比別的地方多一些。

少年時代的劉邦，便是這群游手好閒人中的一員。和劉邦形影不離的盧綰，性情比較溫和，長得又瘦弱，很適合充當小嘍囉之類的角色。劉邦自恃比盧綰早出生半個時辰，也樂意在他面前充當「老大」。劉邦生得人高馬大，成年後的身高，按現代尺寸算起碼也有一百七、八十公分左右，人大力大，打起架來往往能把比他大幾歲的大孩子打得屁滾尿流。因此，若有人欺負盧綰，盧綰就會立刻跑來跟「老大」劉邦告狀，好讓他替自己報仇雪恨。劉邦對當盧綰保護神這一角色，亦頗爲得意。不少人據此認爲，劉邦出身農家卻游手好閒，肯定是個好逸惡勞、不學無術、胸無點墨的傢伙。根據這個推斷，人們普遍認爲，劉邦後來之所以能打下江山做皇帝，完全是歷史開的大玩笑。

還有人從另一角度來看待這個問題，認爲正是劉邦從小養成的這些無賴習氣，幫助他成就了霸業。在他們看來，一個臉厚心黑、言而無信、擅長詐術的人，加上種種千載難逢的歷史機遇，劉邦說不定就是這樣撞上了大運呢！劉邦的成功是否純屬偶然，暫且不去爭論，這裡只針對人們普遍所認爲劉邦的不學無術、胸無點墨來說，其實，劉邦是受過教育的，這一點可從《史記．盧綰列傳》中找到佐證：

「……盧綰者，豐人也，與高祖同里。盧綰親與高祖太上皇相愛，及生男，高祖、盧綰同日生，里中持羊酒賀兩家。及高祖、盧綰壯，俱學書，又相愛也……」

在那古老年代的鄉村，劉邦和盧綰竟然能有條件讀書，的確是一件幸運的事。要知道，在豐邑這種小地方，能讀書的人都會被另眼相看，憑僅這一點就已算得上是個「人物」了，又何況劉邦長相高貴，再加上盧綰這個小嘍嘍在劉邦面前總是唯唯諾諾，召之即來、揮之即去，儼然一副「無限忠誠」的勤懇樣，很快，野心勃勃的劉邦就領著盧綰混進了沛縣縣城的「紈袴子弟」圈子裡去。經過多年「苦心經營」，生來就極富領導天才的劉邦，竟然成了這個小圈子裡的「劉邦黨」（應稱「劉季黨」）領袖了。

劉邦生性豁達，所以沛縣的低階官吏也喜歡和他打交道。慢慢的，劉邦的交際範圍又擴大到中上層官吏中。就在這段時間，劉邦不僅結識了屠夫樊噲、樂師周勃、馬夫夏侯嬰，甚至還結識了在縣衙裡任要職的蕭何和曹參。劉邦也許尚未意識到，這些人將是自己日後爭霸天下最重要的得力助手。

結識屠狗的樊噲後，劉邦便覺得他終於找到了個和朱亥相似的朋友了。這種相似，非僅因為樊噲和朱亥都操同一種職業「屠夫」，實是他們之間有許多共通之處：樊噲不僅力大無窮、虎背熊腰，更是個劍術高手。這一點，和朱亥尤其相仿。

樊噲是個非常重友情的人，也許劉邦從他那裡聯想到了戰國時代的那個朱亥，愛屋及烏，便對他格外熱情，樊噲也因此格外敬重劉邦，視他為「大哥」。只要劉邦有事，樊噲哪怕赴湯蹈火，亦在所不辭。經樊噲引薦，劉邦又結識了樂師周勃。周勃也是一號傳奇人物，不過他的性格有些古怪，讓人難以捉摸。但自從和劉邦認識後，周勃立即便將劉邦視爲知己了。從這一點看，劉邦確實是個善於交際的人，深具領袖才幹。後來，經周勃和樊噲介紹，劉邦又結識了在縣衙當馬夫的夏侯嬰。夏侯嬰和劉邦的性格極爲相似，對朋友熱情又愛開點玩笑。認識夏侯嬰不久，劉邦便和他成了莫逆之交。夏侯嬰頭腦特別靈活，又擅長交際，順理成章地當上劉邦黨的首席「軍師」。

夏侯嬰和蕭何是「同事」，雖然地位比蕭何低，關係卻非比尋常。見夏侯嬰對劉邦如此「言聽計從」，蕭何便開始關注起劉邦，想看看這個黑白兩道通吃的傢伙究竟爲何受到這麼多人的擁戴，時間長了，蕭何也被劉邦那種讓人說不明白的「領袖魅力」迷住了，不知不覺間和劉邦搭上。蕭何十分欣賞劉邦身上的那股豪氣，但欣賞歸欣賞，他看劉邦整天這樣心不焦氣不躁地在黑白兩道瞎晃蕩，覺得應該好好規勸一下劉邦，要劉邦爲自己的前途多想想。劉邦也相當尊重蕭何，對其意見總是全盤照收。事實上，蕭何許多意見對劉邦的幫助甚大，讓他改掉了不少壞毛病。和蕭何結識的同時，劉邦又結識了曹參。

蕭何、曹參和劉邦都是沛縣人。曹參是沛縣的獄掾（類似今典獄長職務），而蕭何是沛縣的主吏掾，負責管理縣衙裡的人事和文書工作。雖然他們職位不高，卻也是縣城中頗有影響力的人物。不久，在蕭何和曹參的推薦和安排下，劉邦終於得到了平生第一份正式工作，出任沛縣所轄之泗水亭的亭長。

這時候的劉邦，已經三十多歲了。有了正式工作，劉邦總算結束鎮日吊兒郎當的混混生活，開始正經八百爲往後前途著想。雖然他堅信自己將來定會大有作爲，但畢竟已過而立之年，事業至此似乎才剛剛起步，離理想中的道路還很遠很遠！

出任亭長，風流倜儻

「亭」是秦王朝的地方基層行政單位，亭長有些類似於今日派出所所長這項職務。

秦朝時，十里為一亭，十亭為一鄉。一個亭管十個里，約二百五十戶人家。亭長的官職雖不大，權力可也不能算小，亭長享有專屬辦公室，在古代君主社會、在那些平民百姓眼中，這算得上是個相當威風的職務了。

亭長的任務主要是接待官員，同時肩負巡查游民、緝捕盜賊之責，以維持社會治安。接待上級官員這份差事，對於一向不喜受約束的劉邦來說，是件不折不扣的苦差事。幸好，亭的單位實在太小，來這兒的長官不多，大部分都是些緝盜官員。這些人身分不高，性格也還隨和，劉邦很容易便和他們稱兄道弟。後面這項工作，劉邦倒相當勝任。由於平民時代即結交了不少龍頭老大，黑社會那一套對他來說並不陌生，加上受到曹參治理市廛態度的影響，劉邦頗懂得防患於未然。因此在他任內，泗水亭雖難免有些小案件，但倒未出過大紕漏。劉邦在這個職位上，算是相當稱職的了。

亭裡面除了亭長劉邦外，還有數十名的「亭父」及「求盜」，他們都是役夫、屬平民身分，只有劉邦屬「吏」職。古時候，某個人一旦職務上沾著個「吏」字，多少算是個官了。官有官服、官帽，以此區別於一般平民百姓，很可惜的是，劉邦這小吏，雖然也是個官，卻沒有自己的官服、官帽。劉邦弄不懂究竟是怎麼一回事，也不好意思向別人打聽，等了好久也不見上級來「加冕」，於是他便自作主張地為自己設計了一頂「冠」。

「冠」在當時是「士」階層以上人物才有資格戴的帽子，平民只能以「巾」束髮，所以有「冠」

的人便代表擁有了身分地位。從戰國時代開始，有不少「吏」職是由士人擔任的，所以原則上「吏」是可以戴冠的。於是劉邦決定以竹皮來製作類似楚國貴族戴的長冠，並特派亭內的「求盜」拿著自己親手繪製的設計圖，遠赴製冠手藝一流的薛縣去訂做了一頂「亭長冠」。

這頂亭長冠，使劉邦儼如高官般地威嚴，不認識他的人，很難看出他的身分只是區區一名亭長而已。劉邦非常喜歡這頂冠，在亭長任內一直戴在頭上，大概連睡覺的時候都捨不得拿下來，即使日後他成了大漢帝國的開國皇帝，在平常休閒時仍戴著這種「冠」，因而時人稱之為「劉氏冠」。

劉邦在「官場」中的朋友本就不少，如今當上亭長，更可藉此擴展自己的勢力範圍。據《史記》記載，劉邦「廷中吏無所不狎侮」，可見其交友方式，乃非淡如水的「君子之交」，而是勾肩搭背、嬉笑辱罵式的「小人之交」；可見結交的雖說是「官場」中人物，對方的身分也高不到哪兒去，有的或許高一些，但和劉邦在一起卻不會擺官架子。

劉邦喜歡熱鬧、喜歡交朋友，當上亭長後，黑白兩道的朋友愈聚愈多，更需交際應酬，因此他常呼朋引友到沛縣的酒樓去喝酒。他最愛去的地方是王婆婆和武大嫂的小酒舖子，由於手頭錢不多，個性又海派，常常落到賒帳地步。不過，這兩個酒舖主人卻熱誠歡迎他，即使酒錢永遠欠著也無所謂。據《史記》記載，劉邦酒量不大，酒品還不錯，很容易醉，醉了便睡在酒舖裡。兩位老闆常在此時看到他身上附有龍的影子而感到驚奇，故給予優待。這當然是劉邦當上皇帝以後，別人所製造出的一則神話了。由於劉邦富有魅力，喜歡接近他、和他結交的朋友，往往會跑到酒樓來喝酒，而好熱鬧的劉邦，自然也會盡力和這些人親切地招呼一番。如此一來，喜歡到這兩間酒舖的人愈來愈多，劉邦既然能為酒舖帶來這麼多的財運，難怪乎兩位主人特別歡迎他了。

劉邦天生慷慨大方，去酒店喝酒不時就隨手扔給老闆小費，導致付酒帳時卻往往囊中羞澀，時間一長便在帳本上簽下了一大堆虛帳。兩位老闆從他身上撈得不少好處，總覺得良心過不去，到了年底便自動毀掉帳單以討好劉邦，希望劉邦繼續捧場。

另外，劉邦在這兒喝酒，對於老闆來說還有一樣好處：有身居亭長的劉邦在這兒坐鎮，那些地痞無賴就不敢到此鬧事，讓酒舖得到了不少平安。劉邦快活極了，這種快活有些像《西遊記》中那位美猴王剛從石頭縫中蹦出來時，領著一群小猴猻無憂無慮玩耍時的那種快活。

見王風範，大丈夫當如此也

當上亭長後，劉邦經常因公務之故出差咸陽。每次到咸陽，劉邦總趁機在那兒多待幾天，到處晃蕩，藉此感受一下當前時局下首都所瀰漫的特殊氛圍，以此增長自己的見識。有一次，劉邦正巧碰到秦始皇從咸陽出發的巡幸隊伍，眞是雄偉壯觀，數萬人爲一人造勢，這讓劉邦感慨萬千，忍不住脫口歎道：「大丈夫當如此也！」

自嬴政統一天下自稱始皇帝後，秦始皇最引人注目的活動，便是巡幸天下了。九歲時從邯鄲被送回咸陽，到三十九歲統一天下的三十年間，秦始皇似乎並無遠遊的習慣。但自從統一後的第三年起，步入中年、體力逐漸轉弱的始皇帝，反卻展開了一連串巡幸天下的活動。《史記・秦始皇本紀》記載，秦始皇在其最後生涯的九年間，曾進行過四回長途巡幸，甚至最後因此累死於途中。

第一次巡幸的時間是秦始皇二十八年，也就是秦始皇統一天下後的第三年，這次巡幸的大致路線爲：咸陽——嶧山（山東省鄒縣）——泰山（山東省泰安縣）——黃（山東省黃縣）——腄（山東省牟平縣）——成山（山東省文登縣）——之罘山（山東省煙臺市）——琅邪（山東省諸城縣）——彭城（江蘇省徐州市）——衡山（湖南省湘潭市）——湘山祠（湖南省湘陰縣）——南郡（湖北省南方）——武關（陝西省商縣）——咸陽。

第二次爲秦始皇二十九年：咸陽——陽武（河南省陽武縣）——之罘山——琅邪——上黨（山西省長治市）——咸陽。

第三次爲秦始皇三十二年：咸陽——碣石（河北昌黎縣）——上郡（陝西省北部）——咸陽。

第四次爲秦始皇三十七年：咸陽——雲夢（湖北省雲夢縣）——海渚（安徽省相城縣）——錢唐（浙江省杭州市）——會稽（浙江省紹興市）——吳（江蘇省蘇州市）——琅邪——勞山（山東省青島市）——成山——之罘山——平原津（山東省平原縣）——沙丘（河北省平鄉縣），病死途中。

秦始皇巡幸，讓後世不少人認爲，如此大規模的巡幸天下，是秦始皇爲了遊玩，以及顯示自己至高無上之權勢。後者或許有其必要，但只爲遊玩似乎不用如此辛苦跑那麼遠，況且巡幸的地方也幾乎都是最不穩定的齊地和楚地。仔細分析一下，即可見出秦始皇的巡幸全然是一種政治需要。

秦始皇年輕時便非常認眞於工作，統一天下後，要推動的政治、文化、經濟上的改革又那麼多，想必他更是日夜不停地繁忙著。《史記．秦始皇本紀》上便記載有：

「天下之事無小大皆決於上，上至以衡石量書，日夜有呈，不中呈不得休息。」

換句話說，秦始皇每天必須批示的文書，重達一百二十斤（一石）。當時蔡倫還沒誕生，紙張尙未發明，公文都刻於竹簡上，一百二十斤的竹簡約當一人高度，而且秦始皇還做了個自我要求，不批示完則日夜不休息，可見秦始皇確是拚著命投入工作，這樣的君王哪還有閒情逸致去遊山玩水？不但長途巡幸，秦始皇也常微服出巡咸陽。微服出巡，顯示他並不急著展現自己的權勢。始皇二十九年他第二次巡幸時，險些在博浪沙遇刺，三十一年在咸陽微服出巡時也險些遇害。可見這些行動潛藏相當高的危險性，若非出於政治需求之必要，絕不會有君王想去做的。何況，二千多年前的交通不發達，道路狀況也差，光是長途跋涉已是相當辛苦的了。

與巡幸類似，便是有關刻石的工作。

始皇二十八年，嶧山刻石、泰山刻石、琅邪臺刻石。

始皇二十九年，之罘刻石，之罘東觀刻石。

始皇三十二年，碣石刻石。

始皇三十七年，會稽刻石。

刻石象徵秦王朝的影響力，也代表秦國統治力量到達這些地區，所謂普天之下莫非王土，可見秦始皇的巡幸和刻石都有其政治目的，乃在宣揚大秦帝國的國威！從劉邦初次見到秦始皇巡幸儀仗時的表情可以看出，這種宣揚效果是極爲有效的。只不過胸懷大志的劉邦在這種逼人的威勢下，不僅沒有被嚇倒，反於無形中滋生了更大的雄心壯志。這種雄心壯志，與項羽在見到秦始皇巡幸時說出的那句「彼可取而代也」是一樣的。

見到秦始皇巡幸的儀仗後，劉邦的心再也平靜不下來了。回到沛縣，再坐到亭長的「寶座」上，教他感到奇怪的是，他再也找不著往日的那種得意與滿足了。「大丈夫當如此也！」劉邦腦海中不時地浮現出：秦始皇被浩浩蕩蕩的儀仗隊伍所簇擁下，那威風八面的樣子。

天上掉下的美少女

劉邦直到三十歲時仍沒有結婚，這在二千多年前的古代，的確頗爲罕見。那時候一般人成婚比較早，像劉邦這樣年齡還沒有結婚，除非是自身條件特別差找不著老婆之外，幾乎沒有。劉邦相貌不凡，出身又不是太差，三十歲還未成親，一定是他有自己的想法。也許是沒有意中人，也許是劉邦自認爲應先成就一番大事業，後再考慮婚姻之事。「大丈夫何患無妻！」劉邦該是對這句話熟悉得很。

劉邦在泗水亭長位置上坐了一段時間，由於其出色的領導才能，加之個人獨有的魅力，身分、地位、名望都提高了不少。但對劉邦身分、地位、名望最具有提升效果的，卻是自己的婚姻。呂雉，這個幾乎是從天上掉下來的美少女，就在這時候走進了劉邦的生活。呂雉的父親呂公，是汝南地區頗有威望的名士，他爲人仗義疏財，在地方上的影響力極大，因此得罪了當地的豪族惡勢力，不得不舉家遷居於沛縣。由於呂公和沛縣縣令是故交，因而立刻成了貴賓，加上呂公知名度高、形象佳，沛縣中的大小官吏個個無不想乘機與他結交。

貴賓受歡迎，主人也享有面子，所以縣令特別幫呂公辦了一場接風宴席，讓呂公能和沛縣父老及大小官吏有個正式見面的機會，想不到報名參加的人太多以致宴席座位不夠，僧多粥少，讓縣令非常頭痛，只好請一向能幹又頗得地方敬重的蕭何負責主持宴會。蕭何做事一向井然有序、有條不紊，接到了這項任務後，爲了避免人多造成的不必要擁擠，便把座位分成數等分，其中有接待較重要人物的貴賓席，也有接待一般吏士的普通間，並宣布賀金千錢以上者爲貴賓，可進入內廳直接會見呂公，其餘者要在外廳及前庭等待呂公出來和大家打招呼。這種按等級分化的方法，倒不是蕭何的勢利，而是順應事情本身所決定的。

劉邦的亭長職位，在這種場合顯得微小，加上他的收入也不高，沒有太多的錢作賀金，按規矩只能坐在外面的普通間。一向喜歡熱鬧的劉邦，大概不願屈居人下坐在這種普通大廳裡，遂便靈機一動，大大方方直入內間，大聲喊道：「我的賀金一萬錢！」事實上，此時劉邦身上連一文錢也沒有，可是他竟然報出了一萬錢的天價，著實讓熟悉他的人都大大吃了一驚，以爲這個傢伙突然發了橫財。負責接待的人見劉邦光說不練，報出一萬錢的賀金卻是兩手空空，明知是在惡作劇，但在這麼喜慶的場合又不好發作，正不知如何處理這件事時，呂公從裡間走出來了。

聽到有人如此一擲千金，呂公大感驚訝，便將視線移向劉邦，卻不禁爲這位「冒失鬼」的長相大吃一驚，立刻站起來，親自到門口迎接劉邦。

原來這呂公頗通相術（編注：古人對這方面極爲重視，並以此作爲識人的準則，並不覺得是迷信。其實，就在科學相當發達的今天，我們對人的「第一印象」也是極爲重視的。一個長得獐頭鼠目、舉止猥瑣的人，看了就會讓人不舒服。相反，一個氣宇軒昂的人站在我們面前，你就會有另一種感受），乍見儀表非凡的劉邦，竟當場被他的奇相和氣勢所打動，忙上前和劉邦打起招呼。蕭何深知劉邦好開玩笑的底細，見這個玩笑開大了，只得出面替他解圍道：「劉季這個人好說大話，做事不知分寸，您莫和他計較。」誰知呂公卻並不理會蕭何的話，仍親切地將劉邦引入內廳，並讓他坐在自己身旁最尊貴的位置。劉邦一點也不客氣，在縣府高官面前落落大方地和呂公坐在一起，有說有笑，彷彿他和呂公已是認識多年的老朋友。別人見到這種情形，不知底細者羡慕劉邦竟和呂公是老相識，知底細者都暗暗爲劉邦捏了一把汗，生怕他惹出什麼事情來，但看劉邦一副毫不在乎的神情，又不禁佩服起劉邦的膽識和風度。

宴席中，呂公幾次用眼神暗示劉邦宴會結束後不要早走，顯然是有重要事情想和劉邦說。劉邦當然很快就明白了呂公的意思，宴會結束以後果然留了下來。送走所有賓客後，呂公將劉邦引入後堂，向他引見自己的夫人及女兒呂雉。引見完後，呂雉退入後房，呂公又當著夫人的面對劉邦說：「我年輕時便喜好相術，累積多年的經驗，對面相的研究尤其別有心得。但在我見過的那麼多面相中，沒有人能和你相比，希望你不要妄自菲薄，應努力建立自己的事業。」關於自己的面相，劉邦一向很自信，聽了呂公的話仍不禁怔了一下，不知道該作何回應。呂公見劉邦發愣，又接著說：「小女呂雉，你也見過了，如不嫌棄，我願將她許配給你，讓她一輩子侍奉你，助你成就一番大事業！」呂雉，便是日後的呂后。呂雉對於劉邦的意義，十分值得研究。劉邦之所以能夠成就霸業，與呂后是分不開的。也就是這個呂后，在劉邦去世後，費盡心機，差點把劉氏天下變成了呂氏天下。這些都是後話了。

呂雉便是在父親的「獨斷專行」下，嫁給了這位官職低微又在宴會上表現不佳的泗水亭長——劉邦。從這個故事中可以看出，劉邦所表現的首先是機智，其次是氣魄。機智是一種善於隨機應變的智慧，具有這種智慧的人在倉促遇到意料之外的事情時，多能舉措得當、應付自如，順利擺脫別人有意對自己造成的尷尬局面。豁達沖淡，是人的另一種優秀特質。這種特質，無論在過去還是現在，都不會過時。

凡事樂觀，即使身陷囹圄也能看到希望，而不是整天悲悲戚戚、愁眉不展。這種寶貴的思維模式就是「大不了就……」，而非凡事斤斤計較，過分認眞、刻板；多想想自己的優點和缺點，經常自我嘲笑，而不是只認爲天下第一，盲目逞能好勝。做到這些，差不多就等於懂得了什麼是豁達沖淡。它是種積極的人生態度，也是一種美好人性的表現。

劉邦身上並無分文，卻敢於高喊萬文賀禮，敢於毫不推讓、泰然自若地居於首位，敢於按呂公示意單獨留下，這絕不是那些拘於常禮而不知權變、偶遇困難即亂陣腳和汲汲於細枝末節的人所能做到的。所以，呂公垂青於他，不是沒有道理的。劉邦和呂雉結婚後，並未依靠岳父的財勢，仍舊堅守在泗水亭長的職位上，靠著微薄俸祿過起了自己的小日子。呂雉雖出身富家，但自嫁到劉家後，過著樸實的農婦生活，倒也沒什麼怨言。不久，呂雉爲劉邦生下了一個男孩、一個女孩，即日後的漢惠帝和魯元公主。

劉邦和呂雉結婚後，關於劉邦高貴的面相，又有了新的傳說內涵。現在看來，這些神話傳說極有可能是呂雉這個富有心計的女人杜撰的。

《史記》也據此記載了這麼一則故事：

一次，呂雉帶著一雙兒女在田裡鋤草，有位行路的老翁向她討水喝，家教不錯的呂雉見老人如此疲累不堪，不但把壺裡茶水倒出一杯給老人，還將自己的午飯分出一部分給他。喝完呂雉的茶水，吃完呂雉的午飯，老翁便面露驚訝地端詳著呂雉，感歎道：「夫人之相，可是天下奇貴之相啊！」呂雉之所以願意嫁給劉邦，就是相信了父親所斷言「劉邦日後定會貴不可言」；聽了老人的話，呂雉更加相信父親的話了。於是，呂雉便興奮地請老人也相相眼前這一雙兒女未來的命運。老人煞有介事地端詳著呂雉的兒子，驚訝道：「依此兒面相看來，夫人之奇貴，正是來自這位公子之福蔭啊！」呂雉再請老者看看女兒的面相。老人略一端詳，仍是一副驚訝之態，道：「此女也是貴人之命啊！」說完，老人便拿起拐杖慢慢走開了。

恰好老人走後不久，劉邦來田裡探望妻兒，呂雉便將老者的話轉告給了劉邦。劉邦大為驚喜，立刻循著老人去的方向追趕過去。不久，劉邦便追到了那位老者，還沒等劉邦和他說上幾句話，那老者就驚歎道：「剛剛我看到您夫人和您兒女的貴相，正大惑不解，原來都和您有關啊！先生之相極為尊貴，不是一般人可比。」劉邦聽了歡喜不已地回說：「若果真如老先生所言，顯達之日，我絕不忘您的恩德！」後來，劉邦即帝位，有一天突然想起了此事，便派人四處找出這位老者，卻再也尋不著。

因禍得福，逃犯頓成英雄

秦始皇三十二年，面對內憂外患，秦始皇不但失掉了信心，也逐漸失去了耐心，隨之健康嚴重惡化。一向理智的秦始皇，在面對生死這個人生大關時，卻變得異常脆弱起來，派出了徐福去「仙海」求取「不死藥」。徐福帶著三千童男童女一去不返後，秦始皇再度派出燕人盧生前往仙海求取不死藥，順便請求仙人指點，以瞭解他個人和國家的未來。盧生自然沒有求得不死藥，他卻未像徐福那樣一去不返，而是帶來了一篇冠冕堂皇的頌揚和安慰的隱辭。秦始皇雖稍感安心，但仍無法滿足他想追尋的答案，遂要求盧生再入仙海祈求鬼神指示，盧生被逼不過，便取回了一句「亡秦者胡」的警語。

依照當時的常理，秦皇朝既已統一天下，國內任何勢力自然不可能有所威脅，因此盧生很巧妙地把可能的危機推給了北方異族胡人。對自己統治已然喪失信心及耐心的秦始皇，立刻情緒化地想撲滅北方的敵人，他不但立刻派遣大將蒙恬率領三十萬大軍北征匈奴，並下令修築中國歷史上最偉鉅的工程——萬里長城。

自春秋時代以來長期威脅華夏文明的戎人和狄人，力量雖逐漸衰竭，但不久北方又有另一游牧民族興起。他們擅長騎射，機動性極強，更收編了戎狄的殘餘部落，組成了一個北方游牧民族的聯合陣線。這便是所謂的胡人，也是日後大漢帝國的宿敵「匈奴」。早在戰國初期，北方的燕、趙便經常受到胡人的侵擾。由於游牧民族神出鬼沒，邊防的駐軍防守根本無用武之地，為了不必分出太多兵力影響中原爭霸，燕、趙兩國便採用築城牆防禦之法。到了秦昭襄王時，胡人仍多次威脅秦國北方，為免分散東戰線的兵力，秦國也開始沿山建築防守用的城牆。

秦始皇統一天下後，胡人依舊時常內侵，但規模都不大，忙於推動統一政務的秦始皇，自然沒有興趣關注這件事，因此雙方大抵還能相安無事。可是為了盧生這句搪塞責任的「亡秦者胡」，使秦始皇一口氣動用三十萬大軍北征，並以七十餘萬役夫來修築萬里長城。七十萬的概念是多少呢？據相關歷史記載，當時秦王朝的總人口共計二千餘萬，七十萬，等於是全國人口的三十分之一。

據《史記》所載，蒙恬的北伐軍事行動歷時兩年，第一年攻略了河南等地，第二年更「西北斥逐匈奴，自榆中並河以東，屬之陰山，以為三十四縣，城河上為塞」。三十萬大軍在人數上雖有絕對優勢，但胡人機動性極高，長征軍補給困難，蒙恬不敢採用持久戰，只好也選擇險要處修建長城以防守。他一口氣完成三十四座城池，可見防守線拉得相當長。因此秦始皇乾脆下令重修趙、秦、燕、魏等國的舊有城牆，將它們完全連在一起以對付胡人的閃電戰術，這便是所謂的萬里長城了。

秦國之所以能統一中國，除了特殊的歷史機遇外，最主要者是靠著一股勇猛而積極的國民心態，從建國始祖的秦仲、莊公、武公時，便常以極少的兵力和戎人周旋到底，並不斷採取主動突擊的戰術，這也是秦嬴一族的立國精神。但統一後的內外不利局勢，使秦國的作戰力軟化了，他們無法面對機動式戰法，只好修築靜態的防禦城牆，充分顯示秦嬴傳統文化的衰退。萬里長城表面上固然可以防止敵人的隨時入侵，卻也限制了己方的北上發展。秦始皇修築長城雖有他不得已之苦衷，但他對胡人的過度恐懼以及對自己作戰能力的喪失信心，都象徵著秦嬴一族賴以統一中國的勃發文化，已經蕩然無存了。秦始皇在位的晚年，除了因北征匈奴、建築長城而動用大批人力物力，加上原先進行的修馳道、修宮室以及驪山陵的工程，使政府原有人力根本不敷派用，只好由民間徵調大量的役夫。

早年，雖然秦法嚴苛，對調派人民作勞役卻非常謹慎。因爲法令是用來集結國力，故此最重要的是不違農時，甚至發動戰爭也都會選在農閒的時候。韓非子在詮釋法家時，亦推崇老子「無爲而治」的精神，他認爲政令清簡而執法嚴厲，才能建立一個公平的法治社會。但統一以後，要進行改革及建設的工作太多，光是推展經濟、文化的統一就動用不少人力，加上效果不彰，故而耗費更大。工作太多，超過了正常的運作，使國人已漸心生不合理的壓力，若執法又嚴厲而無彈性，人民便有受虐待的強烈感覺了。

尤其是勞役這件事，原本是大家利用農閒時候奉獻勞力來增強國家建設、促進社會繁榮，現在徵召太多，超過了農閒所能負擔的，也影響農民正常作業及生活，自然要變成苦役了。

徵調勞役的命令，終於也到達了泗水亭。

做爲秦王朝的一名基層小吏，泗水亭長劉邦本應一切「服從命令聽指揮」，但近一段時間來，他卻越來越看清了秦王朝這些苛政對人民的殘害，也開始有了自己的思考：「全部去做勞役，那麼田地誰去耕種?況且還要繳稅賦，老百姓怎麼生活得下去呢!我身爲亭長，日子還算過得下去，可老百姓哪個又不是身處水深火熱之中呀！」秦王朝利用早年的什伍制度，將全國各地的戶口資料牢牢掌握，一里二十五戶有多少男丁，隨時都有統計，並建立戶口名簿籍，以為徵稅及徵調勞役的憑證。由於全國的統計資料依地區保存在政府官署中，地方官又採取輪調制度，根本不知道以前報上去的數據，所以誰也不敢對現有戶口報假資料，否則可能有抄家滅身之禍。所以，接到徵調勞役的命令後，沛縣縣令不敢怠慢，立刻編造名冊，並派遣屬下各亭亭長負責領隊的工作。

由於這回勞役是建築驪山陵，工作異常艱險，加上大家對過多的勞役反感頗深，因此負責領隊是件危險的差事，萬一有人結隊逃亡，領隊也要連坐論罪。考察了所有亭長的領導能力後，縣令認為只有劉邦壓得住陣腳。劉邦縱有一萬個不願意，縣令的命令他到底不敢違抗，只好硬著頭皮帶領徵調的五百多人出發了。

從沛縣到咸陽，有數千里之遙，跋山涉水、翻山越嶺全靠兩隻腳，又攜帶笨重的炊具及野宿設備，日夜兼程，是樁超級苦差事。役夫們思鄉心切，加之前途渺茫，於是便開始有人逃跑。縱使發現有人逃跑，但監管的人員太少，山路又崎嶇複雜，實在也難以搜捕。所以劉邦雖頭痛異常，卻是束手無策，只好佯作不知，繼續領著剩下的人前進。隨著逃亡者愈來愈多，劉邦開始害怕起來，他擔心再這樣下去，到咸陽時恐怕僅剩下他一個人了。交不了差，這對於領隊的劉邦來說，只能是死路一條，事已至此，乾脆好事做到底，把這些人全放了吧。

於是，到達豐縣西邊大澤時，劉邦便下令將剩餘路費全部換成了酒和酒菜，並召請剩下的役夫與他痛痛快快大喝一場。劉邦在半醉狀態下宣布，勞役隊伍在今晚將全部解散，要回家的可以回家，但不能聲張，回家後也要找個安全的地方先躲起來，等事情平息之後再露面。至於他自己嘛，劉邦不用說大家也明白，他放跑了所有役夫，出路唯有亡命天涯這一條了！

劉邦此舉，役夫們徹底被劉邦這種捨己爲人的凜然大義所感動了，他們流著淚表示願永遠跟隨亭長，哪怕是逃到天涯海角，因爲大家都在一起，互相也有個照應，這總比一個人流亡在外強。劉邦見役夫們態度堅決，也很感動，於是便乘著酒意，連夜領著大家逃到了一個深山裡。劉邦明白，只有往深山跑，才不容易被官方的緝捕人員抓住，另外，山裡面能吃的野生動物、食物較好尋覓，這樣更容易存活下來。

由於往深山去的道路不熟，劉邦便特意派一名較機警的役夫在前面探路。這樣做，一來可以探路，二來可以偵察一下情況，以免因人數太多被別人發現，惹出麻煩來。果然，這名「偵察兵」被派出去沒多久，就慌慌張張地趕回來報告情況了：「亭長，前面有一條巨蛇，盤踞在小路上，如果從那兒經過，必須要從巨蛇身上踏過去，這樣太危險。您看，我們是不是從別的地方繞過去，我查看了一下，如果從別的地方走，那又要繞十多里路，這樣到天亮時就很難保證我們能進得了大山啦。如果在天亮前進不了大山，天一亮被別人發現就危險了……」劉邦沒等這個「偵察兵」把話說完，便大聲說：「不過是一條蛇，有什麼可怕的，讓我過去瞧瞧！」說完，劉邦拔出佩劍，領著大家繼續向前走。走不多遠，果然見一條巨蛇盤踞在路上，劉邦大叫一聲，劍如飛虹，朝巨蛇砍去。巨蛇遭到突襲，嗖地一聲從地上躍起，尾巴向劉邦橫掃過來。劉邦力大，又劈又砍，巨蛇不敵，終於被劉邦斬殺了。殺了巨蛇後，劉邦又領著大家往前走。不一會兒，偵察兵又跑來報告，說前面有位老嫗在黑暗中哭泣。劉邦見偵察兵這麼芝麻綠豆大的事都要向自己報告，也沒有在意，又領著大家往前走。走沒多久，果然見到了那個哭泣的老嫗。

見那老嫗在黑暗中哭得那樣傷心，劉邦不覺感到奇怪，便上前問道：「老人家，這麼晚了，您爲什麼在這兒哭泣呢？」

「……嗚嗚嗚，我的兒子被人殺了……我那可憐的兒子喲！」老人哭著說。

「您的兒子是被誰殺的呢？」劉邦問老嫗。

「我的兒子是白帝之子，剛才躺在路上睡覺，想不到卻被赤帝之子給殺了！」

劉邦聽了老嫗的胡言亂語，沒怎在意，正想走上前安慰她幾句，老嫗竟突然消失了。老嫗的突然消失，讓大家深感驚奇。一路上，大家仔細思索著老嫗的話，一致認爲老嫗說的白帝之子，定是那條被斬殺的蛇，而赤帝之子無疑便是斬蛇英雄劉邦了。役夫中有幾個過去聽別人說過劉邦的異相神話的，那時候和劉邦不怎麼熟悉，也沒太理會這些傳說。這一路上的所見所聞，就讓他們不能不再一次審視劉邦了，經過大家一番加油添醋的議論，劉邦顯然成了他們心目中的天生領袖。於是，大家決心永遠跟隨劉邦的念頭更堅定了。

關於劉邦天生帝相的傳說，《史記》中也有一段記載：

秦始皇在位時，便有不少懂得看天象的方士對他說，東南方有天子氣。秦始皇因此很擔心，便常在巡幸東方時設法鎮服這股天子之氣。劉邦大概明白，這所謂的天子之氣，是從自己身上放射出來的；在這次逃亡中，藏匿於芒縣和碭縣間的深山沼澤和巖石間，遂深怕自己的「天子氣」引起官方的注意。不久，妻子呂雉到山區尋找劉邦，很快就找到了他，劉邦感到非常奇怪，追問她是怎麼找到自己的。呂雉告訴劉邦，凡是劉邦待的地方，天空上都有祥雲，只要順著祥雲找，便可很快找到他了。

劉邦聽了呂雉的話，更加相信自己有祥瑞異相。沛縣子弟聽到這些傳説後，也更加相信劉邦的貴相，都紛紛往山中投奔劉邦。很快，劉邦的勢力就大了起來。

風雲際會，英雄崛起

劉邦由一名亭長，淪爲了逃犯，這對他來説無疑是件壞事。但讓劉邦自己也沒想到的是，不久他便因禍得福。幾乎在一夜之間，所有的壞事都逆轉成了好事，他也頓時成了沛縣人心目中的英雄。

秦二世元年秋天，陳勝、吳廣等因不滿秦朝苛政，在大澤鄉揭竿而起，成爲正式以武裝力量反秦的第一人。這時，劉邦三十八歲，仍隱匿於深山中避禍。在這段期間，全國各地英雄豪傑紛紛回應陳勝、吳廣的義軍，擁有數千名軍隊的兵團，數不勝數，其中以項梁、項羽叔姪起兵會稽，以及後來沛縣父老擁戴的劉邦自立最爲有名。

劉邦之所以能被沛縣父老擁戴起兵，與他的這次釋放役夫逃難深山是密不可分的。原來，在陳勝全力造勢下，華東地區風聲鶴唳，各地地方官員大爲緊張，沛縣自然也不例外。沛縣縣令立刻召集蕭何、曹參等重要幹部商議如何應對目前局勢，商議的結果是：與其跟勢不可擋的義軍對抗，倒不如順應時勢，率軍回應陳勝。這個舉措當然十分明智，但問題在於，縣令身爲秦朝官吏且又是外地人，如果要背叛朝廷，恐怕沛縣的人民不會積極回應。最好的辦法是選出一個沛縣本地最有聲望的人出來領導這場起義，如此才能做到一呼百應，讓回應陳勝的起義成功。曹參便提議由蕭何來發號施令，蕭何以自己也是秦朝官吏故不宜出面爲由，當場否定了曹參的提議。

經過一番爭論，最後由蕭何、曹參提議道：泗水亭長劉邦，曾因押解役夫失職而逃亡在外，現在已聚集有數百人，若召他回來，以他的名義抗秦，那是最合適不過的了。

這個提議一經提出，便得到大家的認可，縣令本是秦吏，對起義本就心有餘悸，也只好答應了大家的提議。於是，蕭何立刻派樊噲前赴深山去尋找劉邦。這時候，劉邦正以他驚人的領袖魅力，領導著數百名因逃避秦王朝勞役痛苦而逃亡山中的沛縣子弟。他們在聽到陳勝起義這個消息時，本也有意回應，但因人少勢弱而不敢輕舉妄動，只好暫時觀望。現在見縣令召請自己出山，劉邦大喜過望，立刻整理行裝，率領徒眾浩浩蕩蕩地向縣城開赴。

順應時勢，沛公揭竿而起

走到半路，劉邦突然覺得，沛縣縣令不會輕易放棄縣城而由他來領導這場起義的，老謀深算的縣令會有這麼傻嗎？想到這些，劉邦就停了下來，請來傳達命令的樊噲先回縣城，讓他聯絡沛縣父老作內應，如果縣令反悔就來個裡應外合，奪取縣令的軍權，然後再率眾起義。

劉邦猜得一點都沒錯，果然縣令看到蕭何、曹參態度曖昧且行動過分積極，後來又從別人那兒打聽到，不僅蕭何、曹參是劉邦的好朋友，連那個去傳信的樊噲，都是劉邦的朋友。這樣一來縣令害怕了，覺得這是蕭何、曹參收買了眾人，商量好要讓自己鑽這個圈套的，目的是想架空自己奪取政權；說不定等扶植起劉邦，劉邦就會殺了他這個秦朝官吏，以其人頭向陳勝義軍邀功。

於是，縣令立即下令關閉沛縣城門，並派人捕殺曹參及蕭何等擁戴劉邦起義的人。幸好，縣令反悔的消息立刻被夏侯嬰探聽到了。夏侯嬰曾做過縣令的馬車夫，權勢雖不大，卻也是個上傳下達的角色，十足消息靈通人士。夏侯嬰和劉邦的關係也非同一般，聽到這個消息後，他立即調動了縣府裡所有的馬車，將蕭何、曹參等人在城門尚未封閉前送出城外，投奔歸返中的劉邦部隊。

蕭何見到劉邦，立刻將縣令反悔之事告訴了劉邦，讓他趕緊撤退，免得被縣令派兵追殺。聽了蕭何的話，劉邦只是點頭微笑。他猜得一點沒錯，縣令果然反悔了，幸虧自己早已料到這些而沒急著趕路，否則等進了城，後果就不堪設想了。蕭何見劉邦並沒有撤退的動向，不解其意。劉邦便將他早讓樊噲先回城去通知留居城中的「劉邦黨」煽動沛城父老策動兵變之事，告訴了蕭何。蕭何見劉邦經過這幾年的磨練，已練就如此卓越的領導才能，心中大爲高興，更加堅定了自己協助劉邦成就一番大事業的信心。

經過商議，劉邦和蕭何決定，事已至此，不僅不能撤退，還要繼續前進，向沛縣進發。經過幾天的行程，到達沛縣城門下時，見城門早已緊閉，戒備森嚴。蕭何便建議，由他起草，然後由劉邦手抄「傳單」數十封，繫在箭上射入城內，以發動政治喊話的效果。射出的「傳單」雖大多數由守城士兵截獲，交給了縣令，仍有幾張輾轉傳至沛城父老的手中。這幾張「傳單」，經過沛城父老的祕密傳閱，幾天時間就傳遍了大街小巷。「傳單」的內容大體意思是：天下之人受苦於秦國的苛政已久，現在全城父老雖與縣令共負有守城之責，但各路諸侯皆已起兵抗秦，大軍若至，恐沛縣亦將遭屠城之難。父老們不如回應義軍，擒殺縣令，選沛城子弟可爲領袖者共同尊奉之，以和各路諸侯站在同一陣線，才是保家衛城之道！不然，父老與子弟們可能會玉石俱焚，這豈值得！

這份「傳單」最主要的用意，是想製造縣令和沛城父老之間的衝突。果然縣令聞之大驚，立刻在沛城內展開了嚴酷的鎮壓行動，對傳閱「傳單」、造謠惑眾者，格殺勿論。沛縣父老們看到縣令的這種極端行爲自是深感氣憤，便一不作二不休，立即發動了民變。原縣府守衛的子弟兵因大多是本地人，也回應叛變，縣令孤身逃離府邸，終爲亂民所殺。

在樊噲的領導下，沛城人民打開城門讓劉邦入城，沛縣人民夾道歡迎，將劉邦迎入縣衙，並懇切請求劉邦出任縣令。劉邦卻謙讓著表示，今天下方亂，四方諸侯並起，是大家生死存亡的關鍵時刻，若推選的領頭人不能勝任，可能會導致一敗塗地，因此大家要慎重對待這個問題，重新推選出一個更能勝任此重任的人！在沛縣人民心中，蕭何和曹參的地位雖高於劉邦，可惜兩人都是文吏，對指揮作戰毫無把握。何況萬一失敗，依秦法是要滿門抄斬的，因此大家仍全力擁護劉邦，希望由他出面領導。他們認爲，劉邦有許多令人驚訝的珍怪異相，注定將成爲貴人，只有由這樣的人出面，才能把起義大業領導好。劉邦在釋放役夫、率眾入山這件事情上，已經充分顯示出了他的凜然大義與卓越的領導才能，還有誰比他更能擔起如此使命呢？

眾人堅持要推選自己，劉邦心中非常高興，表面上卻是裝作很爲難的樣子，假意辭謝了幾次，見「眾命難違」，也就只好「恭敬不如從命」了。但劉邦最高的官位只是個小亭長，如今一下子成了沛縣的最高領導者，應該如何來稱呼他才好呢？還是蕭何有主意，他認爲，「沛公」這個稱號較爲合適，既可表示劉邦是沛縣的領袖，又有貴族的氣派，而且也極具親切感。「沛公」這個稱號對於外表尊貴、個性隨和的劉邦來說，的確是再合適不過的了。這個稱號，也虧得蕭何這樣的人才能想得出來。蕭何在沛縣的地位一向很高，所以這個稱號一經蕭何提出，隨即得到了大家的認可。

從此，大家便都把劉邦稱作「沛公」，直到劉邦在抗秦戰爭中被楚懷王命爲西征將領，甚至在他被西楚霸王項羽分封爲漢王後，這稱號還一直有人在叫。二千多年後的二十世紀，在劉邦的家鄉沛縣，有一種酒的名字就叫做「沛公酒」，足見「沛公」這個名字的影響力是多麼深遠了。

劉邦的領導地位就這樣被確立下來了，接下來首要的工作便是重新整編人馬。這個工作仍由蕭何主持，蕭何以原先的「劉邦黨」爲基礎，在此基礎上又重新編入沛城的子弟兵，很快就組建了一支二、三千人的隊伍。幾天後，這二、三千人都換上了全新戎裝，稍經訓練後，便在縣衙前的廣場上排列起來，接受劉邦檢閱。

劉邦身著戎裝，頭戴「劉氏冠」，昂首挺胸，顯得威風凜凜。他首先到大廟禱告了黃帝，以此向世人表示，他劉邦授命於危難之際，率領沛縣子弟，回應陳勝的義軍，志在誅滅暴秦，恢復天下秩序。接著，按照蕭何的安排，劉邦又在廣場上祭祀了戰神蚩尤，祈望得到蚩尤的庇護。最後，劉邦下令擂響戰鼓，並用牲血祭鼓，所有旗幟均採用紅色戰旗。如此一包裝，這支二、三千人的隊伍倒也顯得有模有樣。

劉邦任命蕭何爲軍師，曹參爲參謀，盧綰爲侍從官，夏侯嬰、任敖、周勃、灌嬰等人爲部將，至於驃悍勇猛且擅長謀略的樊噲，則被任命爲先鋒。

任命完畢，劉邦將指揮部暫時設在故鄉豐邑，然後立即下令攻擊沛縣周圍的縣城胡陵和方與。不久，胡陵和方與便被劉邦攻下，劉邦收編了兩城的降卒，稍加休整，便率領著這群雜牌軍向更遠的地方進發了。

很快，劉邦軍團便成了抗秦戰爭中頗具規模的一支義軍隊伍了。劉邦不動刀槍、不用兵卒即順利地打開了沛縣縣城的大門，並輕而易舉地奪得政權，是由於他成功地運用了攻心之術。軍事名家孫武一貫主張，在軍事中，要充分發揮主觀積極作用，運用謀略戰勝敵人。他認爲，想要以最小代價獲取最大勝利，甚至達到不戰而屈人之兵的目的，最好的方法，就是「伐謀」。

什麼是「伐謀」？在孫武看來，伐謀即是鬥智，也就是以智慧謀略征服敵人。伐謀的具體方式，可謂多種多樣，而攻心術便是其中之一。運用攻心之術，必須詳察形勢和敵情，準確無誤地把握住敵方士卒和將領的心緒，然後才能「對症下藥」，以最恰當的言辭「撥動」他們的「心弦」，從而收到不戰而勝的效果。蕭何與劉邦正是由於深刻地瞭解「天下苦秦久矣」和「諸侯並起」的形勢特點，準確地把握住了沛縣父老既不願幫助縣令守城又害怕諸侯屠城的心理狀態，才得以憑一封書信、數句說辭使沛縣不攻自破。

有關攻心戰的謀略思想，向爲歷代兵家所推崇，戰爭史上，這類戰例可謂舉不勝舉。「攻心」一詞，最早出自劉邦以後的三國馬謖之口。據《三國志・馬良傳》附傳〈馬謖〉注引《襄陽記》載，西元二二五年，諸葛亮征南中（今天的四川南部及雲、貴一帶）時向馬謖問計，馬謖說：「南中恃其險遠，不服久矣，雖今日破之，明日復反耳。……若殄盡遺類以除後患，既非仁者之情，且又不可倉卒也。夫用兵之道，攻心爲上、攻城爲下，心戰爲上、兵戰爲下，願公服其心而已。」諸葛亮採納了這一計謀，對南中少數民族領袖孟獲七擒七縱，果然收到了「南人不復反」的效果。劉邦雖沒有明確提出「攻心」一詞，但他僅憑一紙言詞，便順利打開沛縣縣城大門一舉，確是成功地運用了「攻心」的謀略。

【第二章】

秦失其鹿，群雄共逐

劉邦抗秦用兵之道

秦二世元年七月，即胡亥登上皇帝寶座不到一年的時間，就爆發了著名的大澤鄉起義。吳廣與陳勝假借楚國名將項燕的名義，自立為張楚王，意即「張大楚國之王也」。陳勝、吳廣起義的消息傳出後，全國各地紛紛響應。不久，便有武臣自立為趙王，魏咎自立為魏王，田儋自立為齊王。一夜之間，全國幾乎恢復到了秦王朝統一前的天下格局。在這些起義隊伍中，對日後局勢影響最大的，當數在會稽起義的楚國名將項燕後裔項梁和項羽；另外一支義軍隊伍，是沛縣的劉邦。

搶占先機，先入關中者為王

數十年爭戰之後，擁立楚懷王後裔復國的項梁，由於驕傲輕敵，被秦王朝大將章邯擊潰陣亡後，楚國的士氣便隨之一落千丈。爲了掃除楚軍因項梁敗亡所造成的頽靡之氣，楚懷王的智囊團決定向秦軍展開強有力的反攻，重新樹立起楚國的強國風範。

恰巧，趙國被章邯大軍圍困，趙國派遣使者向諸侯王求救，諸侯王懾於章邯的威勢，都不敢出兵救趙，最後只好向楚國求救。楚懷王的智囊團認爲這乃是天賜良機，因爲若救趙成功，不僅可以重新提升楚國的國際形象，更主要的是，還可以乘勝將戰果進一步擴大，直接向秦王朝的首都咸陽進軍，最終消滅秦王朝。這樣，原楚國被秦王朝滅國後不久即在民間悄悄流傳的那句「楚雖三戶，亡秦必楚」的讖語，就眞的要實現了。展望著這美好的前景，楚懷王鬥志昂揚地向即將出征的將士宣布：「我宣布，先入關中者，可爲關中之王！」關中是由渭水、涇河、洛河等水域沖積而成的黃土盆地，地理條件十分適合發展農業。由於以農立國的周王朝曾以此爲根據地，因而水利設施十分完備，農業生產體系異常龐大，秦王朝正是看中了這一點，才決定在這兒建立日後幫助他們征服全國統一天下的大本營。

秦王朝統一天下後，即在關中的咸陽建都。習慣上，人們都把咸陽稱作關中。攻下關中，即意味著擁有了天下，這是天下英雄豪傑都夢寐以求的事情；正因爲關中是塊大肥肉，想進入關中，是比登天還難的事。誰都知道，這個盆地四面八方均爲險惡的叢山峻嶺包圍著，只有東方的函谷關、南方的武關及西方的散關可以進得來，而這些關口都是一夫當關萬夫莫敵的險要重地，何況秦王朝對他們的防守又是那麼的嚴密。在這些關隘中，只有東面的函谷關，地勢平坦，較容易攻克。但函谷關外的洛陽盆地及滎陽等糧倉，一向是章邯軍團的大本營，除非能擊潰章邯軍團，否則想由此攻向函谷關，是根本不可能的事。而這時候，章邯的聲望如日中天，就算楚軍中自項梁陣亡後聲望最高的宋義親自出馬，也得小心謹慎，因此選擇這條路線攻入關中，並不被大家看好。

項羽由於痛恨章邯殺害項梁，一直急著想報仇。他所以聽從范增的勸阻，由宋義任主帥而自己甘願退居次將位置，便在於想得到率軍攻打章邯的機會，因此他主動地爭取到了這條路線。很明顯，這是一根非常難啃的骨頭。雖然難啃，但爲了替叔父報仇，項羽還是選擇了它。如此一來，項羽無意中就將進入關中的紅繡球拋給了楚將中的劉邦。

在楚懷王及其智囊團的心目中，劉邦屬準「項家軍」派領袖人物。他投奔項梁後，接受編組曾任副軍，因其出色的表現而被委派隨同項羽一塊打先鋒，屢建功勛，成了「項家軍」中僅次於項羽的重量級人物。劉邦的地位日益引人矚目，但由於他天生爲人寬厚、虛懷若谷，在楚軍中，無論是「項家軍」的將領還是「宋家軍」的將領，都把他看作是自己人。因此，當項羽主動選擇北上攻打章邯的主力部隊時，西征入關的重任便自然而然地落到了劉邦身上。

然而，誰都清楚，西征入關雖是異常艱險之事，但卻也是一件人人都想得到的美差。因爲進入了關中，就意味著建立了滅秦首功。由於劉邦的人緣極佳，在討論由誰擔任西征將領時，不論是「項家軍」還是「宋家軍」，都無一例外地投了劉邦一票。

「項家軍」不用說了，劉邦屬於準「項家軍」派的領袖人物，現在項羽主動放棄了西征的美差而選擇了北上救趙，大家理所當然地要支持劉邦出任西征軍的將領了。「宋家軍」雖大多投了劉邦的票，但在投這一票時，也沒忘了要打擊一下他們心目中的政敵項羽。因此，在他們暗中聯名向懷王提議由劉邦出任西征軍將領時，毫不掩飾地捎帶上了項羽，把項羽罵得狗血淋頭（編注：這裡需要說明一下，「宋家軍」的領袖人物宋義，其實和「項家軍」之間並無太大的利害衝突。宋義之所以把「項家軍」樹爲「政敵」，是因在項梁和章邯會戰時未聽從宋義的勸告而導致兵敗。從此以後，宋義就瞧不起「項家軍」了，凡是「項家軍」的人，他都會習慣性地打擊一下，以此證明自己的遠見卓識。這是一種心胸狹窄的表現，從後來北上救趙事件中，更可看清他這種心胸狹窄的眞面目。這也是他爲什麼在別人生死關頭見死不救，在章邯大軍面前按兵不動幾十天的原因）。項羽爲人剽悍，生性殘忍，攻打襄城時，破城之日活埋襄城投降秦軍，無一倖免。以往他攻打的地區，也都殘殺過重，因而在秦國人民心目中，項羽是位兇殘無比的惡棍，民間給他取了個外號，叫做「老籍子」（項羽名籍，字羽），據說誰家的孩子哭鬧時，只要大人唬一聲「老籍子來了」，孩子就會嚇得不敢再哭了。況且，西征所經途中，過去均是楚秦會戰的重要戰場，陳勝和項梁在這些地方都遭到了頑強反抗，如果再派項羽前往，勢必會遭到更頑強的反抗，造成不必要之傷亡。

有鑒於此，應該派遣一位具有長者風度的將領，以此向秦國人民宣示楚國治軍的風範。秦國人民長久以來，對他們君王過分嚴苛的執政方式早已深受其苦，此時若是有位心懷仁義的長者前往，不以強橫殘暴方式對待，反而能鬆懈他們的反抗心理，容易進入關中。用這種標準來選擇西征領袖，全軍上下，只有一向雍容大度、寬厚爲人的劉邦了！

正是聽了這些話，楚懷王才決定，由項羽隨同宋義北上對抗章邯，解除鉅鹿之圍，援助趙國；劉邦則出任西征將領，向西收編陳勝和項梁失敗後殘留各地的軍團，並匯集力量準備攻入關中。其實，上面那些話，完全是由「項家軍」的政敵「宋家軍」口裡說出來的，難免有失公允。事實上，項羽對待部屬極重情義，深得部屬崇拜，他唯一的弱點就是年紀太輕、人生經驗不足，不會像劉邦那樣拉攏人心，做到左右通吃，既能讓自己人說他好話，也能讓「政敵」說他的好話。

在指揮作戰方面項羽更是英勇無敵，在戰場上他總是身先士卒，因此由他帶領的軍隊都特別勇敢、士氣高昂，這種領兵作戰水準，在當時幾乎無人可以與之比擬。後來，號稱天下無敵的章邯大軍，就是被項羽攻潰的。在打擊敵人方面因爲特別講究效率，所以項羽經常毫無顧忌殘殺對方。他的震撼力雖強，但是在處理襄城降兵事件時卻嚴重傷害了楚軍形象，反而堅定了秦軍的抵抗心，這的確是「宋家軍」攻擊項羽最合適的一道把柄。

和項羽相比，劉邦正好相反。在爲人處世上，即使在他的敵人看來，劉邦也總是個溫和的對手，但劉邦絕不像一般人所認爲的那樣，是個軟弱無力的人。他平常的表現極爲大膽，從不會把困難當作一回事；只要他認定了的事，就會勇往直前地走下去，從來沒有什麼顧慮。加入項梁陣營後的表現也都相當出色，所以才會被視爲有「獨立」作戰能力的將領。有了這些，劉邦才有可能被別人推選出來，擔任西征軍將領。

後來劉邦西征成功，搶先進入咸陽。懾於項羽的威勢，雖然他沒有像楚懷王曾經許諾過的那樣成爲「關中之王」，但由於他畢竟是攻入關中的首功者，在人們的心目中，他的價值早已超過了「關中之王」了。可以說，項羽無意中拋給劉邦的這只「紅繡球」，對於劉邦日後能統一天下建立大漢帝國、最終登上皇帝的寶座，是極其重要的。

南轅北轍，西征北上

劉邦率領的西征軍團，無論在氣勢上還是在兵力上，都不如宋義、項羽率領的北征軍團。西征軍，顧名思義，應該一直向西前進，可是劉邦的西征軍團走著走著，就玩起了南轅北轍的把戲，明明應該向西，劉邦卻領著軍團向北開進了。

這是怎麼回事？難道是劉邦生來欠缺方向感嗎？劉邦一開始確實揮師西進，當他率軍直入潁川附近的杠里時，便碰到了秦國駐在魏地的守軍，劉邦向守軍發起猛攻，幾個回合下來，秦軍退到了昌邑和高陽一帶。由於楚國兵力有限，劉邦的西征軍團原班人馬少得可憐，劉邦便奉楚懷王之命，沿途收編陳勝及項梁潰亡後流散在各地的殘軍。所以西征軍團即使能順利組成，也是徹頭徹尾的雜牌軍。

劉邦的軍事天才也許不及項羽的十分之一，但他交朋友的能力卻絕對超過項羽十倍。西征軍團如果想順利收編陳勝和項梁的殘軍，就需要有交朋友的能力。恰好，劉邦非常具備這種能力，所以，從彭城出發到達碭縣後，在成陽和杠里附近，就有不少原本流散的義軍立刻聞風而來，劉邦廣為接待，聲勢大增。這些地區的守衛秦軍，雖然人數極少，但見劉邦竟在他們眼皮底下明目張膽地大肆收羅義軍殘部，大感惱怒，覺得劉邦太不把他們放在眼裡了。於是，這些本不想招惹劉邦的秦軍主動向劉邦發起了進攻。劉邦根本沒把這一小股秦軍放在眼裡，遂下令反擊，秦軍寡不敵眾，很快便被擊散，不得不又退回到城堡裡堅守陣地。

這時，劉邦派去打探北征軍消息的密探來報，北征軍停滯在安陽後，就一直沒有再往前進。

劉邦聽到這個消息後，和他的智囊團隊仔細研究了一陣，覺得北征軍團既然一直按兵不動，他們也用不著急著西進了。另外，北征軍團按兵不動，一定還沒有傷及北方秦軍的皮毛，那北方的「油水」一定會更多。爲了擴大戰果，收編到更多的兵馬，劉邦決定將西征軍團先往北開進，搶先一步，去撈一把北征軍團還沒有撈到的「油水」，等撈足了油水後，再折返回來西進也不算太遲。劉邦就像一位膽大心細的帳房先生，將自己的那把如意算盤打得劈里啪啦。

意外收穫，彭越鼎力相助

十二月初，項羽殺掉了北征軍團的主將宋義，奪得了兵權，隨即便率領北征軍渡河擊秦。劉邦又乘機在項羽收復的領土上，收編小型的獨立軍團。號稱剛武侯陳武的四千餘人，便是在這段期間納入西征軍的；接著，劉邦又和魏國遺將皇欣、武蒲的軍團合作，攻擊駐守此地的小型秦軍部隊，獲得了不少糧食和武器。

就在這段期間，項羽也以突擊戰術大破鉅鹿的秦國圍城軍團，並以彪炳史冊的驕人戰績成爲諸侯領袖。消息傳來，劉邦開始有點心急，害怕項羽打敗章邯後搶先一步進入關中，壞了自己的「好事」。但天寒地凍，劉邦的雜牌軍最缺乏的是糧食，因此他決定繼續往北走，去攻打章邯軍團在這裡建立的糧倉昌邑。不過昌邑有章邯親自安排在這兒的守衛部隊把守，戰鬥力很強，劉邦攻打了幾次都沒有攻下。攻打昌邑雖然沒有成功，劉邦卻意外地碰到了一位他往後爭霸生涯中的重要助手——大盜彭越。

彭越是昌邑本土人，出身漁民，因排行老二，也被稱作彭仲。這和劉邦因排行老三，也被稱作劉季的道理是一樣的。彭仲是個很不安分的漁民，由於熟悉水性，加上有一身武功，後來就走上了殺人越貨這一途，因此人們又把他叫做彭越（強盜）。到陳勝和項梁起義時，彭越已是位老資格的強盜了。陳勝起義時，有不少年輕人想乘機擁戴彭越起義，但都被他拒絕。又過了一年，這時陳勝已經敗亡，會稽起兵的項梁正在崛起，一些不安分的年輕人實在等不及了，又聚集百餘人去擁戴彭越起義。這一次，彭越答應了。於是，彭越和這些人約定，第二天早上集合，正式宣布起義；並約定，既要起義，就該有紀律來約束了，因此明天早上的集合，遲到者將處以死刑。

第二天早上，到了約定的時間，卻只到了十幾個人，其餘的都在中午前後才慢吞吞地來報到。見此情形，彭越無可奈何地說：「大家還是推選別人來擔任你們的首領吧。」大家不明白一夜之間彭越怎麼就變卦了，於是便追問其中的原因。彭越只好說：「昨天明明約定好了的，但直到現在人還沒到一半，如果按約定來辦理，你們就將被殺光。看來，你們沒有人把我的話放在心裡，都不聽我的，這樣我還怎麼當這個首領啊？」說完，彭越轉身就要走，經過大家苦苦哀求，彭越才答應留下來。他重新和這些人說明，既然不能把所有人都殺光，說過的話也不能一點效果沒有，只好採取一個象徵性的措施了：將最後一個到的那人處以死刑！

約定好後又過了一個時辰，最後那個人才不慌不忙地來了，彭越於是立即命令將此人押赴刑場。直到此時，大家還都以為他在開玩笑。彭越於是親手斬殺了這最後一個遲到的人，並設下祭壇，把此人首級擺放在祭壇上，讓大家發誓從此不再違反共同定下的律令，如有違反，其下場將比同祭壇上犧牲者。大家已被彭越這個舉動嚇得面如土色，全都低著頭跪在祭壇前發誓，誰也不敢瞧彭越一眼。彭越的威嚴，遂就這樣建立起來。沒多久，他便網羅了千餘人。

劉邦和彭越偶然相遇後，對他非常感興趣，在交談中聽了他的這段經歷後，更是拍案叫絕，很快就將彭越引爲知己。彭越出身水賊，尤其看重義氣，見堂堂的楚國西征將領竟對自己這麼熱情，心裡十分感動，對劉邦早已是言聽計從、唯劉邦馬首是瞻了。昌邑久攻不下，劉邦的糧草出現了危機，但又不能長久地待在這兒攻打昌邑，立刻西征則又缺乏足夠糧草供給軍隊行軍。劉邦一時不知怎麼辦才好。彭越知道了這些情況後，主動提出將自己的糧草全部送給劉邦，保證劉邦得以順利西進。見彭越忍痛割愛，劉邦心中大喜，嘴裡卻堅持不收彭越的糧草，推讓了好長時間，見彭越快要生氣了，劉邦才假裝很不好意思地收下了彭越提供的大批糧草。收下彭越的糧草後，劉邦立即揮師西進。

知錯必改，禮待酈食其

劉邦靠著彭越相助的糧草，火速向開封推進。在經過某處叫做高陽的小地方時，劉邦又碰上了一位日後深深影響其爭霸大業的人——酈食其。

酈食其出身於高陽一個貧窮的家庭裡，雖然出身貧寒，酈食其卻從不把那些達官顯貴放在眼裡，加之行爲放蕩不羈，時人稱之爲「狂生」。劉邦認識酈食其時，他已是位六十多歲的老翁了。

劉邦有位部下也是高陽人，和酈食其嫻熟。聽說自己仰慕的劉邦來了，酈食其便想讓這位熟人向劉邦引薦一下自己。可是這位熟人卻表示，劉邦一向不喜歡讀書人，曾有戴著儒冠來求見劉邦的人，劉邦竟惡作劇地請他解下儒冠，然後對戴儒冠的儒生說，他戴的這個不倫不類的玩意兒，用來撒尿最合適，把這個讀書人氣得差點吐血。你這樣的老儒生去見他，不是自討苦吃嗎？

酈食其聽了熟人的話，並沒有表現出驚訝，反而說：「這些事我早就聽說過了，你只管去向沛公通報就是了，我自有辦法。」熟人只好硬著頭皮向劉邦通報，劉邦一聽說有儒生求見，果然不感興趣，但礙於這位部下和自己的交情，仍不耐煩地接見了酈食其。

酈食其進來的時候，劉邦正在洗腳。酈食其進門後，見到這種情形，便只站立著懶洋洋地朝劉邦打了個招呼，很明顯他對劉邦的怠慢，也在用自己的方式進行對抗。見這個儒生如此大膽，劉邦反倒有了興趣，瞪著眼把酈食其仔細打量了一番。酈食其也瞪著眼，大聲質問劉邦：「請問，將軍是打算幫助秦國攻打諸侯，還是想率領諸侯擊滅秦國呢？」

聽了酈食其這個煞有介事的提問，劉邦真是哭笑不得，生氣地說：「真是個腐朽不堪的老儒，這算什麼問題？天下百姓長久苦於秦國的暴政，所以諸侯才要集結起來攻打秦國，怎麼說我會去幫助秦國攻擊諸侯呢？這個連三歲孩子都知道的問題，你也好意思提出來？」

酈食其聽了劉邦的話，哈哈大笑，然後又大聲質問劉邦：「要集結眾人力量攻擊無道的秦國，靠的是『禮』、『義』兩個字，一個講禮義的領袖，怎麼能用這種傲慢無禮的姿態來接見長者呢？」

劉邦立刻停止洗腳，起身向酈食其施禮，並把酈食其請到上座，爾後才恭敬地向酈食其道歉。接著，劉邦便開始向酈食其請教治軍、破敵之道。酈食其也不客氣，立刻滔滔不絕地向劉邦講起了春秋戰國時期一些著名的治軍之道，讓劉邦聽得傻了眼。然後，劉邦擺了一桌酒宴，一邊敬酒一邊向酈食其請教攻秦的策略。

酈食其仔細地向劉邦分析了秦王朝的現狀，及劉邦軍團的優勢與劣勢所在，然後建議劉邦暫時應將軍隊駐紮下來，伺機攻打陳留。陳留交通方便，四通八達，而且城中有不少糧食，劉邦正需要糧食，便立即率軍攻占陳留，過了不久就將陳留攻打下來，獲得了大量的糧草。攻據陳留後，劉邦將酈食其挽留住，讓他跟隨自己任參謀，不久就封他爲廣野君。

酈食其留在劉邦的營中後，幫劉邦提出了許多極其寶貴的建議，並主動擔任起聯絡諸侯的使者，到處游說沿途諸侯配合劉邦的西征行動。酈食其又向劉邦引薦了他的弟弟酈商，酈商這時已集聚有四千餘人的小軍團在附近活動。劉邦接納他後，拜他爲將軍，將陳留的部分軍團劃歸他指揮，負責陳留的守衛。這樣，劉邦在西征路途中又多了個可靠的根據地，保證了他穩當地將西征步伐向前推進。

迷途知返，傾權感張良

到了開封後，劉邦便率軍攻打開封，因開封一時難以攻下，劉邦不敢耽誤時間，便捨棄開封，再往西急行。秦將楊熊率軍前來抵擋，雙方會戰於白馬，楊熊被劉邦打敗，往西撤退，劉邦火速追擊，再會戰於曲遇東側，終於大破楊熊軍，楊熊便被迫退入滎陽。不久，秦王朝中央政府以楊熊有辱皇命爲由，派使者將楊熊斬殺，並以其副將代理他的將軍之職。經過這些戰役，潁川一帶的秦軍防務被劉邦大大地削弱了。進入初夏季節，劉邦在兵力和補給上的困難解決得很順利，因此決定急速向西推進。但鑒於滎陽、敖倉一帶防務頗爲穩固，劉邦便將軍隊帶向稍南方的潁川一帶，並占領潁川郡治翟陽。到此爲止，劉邦的西進軍事行動仍顯得漫無章法。雖然有酈食其的協助，但到底僅限於外交上，至於軍事的整體規畫，劉邦一直缺乏眞正的助手來協助他。

就在這個關鍵時刻，張良來了。原來，潁川一帶，正是以前韓國的大本營。離開項梁和劉邦後，張良一直以重建韓國爲己任，於是便留在這裡打起了游擊戰術。劉邦抵達潁川的消息傳到張良耳朵裡後，他便立刻趕來，看看自己能否幫劉邦一把。經過和劉邦促膝長談，張良很快看出，劉邦在進軍關中這樣龐大的軍事行動上，十分缺乏整體規畫。因此，他便建議劉邦，這個時候最關鍵的乃是集中全力向關中挺進。雖說爲了糧秣，必得攻打一些糧倉，但這些都不是主要的軍事行動，用不著把太多時間浪費在這上面。因爲時間耽誤太多，就會讓項羽搶先進入關中，而讓項羽搶先進入關中的結果，是劉邦將永遠只能屈居項羽屬下的一個軍團領袖。進關中的意義，並不僅僅在於能當上「關中之王」，更大的意義在於抗秦戰爭中奪得的這個首功，對於自己聲譽的樹立，是其他功勞都無法替代的。這也是一個眞正想有所作爲者，日後奪取天下的最佳資本。

張良和劉邦會談結束後，因爲游擊隊裡還有急事，就匆匆離開了。不久，正好有另外一個趙國軍團，由一位將軍司馬卬率領，也前來攻打潁川地區，並打算在此渡過黃河，攻打關中。劉邦見到盟軍一時高興，又把張良的話忘掉了，爲了貪圖一點眼前的利益，竟然主動與司馬卬合攻洛陽東部地區，並和前來迎戰的秦軍會戰於洛陽城的平野，劉邦和司馬卬均不能取勝，往南撤退到了轘轅關上。

劉邦在撤退途中，突然想起了張良的話，很後悔自己的冒失行動。這時候他才想到應該把張良留在自己軍中，如此才能讓自己少犯一點錯誤，並幫助自己作長遠的戰略規畫。可是一想到張良剛走而自己就把他的話拋到了一邊，劉邦便無勇氣去邀請張良加入西征軍。又過了幾天，劉邦方才下定決心去請張良。但張良一直在打游擊，沒有固定的地方，劉邦派去的人找了幾天，連張良的影子也沒法見著。正在著急的時候，張良竟主動找上門來了。原來，劉邦仍在潁川逗留的消息，很快就傳到了張良那裡。張良實在無法忍受劉邦這種毫無目標的戰略戰術，便將游擊隊交給韓王和韓國將領們，再次隻身前往劉邦營地。劉邦見張良從天而降，非常高興，掩飾不住興奮地將張良迎入營帳。張良一進營帳，劉邦隨即屏退所有人，躬身對張良施了個大禮，向張良承認自己沒聽取他建言的錯誤。

然後，劉邦又誠懇地挽留張良待在其麾下的西征軍中，幫他作總體的戰略規畫，並對他進行監督。總之，如果張良能助他一臂之力，劉邦願把軍權交給張良，西征軍全權由張良代理，自己甘願做個配角。對劉邦的信任以及這種過分熱情的表現，張良肯定非常感動，大概也從此下定了決心，要一輩子爲劉邦知遇之恩傾盡自己的心力。誰都知道，劉邦此時在楚軍中的地位，幾乎可以和項羽一比高低，身居領袖之職，卻能當面向別人承認自己的無能（不過劉邦還「留了一手」，把別人都屏退出去才說出這番話，這樣做並不表示劉邦臉皮薄怕別人看見，而是替自己和張良都留了退路），這種做法即使是故意表演出來的，亦已夠張良感動的了。

張良對劉邦一向非常敬佩，這次來的本意就是想留在西征軍中協助劉邦，見劉邦如此對待自己，留下來的決心益發加大了。於是，在張良的全盤規劃統籌下，劉邦立即離開潁川，將這塊「大肥肉」留給了趙國的司馬卬將軍，而他則帶著西征大軍急速向西開赴。劉邦如此厚待張良，讓我們想起了一則故事：

一次，齊威王和魏惠王一起到野外打獵。魏惠王問：「齊國有寶貝嗎？」齊威王答道：「沒有。」魏惠王聽後得意地說：「我的國家雖然小，尚且有直徑一寸大的珍珠，光照車前車後十二輛車，這樣的珠子共有十顆，難道憑齊國如此之大，竟然沒有寶貝，這真讓人不可思議！」

齊威王別有意味地回答道：「我用以確定寶貝的標準，與您不太一樣。我有個大臣叫檀子，派他守南城，楚國人就不敢來犯，泗水流域的十二名諸侯都來朝拜我國。我有個大臣叫盼子，派他守高唐，趙國人就不敢東來黃河捕魚。我有個官吏叫黔夫，派他守徐州，燕國人對著徐州的北門祭祀求福，趙國人對著徐州的西門祭祀求福，遷移而求從屬齊國的有七千多戶。我有個大臣叫種首，派他警備盜賊，做到了路不拾遺。這四個大臣，他們的光輝將光照千里，豈止十二輛車呢？」這段話，既是對魏惠王有力的回答，使他羞愧難當，同時更是對自己臣下的極佳讚揚。正是透過諸如此類巧妙得當的讚揚，齊威王在籠絡人心方面表現得極出色，使一大批諸如田忌、孫臏、淳于髡等傑出人才心服口服，心甘情願地為其效勞。於是，齊國大治，出現了「坐朝廷之上，四國朝之」的大好局面。

人才是最寶貴的，只有擁聚人才，才能擁有智慧，而智慧是一切財富的來源。擁有眾多的智慧，並能在其中充分而有效地組織利用智慧戰略決策，必能在當今激烈的商場競爭中，立於不敗之地。

剛柔並濟，懷柔策略立竿見影

雖然西進才是最重要的，但糧草問題總是困擾著劉邦的西征軍團。於是，張良建議劉邦可以暫時南進，因為南方的城池防守力量比較弱，容易攻陷。在張良的規劃下，劉邦的糧草問題又順利地解決了。劉邦的計畫中，他打算攻打函谷關進入關中。張良對劉邦這種硬碰硬的作戰方法極力反對，因為函谷關均由強大的章邯軍團防守著，憑劉邦的實力，想攻入函谷關是不可能的。

在張良的建議下，劉邦於是把攻打函谷關的計畫，改為攻打武關。武關原屬韓國，張良對這裡的地形非常熟悉。這是張良堅持攻打武關的原因之一。

六月，劉邦和秦王朝的南陽守軍激戰，劉邦獲勝，秦軍退入宛城，準備堅守。劉邦想起自己在開封時浪費了不少時間，因此這次他也準備放棄宛城，急速西行。對此，張良卻立即勸阻。劉邦對張良的勸阻感到莫名其妙，因張良一直主張盡快西進，自己主動放棄宛城理應得到張良的贊同才是。張良見劉邦不明白他的意思，便解釋說：「我們雖急著入關，但目前擋在前面的秦軍非常多，並且都是據險而守，如果這樣輕易跳過宛城，萬一前面發生苦戰，宛城的秦軍傾巢而出，從後面截斷我們的後勤路線，甚而夾擊我們，而前面又有強大的秦軍，這將使我方陷入空前的危機中。」劉邦於是下令，全軍暫時駐營。到了晚上，劉邦又命令全軍悄悄地回到宛城旁邊布局。到了破曉時分，劉邦已將宛城團團圍住了。

由於宛城原屬韓國，城中有許多人與張良相識，所以當南陽郡守決定死戰時，很多人都不贊同。郡太守舍人陳恢便勸告郡守不要急著求死，應盡量謀求以談判的方式來解決問題。陳恢又透過張良拜見劉邦，對劉邦說：

「我聽說將軍和楚懷王曾有約定，先入關中者爲關中之王，如今將軍卻不西進，而盡全力來攻打宛城，宛城的城牆連綿數十里，要完全攻陷談何容易？猛烈的進攻，會讓城中人覺得投降必會遭到重大傷害，那他們一定不管怎麼樣都會堅守城池，將軍勢必非硬攻不可，您這方的傷亡肯定也不少，結果是雙方都落得兩敗俱傷。

「而如果想跳過宛城不管，宛城的守軍必會隨後追擊將軍，不但使將軍關中之約因而耽誤，後面又有追兵的危險，這對將軍是大大不利的。

「因此我站在將軍的立場考慮，不如設法讓宛城的太守投降，再將他封為侯，使他能站到已具優勢的楚軍陣營上，那他想必會非常樂意，反而能替將軍留守住宛城，保持後援路線的暢通無阻。更重要的，將軍還可以將宛城軍隊併入您的西征軍團中，讓這條路線上的秦國守將有成例可循，每個人都爭相開門迎接您，西征之路不是就能完全暢通無阻了嗎？」

在陳恢和張良的精心策劃下，事情果然得以圓滿解決，宛城太守打開城門，讓劉邦不費一兵一卒就走了過去，而不必從別的地方繞道西進。

於是，劉邦晉封南陽太守為殷侯，繼續留守宛城。舍人陳恢也因和談之功，領受封邑千戶。

劉邦的懷柔策略，立即達到了立竿見影效果。西征路上的秦國守將從此再也無心和劉邦決戰，都想透過和平手段來解決他們共同面臨的問題。當大軍到達丹水時，秦國的高武侯戚鰓、襄侯王陵也主動投降，王陵日後更成為劉邦陣營中的嫡系大將之一。緊接著，胡陽城、析城、酈城均不戰而降，劉邦也下令西征軍不得掠劫秦國城池，因此西征軍團紛紛受到了秦國人民的熱烈歡迎。很快，劉邦的軍隊抵達武關。

兵臨城下，秦王兵敗受降

西元前二〇七年七月，秦王朝最後一員大將章邯投降項羽，項羽軍團聲勢大振，直逼函谷關。八月，劉邦攻入武關，咸陽城已遙遙在望，秦王朝官員、民眾大為震驚，這是自秦建國六百年以來，從未曾遇到過的恥辱和危機。章邯軍團崩潰，項羽進逼函谷關，而現在劉邦又攻入了關中，大秦帝國的滅亡眼看已成定局。

趙高害怕胡亥責怪自己，便假託生病，不再去見胡亥。因趙高不在，朝政陷入癱瘓狀態，告急的急報只能送給胡亥處理。沒有處理緊急情況經驗的胡亥，被嚇得慌了神，急著尋找趙高，想問清楚事情的來龍去脈。聽說胡亥到處在找自己，趙高更害怕了，他決定先殺掉胡亥，保住自己的性命再說。於是，趙高祕密召見他的養女婿（趙高雖是宦官，但他收養了一個女兒）——咸陽令閻樂，對他說：「皇上一向不聽我的勸諫，如今事情被他弄到了這個地步，他卻想把責任全部歸咎於我，這太不公平了。因此，我決定廢除昏庸的胡亥，擁立賢良的子嬰爲皇帝。」趙高又暗示郎中令作內應，謊稱有賊人闖入了禁宮，令閻樂率軍進宮抓賊，乘機殺掉胡亥。事前，趙高害怕閻樂臨陣倒戈，便將閻樂的母親當作了人質。閻樂無奈，率一千名禁衛部隊，以抓賊爲名侵入禁宮，到達望夷宮門後，下令逮捕守衛宮門的僕射，並責備說：「賊人闖入宮內，你怎麼不阻止他？」僕射被問得莫名其妙，不解地問：「周廬的衛區內一向守衛嚴謹，哪來的盜賊入侵事件呢？」閻樂不讓僕射辯解，揮劍將他斬殺，率隊直入宮中，無論見了誰都格殺勿論。閻樂率人侵入禁中，往胡亥的臥室放箭，胡亥大驚失色，急呼救駕，但侍衛及宦官們沒有一個前來救駕，都紛紛逃走了。只有一位宦官沒有離開胡亥，胡亥退入內宮後，痛心疾首地對這個宦官說：「你爲什麼不早點告訴我，趙高才是秦國最大的奸臣呢？」宦官感嘆地說：「正因爲我沒有告訴您這些才能活到現在，否則我早就被趙高殺害了，哪能活著在這兒陪著您！」

閻樂尋到內宮後，指著胡亥的鼻子嚷道：「你昏庸無道，丞相（趙高）讓我來殺了你，爲民除害！」

胡亥哭著說：「能不能讓我見一見丞相？」

閻樂冷笑著說：「哪有可能。」

胡亥哭著說：「我讓位給丞相，請他把我貶到郡裡爲王行不行？」

閻樂只是搖頭冷笑。

胡亥哭著說：「再把我降爲萬戶侯行不行？」

閻樂依舊搖頭冷笑。

胡亥索性賭氣地說：「我萬戶侯也不要了，只做個普通老百姓行不行？」

閻樂還是搖頭冷笑，一邊笑一邊晃著手裡的那把劍。

胡亥見大勢已去，不願再受其辱，便自盡而亡。

閻樂派人向趙高報告胡亥自盡的消息，趙高立即上殿，緊急召集朝廷大臣及秦皇室成員，宣布昏君胡亥被誅，並說：「秦國本來便是王國，始皇統一六國，故稱帝國。如今六國紛紛復立，秦國統轄範圍已縮小，不可再空有皇帝之名，所以繼任者應恢復秦王的稱呼。」於是，趙高擁立秦始皇孫輩中聲望最高的子嬰爲秦王，並以普通百姓的身分將胡亥草草葬於宜春苑中。

九月，在趙高的「擁立」下，子嬰繼任爲秦王。就任秦王後，子嬰立即祕密召見他的兩個兒子，對他們說：「趙高弒君後，恐怕群臣誅殺他，才假裝擁立我爲秦王。我聽說趙高已在準備和劉邦和談的事，他的意圖很明顯，就是要把滅秦的功勞獻給劉邦，然後再和劉邦共分關中爲王。這樣的亂臣賊子，應該立即將他殺掉，但趙高的勢力太大，如果要誅滅他，得想個辦法才好。」於是父子三人齋戒了五天思忖對策。趙高派人請子嬰到宗廟接受秦王玉璽，請了幾次子嬰都稱病不走，於是趙高立即去見秦王。按照計畫，在兩個兒子的協助下，秦王果然成功地誅殺了趙高。

殺掉趙高後，秦王便派遣大將率軍前往武關西面的嶢關部署，加強對咸陽的防衛。劉邦進入武關後，曾下令全力向嶢關進攻，但被張良阻止住了。在張良看來，秦軍已到生死關頭，決死之心使士氣大增，這時絕不可硬攻，否則會造成不必要的損傷。因此，張良建議劉邦，楚軍可以在山中大張旗幟，向秦軍顯示楚軍的強大，以爲疑兵，然後再派酈食其及陸賈兩人去游說秦將，盡可能答應他們的所有條件，以鬆弛其必死的決心，這樣就會讓秦軍的士氣衰弱下去。

劉邦按照張良的建議，向秦將們開出了一張張誘人的空頭支票，秦將在相當令人心動的條件下答應和談，劉邦也表示接受。張良卻暗中對劉邦說：「不可接受。我們的目的只是爲了鬆懈他們的鬥志，現在目的達成，和談也就結束了。再說，就算秦將想投降，秦國守關軍民也不見得會同意，一不小心，反遭其害，不如乘其鬆懈之際全力攻擊，這樣也可以摧毀咸陽軍民的士氣。」如此一解釋，在張良的眼裡，和談是爲了削弱秦軍的士氣，撕毀和談的條約同樣也是爲了削弱秦軍的士氣。截然相反的兩種做法，達到的效果竟然一樣。這其中的因果關係，眞讓人驚奇。

劉邦恍然大悟，於是親率主力繞過嶢關，越過蕢山，大破秦軍防衛主力於藍田關南部，並追擊到藍田關口，在關北再度將秦軍最後的防衛部隊徹底擊潰。十月，劉邦進至霸上。至此，咸陽城已完全喪失防禦能力，秦王子嬰只好乘坐著白色車子，以白馬拉車，身穿白衣，在咸陽城的軹道旁，跪著向劉邦獻上了玉璽、符節。

劉邦率大軍，浩浩蕩蕩開進咸陽城。這時距子嬰繼任秦王，只有四十六天。秦王朝正式亡國。

入秦宮，劉邦納諫善其身

秦王子嬰不戰而降，意外的驚喜竟讓劉邦一下子無所適從，不知道接下來該做些什麼。有人主張，乾脆殺了秦王，奪取秦政。幸好劉邦此時仍保持著足夠理智，沒有殺掉秦王。在蕭何和張良等人的建議下，劉邦將子嬰交給負責降俘的人員去管理了。處理好投降事宜，劉邦立刻整軍進入咸陽。按照從戰國時代就傳下來的慣例，只要攻陷城池，掠奪城池中的財物對勝利者進行犒賞，是很正常的事，罕有人意識到這是一種野蠻行徑。

劉邦的西征軍是個典型的雜牌軍，人員結構極其複雜，到了這個時候誰也管不著誰了。所以大軍剛一進入咸陽城，各軍團將領就紛紛指揮原部屬，大肆掠奪秦國宮中、國庫、官員家中及民間的金銀財寶。看到這般情形，已被勝利沖昏了頭腦的劉邦，也沒覺得哪兒不妥。但經過張良等人的警告，劉邦才驚覺問題嚴重，於是急忙下令各軍團將領對自己的部屬進行約束。然爲時已晚，陷入極度狂喜中的士兵們哪裡還約束得住，劉邦只得暗暗叫苦，眼睜睜地看著自己的西征軍在咸陽城胡作非爲。劉邦深刻地檢討了自己，認爲自己犯下彌天大錯。身爲西征軍領袖，卻無法制止部下的掠奪行爲，實在是一種恥辱。

不過劉邦剛檢討完自己，又犯下了一個錯誤。如果說西征軍的掠奪行爲並不完全是由劉邦親手造成的，可以把這些罪行歸咎到雜牌軍身上，那麼現在由他自己親身犯下的這個錯誤，就無法原諒了。幸好，劉邦一向對別人的話很重視，凡是他聽了覺得有道理的，總能愉快地接受，並立即改正自己的缺點。這次劉邦也正是因爲張良等人的苦勸，才沒讓自己的錯誤繼續發展下去。

事情是這樣的：出身低微的劉邦，頭一次進入富麗堂皇的大秦王朝咸陽宮時，馬上就不能自制了。面對後宮裡那些專供皇帝享用的帷帳、犬馬、珍寶、美女，劉邦簡直愛得不得了，差點就要發狂。尤其是美女，對生性風流的劉邦來說，更是一股要命的誘惑，要不是當著那麼多部下的面而稍微有點不好意思，他眞想一下子就撲上去，把這些美女統統扔到原來屬於胡亥的那張床上去……

從劉邦那迷離的眼神中，最瞭解他的樊噲首先看到了這個危險的信號。尚在理智之中的樊噲，立刻向劉邦發出了警告：「沛公的志向是想稱霸天下，還是僅僅想做個大富翁呢？這些奢華的享受之物，都是使秦王朝滅亡的罪魁禍首，沛公您怎麼會需要這些東西呢？」樊噲苦苦勸說，劉邦戀戀不捨地離開了秦宮，離開了那些他實在捨不得離開的財寶和美女。不過，劉邦在離開時，下了一道嚴厲命令：「膽敢擅入秦宮者，殺勿赦。」

從秦宮出來後，樊噲把這件事告訴了蕭何。樊噲之所以要將這件事告訴蕭何，是因爲他明白：劉邦只是礙於臉面而暫時離開了秦宮，不出今晚，他一定還會偷偷潛入秦宮來享受一番。見自己的勸諫沒有效果，樊噲只得讓蕭何想辦法勸一勸劉邦死了這條心。既然連樊噲都難以勸諫的事，憑他蕭何，也是無濟於事的，於是蕭何就把張良也請過來，他心想現在也許只有張良能說服劉邦了。張良立即晉見劉邦，眞誠地對他說：「正因爲秦皇室無道，只顧享受而不知天下黎民百姓的疾苦，沛公才有機會進入咸陽的啊！所以爲了替天下除暴安良，便應建立簡樸廉潔的形象，如今您剛入秦宮，便急著去享受那些奢靡的皇宮設施，這和胡亥又有什麼區別呢！」

連張良都來勸諫自己了，劉邦便只好打消再入秦宮的念頭。其實，劉邦何嘗不曉這些大道理，只不過人有七情六欲，很多時候人們都難以控制自己的欲望。劉邦也不例外。隨後，劉邦又接受蕭何等人的建議，將西征軍從咸陽城撤出來，駐紮在霸上。人最大的弱點是姑息自己，苛求別人。而透過自我反省，個人首先明白並不眞正認識自己，或者第一次有了想法，希望自己以往行爲在某些方面能夠有不同的表現。或由於環境所迫，或由於自己有意識的反省，個人不得不嚴肅待己。深刻地認識自己，眞正地看見自己的實際形象，是一段艱苦的過程，有時甚至還要經歷精神上的痛苦。自我反省的作用，就是爲更深刻地認識自己打下基礎，沒有對自己眞正的深刻認識，個人就不可能成材。

自我反省爲深刻認識作準備，也等於是掘地開土播下了自我理解的種子，這些種子終將逐漸開花，引起行爲的變化。一個沒有反省能力的人，是無可救藥的人。眞正的成功者，都不怕承認在人生中所犯的錯誤。他們與平凡人的區別就在於，他們發現這些錯誤時，能立刻改正並往好的方向努力，而平凡的人卻不懂得及時反省自己，讓錯誤一錯再錯地發展下去。

約法三章，關中樹形象、收人心

十一月，劉邦從咸陽撤出，駐軍霸上。之所以要從咸陽撤軍，是因爲劉邦明白，這麼多兵馬，只要在咸陽待一天，咸陽便不得安寧。這樣西征軍的形象就要受到損傷。剛進城時，由於劉邦的一時疏忽，西征軍在咸陽大肆掠奪的行爲，已經激起了關中人民的憤怒。後來，雖經過嚴厲彈壓，西征軍稍微收斂了一點，但還是無法杜絕掠奪民間財物的現象。劉邦索性就把軍隊強行從咸陽撤了出來。

駐紮到霸上後，劉邦又發現，西征軍中仍有不少士兵，常常私自進入咸陽城掠奪民間財物。這讓劉邦很惱火。劉邦找來蕭何、張良、樊噲等人，與他們商議，該如何解決好這個問題。鑒於秦王朝那些既嚴酷又繁雜的法令對人民帶來的不滿情緒，蕭何建議道，制訂的新法律，愈是簡單，愈能夠產生良好效果。蕭何的建議對劉邦的啓發最大，經過幾日思考後，劉邦早已胸有成竹，於是便召見了各軍將領和關中諸縣的民間領袖，正式向他們宣告：「關中父老對秦王朝的嚴刑苛法，相信已久受其苦。我和全體起義的諸侯有共同約定，先進入關中者爲王，因此我是公認最有資格成爲關中王的人……如今我便以王之身分和父老們約定，只訂立三道維持治安的最基本法律：從現在起，沒有任何理由，殺人者判處死刑，傷人和搶奪盜竊的也依情況輕重處以應得之罪。至於其餘秦法全部廢除，所有官吏及民眾的地位、工作和生活習俗，一切如常……我今天到這裡來是爲父老除去生活疾苦，不是來欺負和搶奪你們的，所以大家不用恐懼驚慌……也因此我下令所有軍隊撤軍到霸上，並等待其他諸侯軍隊到來，重新制訂統治管理的辦法！」

劉邦立即派遣使者配合秦國原任官吏，到各郡縣鄉邑張貼這張公告。

這幾條異常簡單的法律條文，竟眞正地使關中很快又恢復了安定。咸陽城的官吏、百姓和關中各鄉邑的長老、村民，想不到亡國後仍能獲得如此保障，無不歡天喜地，爭先恐後地將牛、羊、酒送到軍中慰問將士。劉邦果斷地謝絕了這些慰問品，並將前來慰問的關中百姓代表送了很遠才回到霸上。

關中百姓從此便把劉邦看作是自己人了，都不希望劉邦離開這兒，而盼望著他能當上關中之王，領著他們過好日子。

【第三章】

能屈者，方能伸

劉邦保身之道

生活中的每一個人，不論是偉人還是平凡人，都必須有個起點。偉人所以成功，並非生來就卓越出奇。事實上，在一些最偉大的人物裡頭，有一些人在他們的一生中，有時被認為是十分愚蠢的，直到他們掌握了審時度勢的才能，學會了理解他們自身的這種才能並加以運用，他們才開始向成功之道攀援而上。由此可見，善於審時度勢、看準時機，對一個人來說是多麼重要。如果一個人想擁有成功未來，即必須具備審時度勢的才能。

顧全大局，退出關中

劉邦顯然也不是天生就具備這種審時度勢之才能的。將西征軍團從咸陽撤出還軍霸上，除了從治軍方面考慮而樹立一個良好形象給關中人民外，最重要的一點，劉邦還想藉此向項羽表白，顯示自己對關中絕沒懷野心。關中縱是劉邦所打下來，可這其中的功勞少不了項羽一份。劉邦便想以此來應付項羽的質問。雖然這麼做了，劉邦的心理卻相當不平衡，所以又自相矛盾地派出一支隊伍守住了函谷關，下令沒有他的命令，任何軍隊不得進入關中。

顯然，封鎖函谷關這件事，不但參謀長張良不曉得，就連負責行政管理的蕭何也被劉邦瞞住，甚至劉邦的主要將領樊噲、周勃、曹參等人都被蒙在了鼓裡。劉邦這樣做，充分顯示出他那小家子意識又在作祟了。事實上，即便換作別人，也不一定能做得比劉邦更大度。辛辛苦苦打下來的關中，憑什麼要低三下四地擺在那兒等著項羽來接管呢？

但劉邦很清楚，之所以要這麼忍氣吞聲，就因為項羽的實力比他強大。項羽自降伏章邯後，聲望已如日中天，儼然是天下第一英雄了。實際上，這個天下第一英雄的稱號對於項羽來說，也是當之無愧的。這一點，劉邦自然比誰都更清楚。心裡明白，可是做起事來卻糊塗。劉邦不知不覺地又犯了錯，這個錯誤眼看就要替他惹來大麻煩啦。此時，項羽的主力軍正火速開往關中。當他到達函谷關時，已是十二月了，距離受懷王之命，隨宋義北征，正好一年零三個月。

函谷關是進入關中地區的第一要塞之地。這裡是黃土高原，樹木稀少，周圍盡是岩石和黃土斷層，只有一條窄路可以通行。函谷關的城門依地勢建造，十分堅固又險要，自古便有一夫當關、萬夫莫敵的氣勢。劉邦於是錯誤地判斷，憑此天險，足以抵擋項羽幾十萬大軍。

項羽在接近函谷關前，已得到劉邦比他早攻入關中的情報。雖然項羽不曾有在關中爲王的想法，但讓劉邦搶先入關，面子上多少有點掛不住。當他得知劉邦派軍扼守住函谷關口時，不禁大怒，立刻派遣先鋒英布率軍猛攻函谷關。

函谷關雖地勢險要，但項羽軍團已經擊潰章邯，氣勢高漲，守關的劉邦軍隊不久就頂不住了，只好撤退。項羽很快進入了函谷關。函谷關兩側懸崖峭壁，中間的道路相當狹窄，很多地方僅能容一輛馬車行進。劉邦如果眞要據險而守，項羽可能要花上數倍的時間也不一定能攻得破。但劉邦守關沒理由阻止和自己同根的楚軍通過，畢竟站不住腳，所以項羽才能這麼容易便通過了函谷關。即使順利攻下函谷關，可是由函谷關到潼關再進入關中盆地，仍足足花了項羽兩天多的時間。經過兩天多的急行軍，劉邦駐紮在霸上的大軍已赫然擺在了眼前。項羽不知道劉邦到底想對自己怎麼樣，因此他暫時將部隊駐紮在新豐鴻門附近。

這時候，劉邦在霸上的部隊大約有十萬，號稱二十萬；項羽率領的諸侯聯軍大約有四十萬，號稱百萬。面對項羽的到來，劉邦一時間還沒想好該怎麼應付，因此雙方就無緣無故地對峙起來。劉邦的軍隊也是楚軍，和項羽本是一家人。劉邦把他們強行拉到霸上，禁止他們在咸陽城掠奪財物，早已讓他們不滿了，此時再眼見項羽軍團的龐大氣勢，劉邦又擺出一副對抗的樣子，心中大感不安。這些人在衡量雙方實力後，自然功利占上風，急著想向項羽討好。劉邦的左司馬曹無傷頭腦最靈活，搶先派人向項羽密告：「劉邦有意在關中爲王，且令子嬰爲相，私吞了皇室所有珠寶。」這當然並非事實，否則劉邦也犯不著從咸陽撤離，駐軍霸上了。但初來乍到，對眞實情況無法及時掌握的項羽，聽完密告後不禁勃然大怒，於是下令全軍進入戒備狀態，準備和劉邦展開大會戰。

這時候，最希望項羽向劉邦開戰的是軍師范增，他看得透澈，劉邦主動撤出咸陽駐軍霸上，然後又約法三章不讓軍隊擾民，顯然野心極大。現在放過劉邦，以後也許就沒有機會再收拾他了。要消滅劉邦，目前正明擺著一個極好的藉口，而此藉口顯然是由劉邦自己落下的。對范增來說，這眞是天賜良機。相反的，如果劉邦從一開始就裝出一副歡迎的姿態，即使他暗藏野心再大，范增就算有底也拿他沒辦法，更找不出理由來討伐他了。面對這天賜良機，范增激動地對項羽說：「劉邦是個有名的貪財好色之徒，如今他進入關中，卻對關中的財物和美色無動於衷，顯然有失他的本性。僅從這一點來看，就表明他野心不小，是眞的有意在關中自封爲王。本來我們正愁找不著藉口消滅他，現在他居然封鎖函谷關與我們爲敵，等於給我們製造了一個絕佳的藉口，不如藉著這個把柄討伐他，將他徹底消滅以絕後患！」

項羽早就被劉邦的所作所爲激怒，即使沒有范增來添這把火，他也準備向劉邦發動進攻了。決心已定，項羽便開始和他的智囊謀劃具體的戰略部署。楚軍內部之間的這場大火拚，就要開始了。解鈴還需繫鈴人，眼看項羽就要向劉邦發起進攻。劉邦這時才發現，自己已經處在一個十萬火急的危險境地，於是對自己封鎖函谷關的愚蠢舉動大感後悔。事已至此，後悔也來不及了，唯一的出路只能是和項羽決一死戰了，但和項羽決戰，無異於雞蛋碰石頭，看來這場仗是絕不能打的。

劉邦的理智又占了上風，於是他決定冒一次巨險，去赴項羽的「鴻門宴」，由自己親自出馬去向項羽請罪，他要向項羽表示，他馬上就要退出關中，將關中這塊大肥肉無償地贈送給項羽。

暫時低頭，是爲了將來能把頭仰得更高。在劉邦看來，讓步其實不過只是暫時的退卻，爲了進一尺有時候就必須先做出退一寸的忍讓，爲了避免吃大虧就不應計較吃點小虧。而在現實生活中，這種先退一寸然後再進一尺的策略，比比皆是。漢末三國時，司馬懿的拿手好戲是裝病，曹操生前，司馬懿裝了幾次病，都被曹操識破了。曹操死後，山中無老虎，司馬懿這隻猴子便理所當然地稱了霸王。曹操的後代，哪裡是他的對手，三兩回合下來，司馬懿便將曹操辛辛苦苦幾十年打下來的江山給奪了過來。

以退讓開始，以勝利告終，這是劉邦和司馬懿告訴我們獲得人情關係學學分的祕訣。你先表現得以他人利益爲重，實際上是在爲自己的利益鋪路哩，在做有風險的事情時，冷靜沉著地讓一步，猶能取得絕佳效果。

讓項羽自食其果

劉邦將咸陽果斷地讓給了項羽，以此打消項羽進擊他的念頭，保存了自己的實力。以勝利者姿態進入咸陽的項羽，馬上殺掉降王子嬰。隨即，項羽又放縱全軍，將皇宮、官邸、民宅全都洗劫一空；由於劉邦曾下令約法三章禁止搶劫，秦國吏民便在毫無心理準備的情況下，受到了最嚴重的傷害。將咸陽城洗劫一空後，項羽便下令火燒咸陽城。這把火，將秦始皇統一天下後辛苦建立起來的所有檔案全都燒毀了，若非蕭何在進入咸陽之初搬走了不少，漢王朝建立以後可能要花費更多時間，才能把這些經營天下必備的資料復原。

火燒咸陽對中國文化的破壞，已經達到了無以復加的地步。秦始皇施行的焚書坑儒政策，只是將流傳民間的文物毀於一炬，除了少數隱藏起來的以外，幾乎所有的書籍都保存在咸陽城府庫中。如今這些典籍又被項羽的一把火給燒光，於是秦以前華夏文明數千年的記錄幾乎全消逝了。

這一場火整整燒了三個多月，才慢慢熄滅掉。不少有頭腦的項家軍將領，因爲這場火而對項羽徹底失望，紛紛投奔到了劉邦那裡。日後對劉邦爭霸貢獻最大的韓信和陳平，都在這把熊熊燃燒的火光前，動搖了他們對項羽的信心。

縱觀項羽在關中的所有措施，全都是失策。他的失策，即使擇要而論，至少也有三點：

一、屠殺嬴秦宗室和城中百姓，洗劫並焚毀秦宮，使得咸陽淪爲一片瓦礫場。

二、拒絕韓生（《漢書》記爲韓生，《楚漢春秋》和楊子《法言》記爲蔡生，《史記》未記）建都關中之議，不都關中而都彭城。

三、將漢中、巴蜀之地封給劉邦。

由於第一點失策，項羽使自己進一步失掉了民心（此前不久，他曾坑殺秦降卒二十萬，也是大失民心之舉），終於慢慢變成了孤家寡人。得民心者得天下，失民心者失天下，戰爭它與政治有著密切的聯繫。所以，《孫子兵法》將「道」作爲影響戰爭勝負之五大因素中的首項。所謂「道」，就是要使百姓與統治者同心同德，才可能讓其效死而不懼危險。

《司馬法》認爲，統治者應當「以仁爲本，以義治之」，應當愛民，而不應害民擾民。《吳子》認爲，「若行不合道，舉不合義，而處大居貴，患必極之」。由此可見，兵家雖是以談謀事立功、克敵制勝之道爲宗旨的，但古代所有大軍事家都有個基本的精神，即以仁義爲根本而以謀略爲輔助，他們都懂得如何以仁義之舉去贏得民心。古人說「多行不義必自斃」，項羽起兵之後，所經過的地方濫殺無辜、毀壞城郭，秦軍投降後竟將降卒二十萬全部坑殺。入關中後，他不僅不思悔改，反而變本加厲，殺子嬰、屠咸陽、焚秦宮、掘秦陵，真可謂殘暴至極；這樣多行不義殘暴至極的人，其最終滅亡不僅是勢所必然，且是罪有應得。

項莊舞劍，沛公談笑自如

鴻門在咸陽的西北部，這裡因二千多年前曾發生過一段驚心動魄的故事而名聞天下，項羽進駐新豐和霸上的劉邦對峙時，在這裡設立了大本營。不久，就在這裡發生了鴻門宴的故事。鴻門宴的引發者，是項羽的叔父項伯。

據《史記》記載，項伯殺人，逃到下邳，和博浪沙刺殺秦始皇失敗後逃到下邳的張良相遇。張良曾對處在貧困交加中的項伯，給予了極大資助。項伯在項羽身旁，以項羽叔父的身分自居，在項家軍中擁有相當高的地位。項伯對情義看得很重，隨項羽大軍進入關中後，當他得知自己的恩人張良就在劉邦身邊時，很想去見上一面，但由於駐紮在霸上的劉邦正和項羽對峙，項伯就沒有去成。當他聽說項羽準備明日襲擊霸上這個消息時，擔心劉邦被擊潰後危及到張良的生命安全，遂仍冒著危險，趁夜色掩護偷偷地前往劉邦陣營。

項伯見到張良後，二話不說，拉起張良就讓他跟自己走。張良實在太聰明了，見項伯這樣，便知道一定是發生了什麼緊急情況。在張良一再追問下，項伯只好將項羽準備明日襲擊劉邦的消息和盤托出，這個消息讓張良吃驚不已，他沒料想到項羽的動作竟這麼快。張良見劉邦危在旦夕，於是說服了項伯，讓他跟自己一起去見劉邦。稟報了劉邦，張良先入營帳，讓項伯在外面稍等。張良將自己和項伯認識的經過及項伯報信等話詳細說了一遍，聽完張良的話，劉邦大吃一驚，和張良商議一番後，請項伯入帳。張良出來敦請項伯。

這時，劉邦已備好酒菜，擺出一副接待貴賓的場面，不等項伯同意，劉邦便依禮拜見兄長（張良和項伯如同兄弟，項伯較年長），舉杯敬酒。項伯見劉邦如此以禮相待，十分感動。劉邦見項伯對自己沒了戒心，趁機和他套起交情，然後又向項伯訴說自己的「苦衷」：「項將軍對我的誤解實在是太大了，我們過去的交情其實挺好的，我怎麼會不仁不義地背叛他呢？入關以來，我什麼東西也不敢據爲己有，所有資料全部封好，就是爲了等待項將軍來接收啊！我之所以會派兵防守函谷關，是怕有其他軍隊入侵，讓我無法向項將軍交代。我這樣日日夜夜盼著將軍的到來，怎麼可能會反叛他呢？請您替我向項將軍說情，說我劉邦從未忘記過去他對我的恩情！」

項伯見劉邦說得如此誠懇，便當場承諾替劉邦向項羽說情，勸說他停止攻打劉邦的計畫。項伯也對劉邦許諾，今天晚上即去拜見項羽，親自向他解釋一些情況，消除項羽對劉邦的誤解。項伯火速返回新豐，勸說項羽放棄攻擊劉邦的計畫，並告訴項羽明天一早劉邦將親自來替自己辯解，消除兩人間的誤會。項羽答應暫時取消攻打劉邦的計畫，先看看明天劉邦的態度再說。

第二天，劉邦果然準時來到鴻門赴宴。

除了一百餘騎士卒外，劉邦只帶了兩名將領。這兩個人，一個是膽大心細的張良，另一個是力大無比的樊噲。得知項羽突然取消攻擊劉邦的計畫時，范增便苦勸過一番，見項羽不聽自己的勸諫，范增也沒有辦法。於是范增又勸說項羽，乾脆在今天的鴻門宴會上趁機除掉劉邦。范增一再告誡項羽說劉邦是多麼狡詐且野心勃勃的人物，若不及時除掉，將會是項羽爭霸天下的最大敵人。取消原定的攻擊計畫已犯下錯誤，如果在鴻門宴上還不把劉邦趁機殺掉，那就是錯上加錯了。

鴻門宴，注定將是場生死宴。但劉邦還是準時赴宴來了，在智囊張良和武士樊噲的陪同下，他面帶微笑，彬彬有禮，有如去參加一場喜慶的婚宴。

在宴會上，劉邦曉之以理、動之以情，滔滔不絕，談笑風生。此時，卻是殺機四伏。劉邦內心已十分緊張，但竟沒有半個人能從他的臉上窺出一絲一毫緊張的情緒，他始終微笑著，彷彿他的內心再平靜不過。《史記》在描寫到這一段精采的故事時，以文筆冷峻著稱的司馬遷，也幾乎控制不住他內心的激情。於是乎，司馬遷忘記了他身為史家的嚴肅，把這段故事寫得比最傳奇的小說還要精采十分。一不留神，司馬遷將自己那橫溢的才華也暴露無疑。項羽、劉邦、范增、張良、樊噲等人的鮮明個性，被司馬遷描寫得入木三分，淋漓盡致，活靈活現，彷彿司馬遷本人也參加了這場著名的鴻門大宴似的。

猶豫不決，項羽坐失良機

鴻門宴上劉邦那談笑風生的表情，讓項羽開始猶豫不決起來。在項羽眼裡看來，如劉邦有意和他項羽為敵、暗藏野心，面對他的質問，是絕對不會如此平靜的。俗話說，不做虧心事，不怕鬼敲門。看劉邦的表情，難道真是我項羽以小人之心度君子之腹，誤解了劉邦？

在見到劉邦前的那一刻，項羽以為，劉邦肯定早已嚇得面無人色，面對自己犯下的滔天罪行，他將嚇得跪在蓋世英雄項羽的面前，顫著聲請項羽看在多年同門的份上，饒過他一條狗命。但項羽看到的，卻是一張春風滿面的臉。那份坦然與寧靜，看了就讓人覺得舒坦。項羽的氣也在這一刻不知不覺地消去了大半，於是立即恢復他的英雄氣度，恢復了他做爲主人的禮節，和劉邦寒暄著進入宴會大廳。畢竟都是同門，用得著這麼劍拔弩張嗎？有話好說，沒什麼事情是解決不了的。同門之間，話說開了也就算了，可不能輕易傷了和氣而讓外人看笑話。有了這種心思，項羽就覺得那個囉哩囉嗦的糟老頭范增有點沒事找事，純粹是吃飽了撐著。

項羽和劉邦客客氣氣地相讓著進了宴會大廳。坐下後，項羽好不容易鼓起勇氣，正要質問劉邦爲什麼封鎖函谷關，劉邦卻搶先說道：「我和將軍奉命攻打秦國，將軍北上，我西征，其實，我並未刻意想和將軍爭功，只是意想不到竟能輕易地先行破關入秦都咸陽，所以能夠在此地和將軍相會。這本是椿値得高興的好事，不幸有小人在中間搬弄是非，使將軍對我有些誤會，眞令人遺憾。」說到小人搬弄是非，項羽突然想起某人來。大概他覺得劉邦的話有道理，於是便安慰劉邦：「其實，這一切也都是沛公的左司馬曹無傷的密報啊！否則我項籍也不會急著跑到這裡來。」

氣氛開始緩和，酒宴繼續。范增在一旁看到竟是這般結果，心裡十分著急，一再向項羽暗示該準備刺殺劉邦。可是項羽和劉邦談笑自若，裝作根本沒看到的樣子。范增便將自己身上的玉玦舉起，暗示項羽快點下決心行動。項羽依然裝作沒看見范增的暗示，只不斷向劉邦勸酒，並說些在鉅鹿奮戰的過程，劉邦則頻頻對項羽的英勇無敵表示讚賞，把項羽吹捧得飄飄然。

范增越想越急，越想越氣，最後實在坐不住了，便藉故走出了宴會大廳，對項羽的堂弟項莊說：「項將軍又被劉邦這隻老狐狸給騙住了，刺客看是派不上用場了，可劉邦非殺不可！我想請你現在以祝賀兩人和好爲名，要求舞劍助興，藉機靠近劉邦，將他殺掉！」

項莊按照范增的吩咐，即刻持劍步入宴會大廳，向項羽和劉邦祝賀消除誤會，和好如初。祝賀完畢，項莊對項羽說：「將軍和沛公暢飲，我就乘興起舞，表演劍技助興吧！」

劉邦的賣乖術，正是人情關係學中最精明的一招。爲人乖巧伶俐，做事多長眼色，誰都喜歡。而精明之人並不止於此，他們善於投機取巧，甚至能夠製造錯覺，像一個高明的魔術師。劉邦最善於賣乖之術，明明是想封鎖住函谷關不讓項羽入關，卻說是特意爲項羽守關的。

賣乖術就是這樣，明明是在求人，而給人的感覺卻是他們在施恩；本來了無功績，卻可兩邊落好，大落人情債權。人際關係中存在著一個「成本」，用術則能降低成本或不用投入也可獲得人心。扮可憐博得同情，用廉價的稱讚賺取高貴之物，賞個虛頭銜鼓勵幹勁，對名人強者明貶實褒加深印象，都是極妙的賣乖術。

項羽英雄惜樊噲，劉邦智躲横禍

項莊舞劍，意在沛公。——這一點，就連一向粗獷豪放的項羽都看出來了，因爲從項莊的劍裡，透出的處處是殺機，哪裡有助興的樣子。項羽雖有意阻止，可爲時晚了，因爲項莊舞著舞著已漸漸接近劉邦。劉邦雖很快察覺出項莊舞劍的目的，在大庭廣眾之下也不便發作，只好告誡自己要隨時保持警惕，表面上仍舊裝作一副頗爲欣賞項莊劍術的樣子，微笑朝著離他越來越近的項莊頻頻點頭。

就在這千鈞一髮之際，張良朝著項伯使了個眼色。項伯會意，立刻起身笑說：「一個人舞劍沒什麼意思，乾脆我也來陪你舞一曲吧！」說著，項伯拔出劍來，配合項莊的舞劍表演，卻故意用身子擋在劉邦前面，讓項莊根本找不到機會接近劉邦。但項伯畢竟年紀大，身手顯然不如項莊，又要舞劍又要保護劉邦，不久便顯得有點吃力。

張良立刻藉故外出，找到了在外頭等候的樊噲，將裡面發生的一切悄悄地告訴樊噲。樊噲聽了張良的話，不由大怒，立刻執劍披甲，直入宴會大廳。宴會大廳外的士兵見狀立刻一擁而上，將樊噲團團圍住，樊噲用盾牌向四方衝撞，將阻擋他的士兵衝散了，看準一個空隙，樊噲一躍而入。樊噲的衝入，把宴席上所有人都嚇了一跳，連項莊、項伯都停止了舞劍，凝神注視著如高山般站在那兒的樊噲。樊噲瞪著眼，衝著項羽怒目而視，一副兇狠無比的樣子。項羽也警覺地按了按腰中的佩劍，喝道：「來者何人，膽敢如此放肆！」

樊噲身後的張良笑著答道：「他是沛公手下的將領，名叫樊噲。」項羽突然哈哈大笑，朝樊噲一揮手說：「原來是樊將軍，久仰大名，眞是百聞不如一見啊，果然是個英雄。來來，坐下，我們來個一醉方休如何！」項羽的豪放之情，將剛才的僵持場面打了個粉碎。聽了項羽的吩咐，侍從忙給樊噲拿來了一斗卮酒，樊噲長跪拜謝，然後站起身來，將整整一斗卮酒一飮而盡。

項羽見樊噲如此氣勢，不禁暗暗叫好，隨即吩咐道：「賜樊將軍彘肩（豬前腳）一隻！」侍從便送給樊噲一塊生彘肩。樊噲將盾放在地上，再將彘肩放在盾上用劍切開，然後用劍挑著生肉，不慌不忙地放入口中，有滋有味地咀嚼著。見此情景，項羽英雄相惜之情已溢於言表。項羽笑著對樊噲說：「樊將軍還想喝酒嗎？」樊噲見項羽開始對自己友善，遂大聲說：「末將死都不怕，怎會害怕喝酒呢？秦王朝暴虐無道，因此天下英雄無不紛起抗暴，楚王在出征時曾和眾將有約『先入關中，可封為關中王』。如今沛公破秦入關，但他對咸陽的財寶分毫未取，且還軍霸上以待項將軍的到來。對勞苦功高之士不但不加以封賞，還聽信小人的讒言想誅殺他，這不是亡秦的一貫手段嗎？於是末將暗想，這應該不是一向行事磊落的項將軍之本意吧！」

項羽聽了樊噲的一番話，臉都被羞得紅了起來，但他卻一點都沒有生氣，反而更加客氣地對侍從吩咐道：「還不快賜樊將軍座位！」樊噲便大剌剌地坐了下來。過度緊張之後，往往是大大放鬆。

一場劍拔弩張的鴻門宴，終於以樊噲的到來而偃旗息鼓了。大家開始開懷暢飲，大有不醉不休之勢。趁此機會，劉邦藉口出去「方便」一下，離座而出。張良和樊噲見劉邦要溜，也立即緊隨其後離開宴席。到了外面，張良便催劉邦趕緊逃走。劉邦在逃走前，請張良將一對白璧和一對玉斗，分別轉交給項羽和范增。由於鴻門離霸上還有四十多里路，又是私自離去，劉邦便將馬車和隨從護衛的百餘士卒全留了下來，只騎一匹馬，由樊噲、夏侯嬰、靳彊、紀信等人擁盾持劍護衛著從驪山走下來，先進入芷陽道，再由小路轉往霸上。

劉邦先前對張良說過：「從小道到我們營帳只剩二十里路，先生可以估算出我們到達營帳的時間，再進去向項王辭行。」

秦漢之交時的二十里，相當於現在的六公里，若以快步行進，來回也得兩個多小時。項羽在宴會中竟空等了兩個多小時，實在讓人難以置信。顯然，關於這個記載，《史記》似乎不太準確。

推估劉邦已安全抵達營帳，留在鴻門的張良才將劉邦轉交的禮物獻給項羽和范增。項羽雖對劉邦的不辭而別有些不高興，仍還是接受了禮物，表示自己對劉邦已經原諒。但倔強老頭范增卻憤怒地將玉斗摔到地上，並在心裡責怪項羽：「項羽啊項羽，你算是糊塗到家了，竟連劉邦的這點小計謀都識不破！你等著瞧好了，日後奪取你項羽天下的，定是這個劉邦！今日放掉他，以後後悔都來不及了！」劉邦回到霸上，做的頭一件事，就是立即斬殺左司馬曹無傷。曹無傷正是那位曾經向項羽密報劉邦圖謀不軌的將軍。項羽在鴻門宴上無意中說漏了嘴，就把曹無傷的性命給葬送了。從曹無傷的死，可以清楚地看出，項羽徹底是個沒有心計的人，雖有拔山蓋世的氣概，卻無包藏萬物的心機。劉邦則與之完全相反，他心機縝密，對身邊發生的任何小紕漏都不會輕易放過，對於劉邦來說，曹無傷的行為無異於是一種背叛，這樣的人不立即除掉，將會替自己種下後悔莫及的禍根。

項羽竟然將劉邦這樣一個大禍根輕而易舉地就放跑了，而劉邦卻不放過任何一個危及自己利益的人。明太祖朱元璋死前大殺功臣，皇太子朱標便一再勸朱元璋要「仁慈」。朱元璋就讓朱標將擲在地上那枝滿是荊棘的手杖拿起來，朱標橫豎都是被荊棘刺扎，竟沒辦法把手杖拿起。朱元璋用此策略，讓兒子明白他為什麼要大開殺戒。劉邦也以斬殺曹無傷的舉動告訴了我們，他為什麼要殺曹無傷。

富貴不歸故鄉，如衣繡夜行

鴻門宴後，項羽仍駐紮在鴻門，而劉邦仍駐紮在霸上。

隨後，劉邦主動將咸陽城拱手相讓。項羽像個撿到了寶貝的小孩子，歡天喜地地率軍進入咸陽，將咸陽城洗劫一空後，似乎還沒有過足癮，又一把火將咸陽燒掉了。燒掉咸陽城後，就沒有什麼好玩的了（編注：項羽曾闖入尚未竣工的兵馬俑坑道，見都是些泥人、泥馬，就氣得一腳將最大的那個泥人踹碎，然後揚長而去。他覺得，這些泥人、泥馬太不好玩了）。

項羽的思維方式似仍停留在春秋戰國時期，對於他來說，關中僅是客地，他完全不想成為秦王朝的繼承人，也不想統一天下，他只想重建楚國，再以楚國為根據地，做一個號令天下諸侯的霸主。項羽的思維方式，早在進入咸陽城時，就已經暴露無遺了。燒掉咸陽城，對於項羽來說是再正常不過的事情，因為咸陽是秦王朝的首都，而秦王朝又是天下英雄豪傑共同的敵人，不把敵人老巢徹底摧毀，就不能讓剩下來那些沒消滅的敵人完全懾服。

這種做法，和一個上樹掏鳥窩的孩子極為相似，掏鳥窩的孩子把鳥窩中的鳥蛋或小鳥抓住後，往往會將鳥窩也從樹上扯下來扔到地上，再狠狠地踩上一腳，直到把鳥窩踩個稀巴爛為止，儘管這樣做對他一點利益也沒有。有這種思維方式的人，如何能夠有包容萬物、天下一家的思想呢？

針對項羽的這種思想，有位姓韓的儒生，對項羽建議說：「將軍，關中地勢險要，是個易守難攻的要塞之地，加之土地肥沃、資源豐富，想要稱霸天下，這裡將是首選之地，將軍何不把關中作為自己的大本營呢！」

項羽自隨項梁在會稽起兵，幾乎是馬不停蹄地奔波征戰，尤其是自北征以來，歷經千辛萬苦才打了這場大勝仗，滅掉了大秦帝國。現在他最想做的，是趕快回去向江東父老報喜，讓自己的努力成果得到大家的肯定，讓家鄉父老都朝他項羽豎大拇指，誇他是天下第一英雄。

因此，在聽了那位韓姓儒生的勸告後，項羽竟說了這樣一句話：「富貴了卻不回到故鄉，就好像穿著錦繡華美的衣服在夜間走路，有誰看得到你的衣服呢。與其這樣，還不如不穿那件衣服！」司馬遷在《史記》中，把這句話濃縮成了「富貴不歸故鄉，如衣繡夜行」。短短十一個字，就好記多了。從這十一個字中，可以看出，項羽真是太年輕了、太幼稚了。讓這樣的一個人來統一天下，即使僥倖統一了，可以肯定，天下也將會被他弄得亂七八糟。歷史是公正的，未讓項羽統一天下當上皇帝而卻選擇了劉邦，乃天下黎民蒼生的福氣。

一句可笑的「富貴不歸故鄉，如衣繡夜行」，使項羽失去了極爲良好的立國之地。項羽不會懂得，都城是國家實行政治統治的中心，是韓愈所說的「四方之腹心，國家之根本」。這就是說，一個國家建立後，國都選擇是否妥當，關係十分重大。從當時的實際情況看，關中無論在政治、經濟方面，還是在地理、文化方面，條件都要較其他地區優越。首先是這裡開發早，經濟、文化都很發達，關中人口不過占全國的十分之三，而其財富卻占到十分之六強。

其次是這裡東有函谷關、潼關和黃河天險，西有隴山、大散關，南有秦嶺、武關，北有蕭關，中有涇、洛、渭三水匯流，地勢西高東低、居高臨下，可說是關山四塞，可攻可守，戰略地位極具優勢。再者，這裡還可以巴蜀、漢中作爲戰略後方，使人力、物力、財力更加雄厚。正是由於這些原因，關中一向爲帝王建都之所。至於彭城，雖歷來爲兵家必爭之地，但周圍卻無險可守，實爲四戰之地，一旦有急便會四面受敵。再說，彭城所處之淮、泗地區開發也晚，經濟發達程度根本無法與關中相比。所以，無論從政治還是軍事角度，項羽都彭城而不都關中都是一大失策，這使他日後與劉邦爭奪天下埋下了一條禍根。

從秦漢之交直到今天，二千多年過去了，不知有多少人爲項羽沒當上皇帝忿忿不平，以爲這一切都是由劉邦一手造成的。許多讀書人在讀到楚漢相爭這段歷史時，皆不禁爲將要失敗的項羽捏一把汗，而爲劉邦的「陰謀得逞」氣得開罵，一直到項羽烏江自刎時，人們似乎還心有不甘，時時刻刻幻想著奇蹟出現。女才子李清照，便曾寫下「至今思項羽，不肯過江東」這樣哀婉感人的詩句，抒發出她對項羽不肯過江東的遺憾。韓姓儒生，本懷著極大的熱情去勸說項羽留在關中以圖大業，卻被項羽短短的十一個字給打發了。

聽到項羽這樣的回答，韓姓儒生不禁啼笑皆非，大失所望而歸。儒生告別項羽後，每碰到一個熟人，便嘆著氣向他們訴說自己的經歷，然後對項羽評價說：「過去聽人說，楚國人是穿著人類衣冠的獼猴，我還替楚國人辯解過，現在看來，這種說法眞是一點都沒錯呀！」

儒生這種傷及民族尊嚴的話，楚國人聽到後自然生氣，於是他們很快就將儒生的這句話傳到了項羽那兒。項羽聽了大怒，命令部下準備一口大鍋，將大鍋架在廣場上，燒沸一鍋油後，就將抓來的那位韓姓儒生丟了進去。隨著那位可憐的儒生被煎成肉餅，就再也沒有人敢在背後對項羽說三道四了。當然，也再也沒有人去向項羽暢談什麼天下大事了。

隨心所欲，項羽分封天下

西元前二〇六年二月，項羽以天下霸主的姿態，分封天下諸侯。首先項羽將楚懷王奉爲義帝，然後又以義帝之名分封天下。項羽自稱西楚霸王，管轄著原梁國及楚國最精華的九個郡，建都彭城（今江蘇徐州）。

接著，項羽將劉邦立爲漢王，統轄巴、蜀、漢中，建都南鄭。原秦將章邯被立爲雍王，統轄咸陽以西的關中，建都廢丘。原秦將司馬欣被立爲塞王，統轄咸陽以東到黃河的地方，建都櫟陽。原秦將董翳被立爲翟王，統轄上郡地區，建都高奴。由於項羽本人統有以前梁國大部分精華地區，便將魏王魏豹改立爲西魏王，建都平陽。瑕丘人申陽，是張耳的心腹大將，曾奉命到河南郡協助楚軍北上，功勞不小，被立爲河南王，建都洛陽。

韓王韓成仍爲韓王，都陽翟。趙將司馬卬，平定河內，建立不少功勞，故立爲殷王，統轄河內地區，建都朝歌。項羽讓原來的趙王歇遷徙於代地，號爲代王。趙國宰相張耳，曾跟隨項羽入關，建立了大功，被立爲常山王，統轄趙國原有國境，建都襄國。當陽君英布，在項羽擊秦時爲先鋒統帥，功勞甚大，被立爲九江王，建都六城。鄱陽地區的少數民族領袖吳芮，率領百越各部落參與聯軍入關，被立爲衡山王，建都邾。

義帝的柱國（宰相）共敖，率軍擊南郡有功，立爲臨江王，建都江陵。遷徙燕王韓廣爲遼東王，建都無終。燕將臧荼，隨從楚軍解除鉅鹿之圍，功勞顯著，立於燕國，建都於薊。

遷徙齊王田市爲膠東王，建都即墨。當年主動叛齊、協助項羽的齊將田都，隨同聯軍入關，功勞頗大，立爲齊王，建都臨淄。項羽渡河救趙時，齊國貴族田安攻擊濟北數城，並引軍投降項羽，被立爲濟北王，建都博陽。齊地首席軍事強人田榮，多次和項梁發生衝突，又不肯和楚軍聯盟，因而沒有被封。

成安君陳餘，雖勸服章邯投降有功，但曾棄將印離去，也未曾從聯軍入關，因而未被封王。不少人覺得不公平，游說項羽說：「張耳、陳餘同時有功於趙，今張耳封爲王，陳餘不可不封，否則人心不服，趙地將亂。」項羽迫於壓力，便將陳餘所在地南皮附近的三個縣劃分給他去統轄。另外，少數民族領袖梅鋗，也曾建立軍功，封爲十萬戶侯。

以上是一些重要的分封，其餘依功勞大小也給予了相應的封賞。

項羽的這些分封，看起來極爲公平，其實在公平背後隱藏了不少隱患。仔細分析一下便會發現，這些分封，完全是項羽站在自己的角度來考慮問題的。他希望擁有較多實力以控制天下諸侯，所以除了楚國精華區外，自己也想擁有中原精華區的梁地。在這般心態下，分配天下的基準肯定是不公平的，全然以自己喜惡來作判斷。

項羽分封天下後不久，天下又復歸動亂。最早反抗項羽的，是沒有得到任何封地的齊國首席軍事強人田榮。項羽徙齊王田市爲膠東王，而以親項羽的齊國將領田都爲齊王，早引起了田榮的嫉恨。分封天下後不到一個月，田榮便向田都發起了進攻，田都抵擋不住強大的田榮，遂放棄臨淄，逃亡到楚國投靠項羽。田榮重新迎接田市入臨淄，但田市害怕項羽的威脅而棄國逃亡，田榮生氣難當，在六月間擊殺田市於即墨，並在臨淄自立爲齊王。

不久，盜賊出身的彭越也集結了一萬人馬，田榮趁勢結交彭越，邀他攻擊北方的濟北王田安。田安在彭越的攻擊下，立即潰敗。田榮便再次統一了三齊，成爲眞正的齊王。接著，田榮又邀彭越共同攻擊楚國。項羽大怒，命令蕭公角前往反擊。蕭公角傲慢輕敵，根本沒把彭越放在心上，反被彭越擊敗。這是項羽稱霸天下後楚軍的第一次失利，不少諸侯因此受到了鼓舞，陳餘便是其中一個。

陳餘自恃勸降章邯之功，本以爲將會得到重賞，沒想到僅得三個縣的封地，比起張耳以常山王統治原趙國，陳餘實在是顏面丟盡。因此，陳餘對項羽非常痛恨。在田榮擊敗三齊，恢復齊國統一時，陳餘派親信張同和夏說去游說田榮：「項羽爲天下宰，非常不公平，親近他的諸將均可爲好地方之王，反將原來王者遷徙到環境惡劣的封地。例如趙王居代，反以張耳爲常山王，王趙地。如今聞大王起兵對抗項羽暴政，不支持您的便是不義。所以陳餘願爲馬前卒，請支援我一些軍隊，讓我去攻打常山王，恢復趙王的地位。然後趙、齊聯盟，便足以反抗楚軍的力量了。」游說成功，田榮立刻派兵支援陳餘攻打張耳。

就這樣，天下復歸大亂。諸侯與諸侯之間，以天下諸侯霸主自居的項羽與各諸侯之間，為了各自的利益，整天你殺我砍，狼煙四起，百姓流離失所，居無寧日。

留有餘地，就是不把事情做絕，不把事情做到極點，於情不偏激，於理不過頭；這樣，才會使自己得以最完美無損的保全。世界是複雜多變的，任何人都不應該憑著一家之言和一己之見，自以為是。即使是某些自以為擁有科學頭腦的人，也應該留有一片餘地供別人瀏覽，供自己迴旋，否則的話，就可能會鬧出不替自己留餘地、多半是自以為是的結果。

在這個世界上，稍不小心，人們就可能會把「是」與「非」混淆了，因為世界的複雜性和多變性，有時足以蒙蔽世人的眼睛。須知，有時人們以為對的東西，偏偏有漏洞，而人們認為錯的，卻又偏偏無懈可擊，即使在自然科學的認識上也經常遇到這種問題。事事留有餘地，是一種修養。滋味濃的，減三分讓人食；路徑窄處，留一步與人行。與人方便，便是於己方便，這是我們的先哲總結出來的處世策略。這些經驗教訓，都可從項羽那兒印證而得。

天然囚籠，漢王被迫入漢中

在分封劉邦的問題上，楚懷王顯然已經得罪了項羽，因此項羽才會敢於冒天下之大不韙，將楚懷王奉為義帝，實際上已把楚懷王完全架空。

秦王朝滅亡後，楚懷王是名義上的天下最高領袖，當然也應位居項羽之上，但項羽卻從來沒有把這個「上級」放在眼裡過。早在鉅鹿之戰前，項羽誅殺了宋義，奪得軍權後，就曾半強迫式地要求楚懷王承認自己爲北征軍統帥「上將軍」。雖然楚懷王迫於項羽的實力，不得不承認了他的北征軍統帥地位，但從那時候開始，楚懷王便對項羽不滿了。因此在火燒咸陽後，當項羽派人向楚懷王請示如何安排劉邦的職位時，楚懷王竟只吐出兩個字「如約」，也就是要項羽遵照早先他與眾將的約定，由先入關中的劉邦出任關中之王。

楚懷王對劉邦的「偏袒」，把項羽氣得暴跳如雷。按項羽的脾氣，他眞想把楚懷王廢掉，幸虧亞父范增苦苦哀勸，讓他以大局爲重，別再做傻事了，項羽才沒有將此事付諸行動。但這口氣畢竟難以嚥下去，想了想，項羽就召開了一場諸侯王聯席會議，議席上項羽對這些諸侯說：「楚懷王是由我們項家軍團擁立的，但擁立後他的所做所爲卻讓我們很失望，已經失卻再向天下發號施令的資格了。不過，據我所知，楚懷王縱無功勞，他畢竟也沒有做過眞正的壞事，因此我建議，看在他是楚國王室眞正後裔的份上，將他尊爲義帝，而王室要遷至長江上游原楚國王室一帶。」

於是，項羽將義帝遷居長江上游，建都於今天的湖南省郴縣，讓他遠離中原的政權所在地。將義帝架空後，項羽便可以隨心所欲地擺布劉邦等諸侯，再沒有絲毫的忌憚了。

如果按照原先楚懷王的約定，立劉邦爲關中之王，以劉邦在關中的形象和能力，無疑是養虎爲患；可如果不給劉邦較大的封國，又顯出項羽有意特別壓制劉邦，被天下人恥笑。在范增的周密策劃下，項羽便將劉邦封到了巴蜀、漢中。巴蜀、漢中，名義上屬於關中之地，但因爲交通阻隔，其實是和關中風馬牛不相及的兩個地域。雖然如此，這兒畢竟是關中的轄地，這樣就堵住了別人的嘴，「先入關中可爲關中之王」也算落到了實處，誰還敢在背後說三道四，說項羽壓制了劉邦？巴在今日重慶一帶，秦漢之際，這兒由山地民族的巴人所統轄；蜀則在今日成都一帶。由蜀中進入關中，一定得經過漢中。漢中是塊盆地，和關中之間有山勢險要的秦嶺阻隔，因此古人才有「蜀道之難，難於上青天」的喟嘆。

對范增而言，巴蜀、漢中是個囚禁劉邦的天然囚籠。進了這個地方，劉邦即使再有本領，也不會有所作爲的。

火燒棧道，鬆懈項羽防心

一聽說被分封爲漢王，劉邦當初也挺高興，但當他得知自己轄地竟落在了雞不拉屎的巴蜀、漢中時，氣得差點發瘋了。劉邦知道，巴蜀之地向來是流放犯人的地方，被封到那個鬼地方，就意味著與世隔絕了，哪還有什麼前途可言？

姓項的分明是在整他，士可殺不可辱，劉邦身上的血直往頭上湧，當即就想率領大軍和項羽拚個你死我活。幸虧周勃、灌嬰、樊噲等人竭力反對，劉邦才像一只被放光了氣的輪胎那樣，癱軟下來。被大家勸阻後，劉邦又走入了另一個死胡同，整天心灰意冷，對什麼事都提不起興趣。就在要準備離開關中前往漢中的前幾天，他還整天沒精打采的。很明顯，這是一種自暴自棄的表現。一向樂觀的劉邦，長這麼大，這麼悲觀絕望、聽天由命，大家還是頭一次見到。

因此，大家都讓張良、蕭何等人去勸勸劉邦。

蕭何對劉邦說：「能夠承受一人給予的大恥辱，卻建立了萬乘之國的信用，這是商湯和周武王替我們奠下的榜樣。臣希望您能在漢中先建立政權，招募賢人，並鞏固人民對王朝的信心，等完全穩定巴蜀後，再反過來收服關中三名秦將統轄的國度。待有這般實力，再來和項羽爭奪天下，便絕對能夠成功，您又何必為眼前的這點得失而悲觀呢？」蕭何的一番話，雖然發揮了一點效果，但還是沒完全讓劉邦從死胡同裡鑽出。後來，又經過張良等人的勸說，劉邦才逐漸看清了形勢，從頹喪中慢慢地振作起來。於是，劉邦宣布接受分封，以蕭何為丞相，立即啓程趕赴巴蜀。接著，劉邦又以漢王的身分，賜給客座軍師張良黃金百鎰、珍珠寶物二斗，張良接受了這些賞賜後，卻將它們原封不動地轉贈給了在鴻門宴中保護過劉邦的項伯。

張良將這些禮物轉贈給項伯後，希望他能向項羽請求，將漢中盆地整個封給劉邦，項伯滿口答應。不久，項伯竟眞的說服了項羽，把整個漢中盆地全封給了劉邦。劉邦從杜縣南部進入蝕中，打算由子午道進入漢中。進入子午道後，已經沒有路了，只能在棧道上行走。「棧道」是一種先穿鑿岩壁、再用圓木作支柱而建架成的人工通道，僅能容幾人行走，大隊人馬及輜重若要想從上面過去，因有些棧道的木頭已經老化，承受不了這麼重的重量，必須先動用軍力修復、加固，有的地方還要拆掉重建，故工程十分艱鉅浩大。棧道的底下是千丈深谷，一不小心掉下去，便立刻粉身碎骨。尤其有些特別艱險的地方只能容一個人單獨小心通過，所有的糧食、器具、武器都必須用人力一個個揹過去。所有行人只能沿著山路逐步攀爬前進，那些體力虛弱或過分粗心的人，往往一不留神就會消失在千丈深谷中，連屍體都難以尋找到了。

張良跟隨劉邦到褒中後，劉邦要求他先回韓王處述職，待取得韓王同意後，再入漢中輔助劉邦。

張良欣然答應，並暗中建議劉邦焚燒經過的棧道，這樣一方面可阻絕外面兵力的侵入，一方面亦可向項羽表示，劉邦已無意再回中原爭霸，鬆懈項家軍團的戒心。果然，范增派來的密探很快地向項羽密報了這個消息，項羽也因而放鬆了對劉邦的防範心理。

據《史記·高祖本紀》載，西元前二〇六年「四月，兵罷戲下，諸侯各就國。漢王之國，項王使卒三萬人從，楚與諸侯之慕從者數萬人，從杜南（杜指杜縣，在今陝西西安南）入蝕中（即子午谷，又稱子午道）。去輒燒絕棧道，以備諸侯盜兵襲之，亦示項羽無東意」。又據《留侯世家》載，「漢王之國，良送至褒中（在今陝西漢中北），遣良歸韓。良因說漢王曰：『王何不燒絕所過棧道，示天下無還心，以固項王意。』乃使良還。行，燒絕棧道。」從這些記載可以看出，劉邦入漢中時，的確是讓張良燒毀了通往關中的棧道。但是，在漢中與關中之間，通道並非只有子午谷一條，此外尚有褒斜、儻駱、陳倉諸道，張良所燒棧道究竟在哪裡，從上述記載卻無法看出。按常理分析，張良既然是要東歸韓都陽翟，自然以從原路返回最為方便，所以其所燒為子午棧道的可能最大。不過，張良東歸時所燒棧道也可能是褒斜棧道。這是因為，張良與劉邦分手的地點是褒中，褒中位於褒斜谷南端，由此向北入褒斜谷道回關中也比較近，而且在楚漢之際，褒斜道同樣是溝通漢中、關中兩地區的主要通道之一。所以，張良歸韓時不走子午道而改走褒斜道，也是可能的。

從謀略學角度看，劉邦、張良燒毀棧道的舉措，屬於韜晦之計的範疇。「韜」字的本意是弓袋，引申為掩蔽、斂藏的意思。「晦」則是陰暗不明的意思。所謂「韜晦」，就是把自己的才能、打算等隱藏起來，以瞞人耳目，欺騙對手。

韜晦之計，是一種成效卓著的政治權術。當一個人在政治爭鬥中心有餘而力不足的時候，最佳辦法就是藏起鋒芒、韜光養晦、麻痺對方，以等待羽翼的豐滿和時機的到來。即使是在力量強大之時，韜晦之道也不失爲一種有效的策略，因爲它能使對手喪失警惕，爲己方進擊提供大好良機。反之，如果過早地暴露本身的才能和實力，過早地暴露自己的目的和企圖，則往往會引起對手的警惕和關注，從而使自己還未發展壯大起來即被對手吃掉。

劉邦與張良合謀燒掉東歸途中的棧道，的確是極爲高明的韜晦策略。這一策略的高明之處在於，它不僅進一步麻痺了項羽，使其放鬆了對劉邦的最後一點警惕，而且也有效地防止了其他諸侯國及亂兵盜賊的襲擊。

秦末，在推翻暴秦的戰爭中形成的所有政治軍事集團，以項羽勢力最爲強大，特別是鉅鹿之戰後，項羽的政治軍事力量達到了巔峰狀態。他自稱西楚霸王，分封諸侯，爲天下宰，不可一世。但是，他卻始終有一個潛在的敵人，這個敵人就是劉邦。

從表面上看，劉邦的力量遠遠不如項羽，而實際上他的潛力卻比項羽大得多。首先，從資歷上看，劉邦與項羽原本都是同時起義的義軍首領，且曾同屬義帝的臣僚，他們在身分上本就難分伯仲。其次，從貢獻上看，劉邦在反秦戰爭中戰勝攻取，同樣立下了很大的功勞。特別是他率先攻入關中，更是其他諸侯所無法比擬的。再次，從素質上看，劉邦寬厚大度，善於用人，有政治頭腦，比項羽要高出許多。所有這些，都使他有能力、有條件與項羽爭霸天下。所以，項羽對他十分不放心，處處加以牽制，甚至企圖將他封閉在漢中、巴蜀的崇山峻嶺之中，永遠不得東歸。不過，當時從整體形勢來看，劉邦卻遠遠不是項羽的對手，根本沒有能力與項羽公開抗衡。在這種情況下，劉邦唯一可取的策略就是韜晦之計。他一方面要忍耐，要設法麻痺項羽，一方面要暗中發展自己的勢力，養精蓄銳，等待時機。從後來事情的發展結果看，劉邦的韜晦之計是成功的，他的上述目的也隨之達到了。

據《史記・留侯世家》載，張良回到韓國後，項羽為了張良跟著漢王劉邦去了趟漢中的緣故，不讓韓王成留在自己的封國，而將他和張良一塊兒帶到了彭城。張良對項羽說：「漢王把棧道都燒毀了，已經不打算東歸了。」項羽果然從此不再擔憂西邊的劉邦，而放心地發兵向北攻打齊國去了。然而，恰恰就在這個時候，劉邦在大將韓信的策劃下，明修棧道，暗渡陳倉，一舉消滅了項羽留在關中的三位諸侯王，將關中據為己有，從而拉開了與項羽爭奪天下的序幕。

臥薪嚐膽，漢中徐圖自強

事實上，不管是范增也好、項羽也好，把劉邦「壓制」到巴蜀之地，其實是個嚴重的失策，竟在無意無知中讓劉邦得到了一個進可以攻取關中、退可以禦敵於「門」外的良好立國之地。

從表面上看，巴蜀位置偏遠，路險難行，是諸侯多不願去的地方，而實際上這是大錯特錯的皮相之見。巴蜀一帶，亦是中國文化發展較早的地區之一。這裡不僅土地肥沃，氣候適宜，資源豐富，經濟發達，且自春秋至秦末以來一直未遭到戰爭的破壞。

更為重要的是，這裡四面高山聳峙，中間平原寬廣；陸有劍門之障，水有三峽之險；東扼長江，實為吳、楚咽喉；北越秦嶺，可以直搗關中——軍事上可攻可守，實為一良好的立國之地。

至於漢中，戰略地位同樣重要。劉邦之所以要賄賂項伯，向項羽請求加封漢中之地，正是出於這一原因。問題在於，項羽既已認識到劉邦可能對他構成威脅，卻又將如此重要的地區封給他，並且還要以章邯、司馬欣、董翳這樣三個既不得關中民心又無智略德才的降將在關中防禦他，眞可以說是愚蠢透頂。

劉邦自在漢中拜韓信爲將後，一齣「漢中對」，讓劉邦豁然開朗，既看清了自己的實力，也看清了項羽的弱點。於是他便採取韜晦之術，故意在漢中裝作一副無所作爲的樣子，暗中卻將東征計畫全權委託給了韓信，韓信採取了明修棧道、暗渡陳倉之計，一舉擊敗了鎮守關中的雍王章邯，劉邦被項羽所迫入漢中僅僅四個月時間，便又攻入了關中。劉邦之所以能在這麼短的時間內重新復出，主要是他從和韓信的「漢中對策」中受到了啓發，眞正做到了知己知彼。孫子說：「不知彼而知己，一勝一負；不知彼，不知己，每戰必敗。」這句話雖容易理解，實際做起來卻很難。想要做一個永遠不敗的勝利者，就應以此話來時刻提醒自己，無論做何事時均應做好事前的調查工作，確實客觀地認清雙方具體情況，才能奪勝。

【第四章】

善將將者勝於善將兵者

劉邦馭將用人之道

自古以來，無論是開國君主，還是中興帝王，沒有一個不是透過奇才相助而完成統一或中興大業的，劉邦就是這樣一個典型人物。他以海納百川的恢弘氣度，任用出身低微的韓信、貴族後裔張良、刀筆小吏蕭何以及擅長「陰陽謀」的陳平，是其所以能打敗軍事強人項羽，而最終取得天下的原因。

駕馭天下第一大將韓信

韓信出身於淮陰（今江蘇淮安）一戶沒落貴族家庭，到他出生的時候，家裡已經非常貧窮了。因祖上曾經有過的輝煌，韓信雖從生下來就沒有經歷過一天貴族人家的生活，但天生的貴族氣息依然在他心靈上烙下了深深印記，建功立業封王封侯的理想遂一直支撐著韓信在困境中活了下來。因為有野心，小的生計韓信根本不屑去做，所以便陷入了愈加窮困的境地。時間長了，韓信的臉皮也就厚了，整天跟在一群破落子弟後面，到處白吃白喝。據說，他曾賴在南昌亭長家吃了半年多的白食，最後被亭長的老婆給趕跑了。

韓信喜歡在淮水旁的橋下釣魚，橋下每天都有幾個老婦人在做漂布工作，其中有位老漂母看到韓信快要淪落到乞丐的地步，十分同情他，便將每天帶來的食物分給他，一連數十日都是如此。韓信非常感激，便對漂母說：「我韓信若有封王封侯的那一天，一定會來報答您的！」

韓信以為漂母聽了這話會高興，不料漂母聽了反而很生氣地說：「你身為七尺男兒，卻無法養活自己，我因為不忍心看著王孫公子餓肚子，才分食給你，難道是為了指望你封王封侯來報答我？即使有這麼一天，恐怕我的骨頭也爛成泥了！」

漂母的話，對韓信的觸動非常大，從那以後他便決心不再跟那群破落子弟鬼混，開始腳踏實地找些事做，以等待更好的機會。經過自己的努力，韓信的經濟能力已大為改善，他常穿著儒服、佩著長劍，在街頭忙忙碌碌找事做。街上有幾個屠夫看不慣韓信這種自視清高的樣子，便商量著要給韓信點顏色看看。一天，有位長得高大魁梧的屠夫，故意擋在韓信面前吼道：「小子，你雖然長得又高又大，又好帶著刀劍，其實不過是個膽小如鼠的人！」

另外幾名屠夫，立刻圍過來起哄。那個羞辱韓信的屠夫更得意了，便又向韓信挑釁說：「你小子要是有種，現在就可以拔出劍來跟我決鬥，老子可以陪你玩一玩。要是不敢，就乖乖地從我的胯下爬過去，我可以饒你一條狗命！」

韓信受到了這種羞辱，憤怒難抑，但他最後還是忍下了這口氣，慢慢地從那名屠夫的胯下爬了過去，然後又裝作若無其事的樣子，頭也不回地走了。旁邊的人一陣恥笑，以爲韓信是個膽小鬼，只有那名屠夫面色凝重，因爲他已被韓信這種毫不在乎的氣勢鎭住了。他知道那已經不是膽子大小的問題了，能面不改色地接受侮辱的人，才是眞正可怕的人。經過漂母的教誨，韓信已經完全覺醒，開始重新建立自己的人生目標。既然他根本瞧不起這些屠夫，又怎會爲他們去拚命，而犧牲自己的前程！

後來，韓信被漢高祖劉邦封爲淮陰侯後，回到了故鄉淮陰。回來之後，韓信立即拜見了早年給他食物的那位漂母，贈漂母黃金千兩。然後，韓信又召見了那位強迫自己從其胯下鑽過去的屠夫，讓他當了中尉。這位屠夫原以爲韓信必來報當年胯下之辱的大仇不可，早做好必死的準備，想不到卻意外地獲得了官職。或許是因爲這位屠夫以別樣方式激勵韓信而得的果報吧！

韓信是位頗有眼力的人，陳勝、吳廣的義軍攻下淮陰後，很多年輕人都加入了義軍，唯獨韓信沒有。因爲，韓信早從他們的組織結構上洞察出：這群烏合之眾，是難以有眞正作爲的。後來，韓信主動投奔在會稽起義的項梁叔姪，當上了一名小軍官。韓信的武功並不高，因此在崇尚武力的項梁叔姪那裡，他一直沒有得到重用。項梁陣亡後，韓信被編入了項羽軍團。

到了項羽手下，韓信開始竭盡所能地表現自己擅長謀略的本事，最後總算被項羽手下的一位伯樂相中，被任命爲郎中（秦漢時期掌宮廷侍衛之職官名），可以參與一些軍事計畫。讓韓信失望的是，他向項羽提出的那些軍事計畫，項羽一項也沒有採用。

隨項羽進入咸陽後，韓信對項羽的暴力行爲感到十分可笑，因爲這種無謂的破壞，對治國平天下的領袖人物只有壞處，毫無幫助。在韓信看來，項羽是個不折不扣的大笨蛋，就連軍師范增，也是個無可救藥的大笨蛋。失望之極的韓信，已不再指望自己這輩子能有出人頭地的那一天了。可是後來卻有個人讓韓信那顆冷卻的心又熱了起來，這個人就是劉邦。劉邦進入咸陽後的種種表現，都讓韓信覺得好奇，尤其是劉邦在鴻門宴上的表現，和自己當年的胯下之辱，簡直如出一轍。在韓信心中，只有這樣能屈能伸的人，才能成就一番眞正的大事業來。因此，韓信果斷地離開了正如日中天的項羽，轉而追隨處於弱勢、前途未卜的劉邦。

蕭何月下追韓信，劉邦漢中拜大將

劉邦被封爲漢王後，在智囊團的勸說下離開了關中，率領大軍向漢中開進。一路上，從棧道上摔下深谷的士兵不計其數，大軍立即陷入了一種悲觀情緒之中，隨著道路越來越難以行走，加之前途難測，許多人都逃跑了。最早逃掉的，是一些立場本就不堅定的雜牌軍士兵和將領，發展到後來，劉邦的一些嫡系部隊也跟著逃跑了。面對這種局面，劉邦感到異常焦慮不安，雖然如此，但目前的處境的確夠難爲他們的了；如此一想，劉邦就原諒他們的逃跑行爲，想開了。但後來，一個人的逃跑，卻讓劉邦再也坐不住了。這個人不是別人，竟是丞相蕭何。

蕭何的逃跑，把劉邦嚇呆了。但不久，蕭何又回來了。劉邦見了蕭何，又生氣又高興，便笑著質問他：「你不是跑了嗎，怎麼又回來了？」

蕭何說：「我怎麼會逃跑，我是去追一個逃跑的人啊！」

劉邦突然產生了興趣，反問：「這個人這麼重要，值得你去追他？」

「當然值得去追，」蕭何笑呵呵地說：「跑了這個人，對我們的損失，比損失百萬雄兵還要大啊。」

「是誰？」劉邦愈加有了興致，「他究竟是誰？」

「韓信。」蕭何回答。

韓信只是個小軍官，劉邦對他幾乎沒什麼印象。因此當蕭何說出韓信這個名字來時，劉邦立即被蕭何弄得摸不著頭腦。他不明白，蕭何怎會爲了這麼個不起眼的小軍官，連招呼都不打一個就跑去追人了呢？

韓信投奔劉邦的時間不長，因此劉邦對他的印象不深，加之劉邦正被行軍的困難和逃兵事件弄得頭昏腦脹，自然無暇顧及軍中隱藏著的人才了。進入漢中後，逃亡的將士更多了，連樊噲等老將都感到束手無策，他們對劉邦軍團的前途頗爲悲觀，劉邦此時儼如孤王。

韓信投奔劉邦後，仍只是一名小軍官，連劉邦的面都見不到，時間一長，他又開始失望了，覺得劉邦比項羽好不到哪兒去。一次，苦悶至極的韓信和幾個同僚，偷了軍營中的酒喝，由於近來偷跑人數太多，如果偷跑者跑前再帶些糧食，那罪就更大了，所以任何偷竊行爲一律處死。韓信和他的同僚因偷酒一事，全被判了死刑。依照職位高低，位低的先行刑，前面十三位都行刑死了，只剩下韓信一人。負責監斬的官員，是劉邦在沛縣時的好友夏侯嬰。夏侯嬰正要下令殺韓信，突然見韓信仰天大笑道：「漢王不是想要爭奪天下嗎？爲什麼要殺我這個壯士呢？」

夏侯嬰一看韓信，果然一表人才，也覺得殺了挺可惜，因此立刻停止行刑，並讓他說一說爲什麼臨死時還要大笑不止。這是難得的機會，韓信自然大展其口才，企圖說服夏侯嬰。夏侯嬰被韓信說服後，竟請求劉邦將韓信赦免。然後，又把韓信引薦給劉邦。劉邦看在夏侯嬰的面子上，讓韓信當了個治粟都尉的小官職。

治粟都尉這個職位雖然不大，卻因爲職務關係，讓韓信得以接觸到了蕭何。蕭何和夏侯嬰交情不錯，見韓信是夏侯嬰推薦的人，蕭何十分有興趣，主動找韓信談話。經過多次交談，蕭何發現韓信是個不可多得的人才。在蕭何看來，即使給韓信任何一個他能安排的官職，都不能讓韓信完全發揮他的才華。這是一塊尙待雕琢的寶玉，也是劉邦陣容中最缺乏的人才，所以蕭何決定好好地安排一下，讓劉邦眞正重用韓信。

蕭何做事一向穩重，他的處世準則是：一件事未做成之前，絕不會向別人宣揚。他不願將心中的想法過早地讓韓信知道，以免韓信急著成功，表現得太積極，反而容易引起劉邦陣營中其他將領的反感。但韓信似乎無法像蕭何那樣有耐心，他非常自信地確認蕭何必定深爲自己的表現所折服，也必定向劉邦竭力推薦了自己，之所以到現在仍沒有消息，問題出在劉邦身上。或許劉邦根本不需要像自己這樣的人才，如果確實是這樣，那自己便沒有什麼希望了。

大軍進入南鄭後，大家面對尙未開發的窮鄉僻壤，先前的熱情消失了，不少將領和士兵紛紛逃回關中。韓信也開始仔細思考自己的出路，自投奔劉邦以後，劉邦對他似乎還不如項羽。韓信賭氣地想：「此處不用人，自有用人處。」於是，韓信決定逃離漢營，到中原另投新主。

韓信逃跑的消息傳到了蕭何那裡。因情況緊急，蕭何也不知韓信到底走了多久，只好立即前往追趕，根本沒有時間去通知劉邦。一兩天後，蕭何終於把正在逃跑的韓信追了回來。蕭何追回韓信後，立即覲見劉邦。經過解釋，劉邦總算明白蕭何爲什麼要去追回韓信。但劉邦此時對韓信畢竟還不太熟悉，不可能因爲他逃走就重用他。爲了說服劉邦，蕭何對劉邦說：「那些逃走的將領只能算是普通將才，我們的陣營裡並不缺乏，可像韓信這種人才，稱得上舉世無雙，正是我們最需要的，絕對不能流失。如果漢王想長年在漢中稱王，韓信可能還用不上，但如果想復出關中、爭霸天下，沒有韓信將很難完成這項任務。因此必須要重用韓信，這樣韓信才會留下來，否則他一定會再度逃跑！」

劉邦想起夏侯嬰對韓信的推薦，再對照蕭何此時的態度，只好勉強同意重用韓信，於是便要拜韓信爲中級軍官。蕭何認爲，中級軍官的職位，是留不住韓信的，建議劉邦應拜韓信爲大將軍。劉邦遂抱著試試看的心態，應允了蕭何的請求。於是，劉邦便下令要召見韓信，並立即拜他爲大將。蕭何卻阻止了劉邦，並向他建議，如果眞的有心拜將，非得選個良辰吉日，齋戒、設帥壇等所有儀式都不能馬虎，如此才能確立大將的權威。

劉邦聽蕭何這樣說，便答應下來。劉邦要設壇拜大將軍的消息，一下子就傳開了。在大家的心目中，最有資格被拜爲大將軍的，是周勃、灌嬰和樊噲。於是，大家便把目光一下子集中到了這三號人物身上，都在暗中猜測，在這三個人之間，劉邦究竟要選擇誰？可是當劉邦宣布準備拜韓信爲大將軍時，大家都愣住了。百分之九十五以上的官兵沒聽說過這個名字，認識韓信的人，也弄不懂這個原本管理糧食的小官，怎麼能夠一跳數級，成爲統率千軍萬馬的大將軍。

劉邦齋戒三日，選定吉日，率領文武百官來到拜將壇下。只見壇前戰旗迎風飄揚，壇下四周排列著整齊的軍陣。在陽光的照耀下，拜將壇顯得莊嚴威武。劉邦登上拜將壇，蕭何隨即捧上符印、斧鉞。韓信從北面登上壇時，樂隊高奏起軍樂，響聲震天。在禮官主持下，先授印再授符，然後授斧鉞，都由劉邦親手授與，韓信一一拜受。劉邦致詞：「所有軍事行動，都歸將軍節制，將軍當體察我意，與士卒同甘共苦，建設一支仁義之師，除暴安良，匡扶王業。如有藐視將軍、違令不從者，盡可軍法從事，先斬後奏。」

「漢中對」揭開楚漢相爭序幕

劉邦和韓信頭一次面對面坐下，是在拜將典禮結束後不久。這一次，韓信不僅有機會看清了劉邦的模樣，而且還坐到了劉邦的上首。這在幾天前，都是不敢想像的事情。劉邦竟然以此大禮相待韓信，強行讓韓信坐到了自己的上首，韓信無奈之餘，仍是不得已坐了下來。

一場堪與後世劉備與諸葛孔明之間展開的那場「隆中對」媲美的「漢中對」，就這樣上演了。

首先由劉邦發問。

劉邦：「丞相（蕭何）多次向我提起韓將軍的才學，請問將軍有什麼計策可教給我呢？」

韓信：「大王，您想向東爭霸天下，最大的對手是誰呢？」

劉邦：「當然是項羽。」

韓信：「和項王比較，誰較強，誰較弱？」

劉邦：「論實力，當然是項羽比我強。」

韓信：「我也認爲大王的確比不上項王的實力。不過，有些東西的表面強，表面強的不一定是眞強，表面弱的亦不一定是眞弱。您與項王正是如此關係。臣對項王，相當瞭解。項王勇猛無比，發起威風來，千人萬人也休想抵擋得住他的威勢。但他是個主見很強的人，無法任用有才能的將領。主見很強，看起來是一件好事，其實這恰恰是他的弱點。因此，項王的這種勇猛，不過是匹夫之勇而已，不足爲慮。另外，項王在接見賓客時，對賓客往往相當恭敬，又能刻意表現自己的仁愛。每當部屬生病時，他常涕泣或特別賜以食物，但當部屬有功而應當封爵加賞時，他卻顯得猶豫，不肯給予。像他這般性情，不過是婦人之仁。」

劉邦對韓信的話，頗爲讚賞，聽得入了神。韓信又說：「項王雖然已稱霸天下，臣服了所有諸侯，但卻不在關中稱王，而急著回到彭城，這說明他缺乏全局性眼光，對時局把握不夠透澈。他背棄和義帝間的約定，無法客觀掌握政治形勢，對王的標準完全依據自己的好惡，顯示出他缺乏領袖風範。如此必會造成很多人心中的不滿，對天下的亂局埋下了禍根。他驅逐各國原本的領袖，而以和自己關係密切的將領頂替，又將義帝遷往江南。他的軍隊所過之處無不破殘，黎民百姓對此痛恨不已，只不過懾於他的威勢而不敢有所怨言罷了。項王的這些作風，雖名爲天下霸主，其實反而大失人心，因此他目前的強勢是很容易崩潰而轉化爲弱勢的。大王若要對抗項王，就必須採用和他完全相反的策略。如果能完全任用天下眞正武勇的人爲大將，則沒有什麼是我們不能誅滅的；以天下城邑分封有功之人，則沒有人會不臣服我們的；以義軍的姿態東向爭霸，則沒有人會不想追隨我們的。這樣，我們的力量便可以很快地聚集而成了。

「另外，項王還有一個嚴重弱點：將三位投降的秦將封爲秦王，是他最大的致命傷。章邯、司馬欣和董翳領導秦國子弟兵，數年來傷亡慘重，卻在緊要關頭投降楚軍，早已失掉秦國父老的信任。在新安時，項王坑殺二十萬秦軍，只有這三個人倖免於難，而秦國父老痛恨子弟兵傷亡，都認爲是這三個人出賣秦軍，因此對他們的怨恨深入骨髓，這種仇恨是永遠不能消除的。項王用這三個人爲秦王，絕對無法得到秦國人民的支持。」

劉邦：「那我們現在應該怎麼辦呢？」

韓信：「與項王相比，大王當初入武關，秋毫無犯，還除去秦國苛政酷法，與秦民約法三章，秦民沒有不希望大王爲關中之王的。何況，當年諸侯相約，先入關中者爲王，大王應當有資格爲關中之王，這是秦國人民所深知也完全認同的。如今，大王遭項王排斥，被壓制到了漢中，秦民無不惋惜。只要大王宣稱舉兵侵入關中，發出檄文，三秦自然敗亡，關中即刻便可收入掌中。」

韓信的一席話，如醍醐灌頂，將劉邦說得眼睛發亮，眞有如夢初醒的感覺。劉邦當場向韓信表白，只恨認識韓信太晚，否則他這幾個月來便不會如此鬱悶、痛苦和絕望。

於是，劉邦立即將東進計畫全權委託韓信規劃，軍隊也完全歸韓信去部署指揮。韓信被劉邦對自己的信任與眞情，感動得幾乎灑下了淚。「漢中對」，揭開了長達四年之楚漢爭霸的序幕。宋朝理學家朱熹在《朱子語類》一書中，曾將韓信漢中拜將與西漢末年鄧禹見劉秀建圖取天下之策、東漢末年諸葛亮與劉備隆中相會以及後周時王朴向周世宗獻用兵方略並論各國興亡順序幾個歷史事件相提並論，認爲韓信、諸葛亮、鄧禹、王朴都是以數言定天下大計、影響歷史發展走向的政治家。應當說，朱熹的見解是有道理的。在這幾個歷史事件中，「隆中對」的故事最爲有名，事實上，漢中拜將後韓信的一席話，是堪與「隆中對」相媲美的。若說沒有諸葛亮的隆中對策就沒有日後蜀漢政權和天下三分局面的話，那麼也可以說，如果沒有韓信的漢中拜將，就不可能有劉邦在楚漢戰爭中的勝利及其帝王之業。一為「漢中對」，一為「隆中對」；一開西漢之基業，一開蜀漢之基業；一在西元前二○六年，一在西元二○七年，相隔四百年，前後輝映。

韓信的宏謀大計，究竟高明在哪裡呢？我們不妨從以下幾個方面略作分析：

第一，對天下大勢的分析透澈，對楚漢戰爭前景的預測準確。

戰爭是個完整的大系統，決定敵對雙方勝負的因素多而複雜。從大的方面來說，舉凡政治、經濟、軍事、天時、地利以及將帥的素質等等，都會直接或間接地影響著戰爭的進程和結局。這就要求戰爭指導者必須高瞻遠矚，著眼全局，全面地分析和認識彼此雙方的客觀條件。只有這樣，才能作出正確的情勢判斷，制訂出切實可行的戰略行動計畫。韓信拜將後，對天下大勢的分析，完全符合這樣的要求。

這是因為：項羽不僅本人驍勇善戰，且部隊也極富戰鬥力，所以在戰場上能夠銳不可擋，所向披靡；項羽處於霸主地位，能夠役使諸侯、控制四方，具有強大的政治影響力；項羽仁愛寬厚，對人恭敬，關心部下，頗能贏得一些部屬的心。但是，韓信同時又指出，項羽的強大不過是種表面現象，故而雖強易弱：項羽所過殘殺，濫殺無辜，且曾經坑殺秦降卒二十萬，卻偏偏不殺章邯、司馬欣、董翳三名降將，非但不殺，還將他們封為「關中三王」，這就在政治上失掉了天下人之心，尤其失掉了關中人民的心；項羽剛愎自用，不任賢明，致使許多智謀之士背楚歸漢；項羽任人唯親，排斥異己，有功不賞，既使得諸侯們心中不平，亦使得部下離心離德；項羽不都關中而都彭城，在軍事上失去了戰略地理優勢；項羽不尊義帝，且將其遷徙到偏遠之地，這導致了諸侯們紛紛仿效，引起了天下混亂。最後，韓信還指出，劉邦雖弱，但卻具有多方面的政治優勢。按照原本的約定，劉邦應在關中稱王，而項羽竟將他趕到巴蜀、漢中，這使他贏得了諸侯們的同情；劉邦入關中後，秋毫無犯，約法三章，贏得了關中人民的心，從政治上為自己塑造了一個良好的形象。鑒於以上分析，韓信的結論是：項羽之勇，是匹夫之勇；項羽之仁，是婦人之仁；項羽名雖為霸，實已失掉民心；隨著時間的推移，項羽必然會由強變弱，最後歸於失敗。

第二，為劉邦奪取天下確定了正確的政治策略。

對天下形勢和敵我雙方之利弊得失有了全面透澈的分析認識之後，確定爭霸天下的正確策略便就不是太困難的事情了。韓信為劉邦確定的政治策略，整體說來，就是反項羽之道而行之。具體分析起來，主要是：遵「道」而行，仗「義」東征。「道」在古代的涵義十分廣泛，本義是指道路，又引申為方法、途徑、原則、規律、思想、學說及政治主張等等。在這裡，其涵義應是指政治方面的，就是要以正確的政治主張和行為去贏得人心的意思。「義」的涵義亦較廣泛，這裡是指道義、正義及仁愛信義的意思。韓信要求劉邦在與項羽爭奪天下的時候要遵道、仗義，是相當正確的。

戰爭從來就不是單純的軍事問題，它實質上是政治的另一種表現形式。軍事上的成敗利鈍，從根本上說是決定於政治上的舉措是否得當。得人心者得天下，失人心者失天下，而這「得人心」和「失人心」，主要是看掌權者在政治上是否能夠遵「道」和仗「義」，信賴和任用天下智勇之士，靠著人的智慧克敵制勝。對於要在政治上成就大事的人來說，人才與人心同等重要，甚至可以說，所謂「得人心」，其中一個很重要的方面就是要贏得天下英雄豪傑謀臣勇將之心。孤家寡人的智慧和勇力總是有限，是不可能與天下之士相抗衡的，故應以天下之地封賞功臣，激發他們的積極性。古代的英雄豪傑也好，謀臣策士也好，所以會跟隨某個人東征西討、出生入死，其目的也不過是爲了博取富貴；所以做爲君主，必須及時對他們進行論功行賞，若不如此，他們就不會爲其奮鬥和賣命。項羽正是不明此理，才使得許多人才流落到了劉邦的手下。

第三，軍事上選擇了正確的戰略進攻方向。

從當時的形勢看，劉邦要殺出漢中，與項羽爭奪天下，有兩個戰略進攻方向可供選擇：一是北出陳倉或褒斜諸道，然後自西向東，奪取關中；二是沿漢水東下或南至巴蜀後再沿長江東下。韓信爲劉邦選擇了前者，這是十分高明的，原因如下：關中「左殽函，右隴蜀」，襟山阻河，地勢便利，進可攻、退可守，地理條件優越，可充作良好的戰略後方基地；關中沃野千里，經濟發達，且南有巴蜀之饒，北有胡苑之利，向稱天府之國，可爲戰爭提供大批人才、物力支援；劉邦在關中奠下良好的政治影響，關中百姓盼望他能回到關中；項羽封在關中的三名降王章邯、司馬欣、董翳，向爲關中人民所痛恨，在關中毫無政治基礎，在諸侯中亦無威信。所以，對於項羽來說，關中既是要害地區，又是虛弱地區。相反的，若自漢中沿長江東下或自巴蜀沿長江東下，就不僅沒有上述諸多益處，反而存在諸多不利：沿江而下易進難退，且進無可資守禦之地，退必爲敵所乘。

漢中、巴蜀以東自南而北依次是韓王韓成、臨江王共敖、衡山王吳芮的封地。這幾位諸侯均非項羽的親信，且在百姓中亦無大惡，劉邦如將他們設爲首先打擊的目標，勢必會引起其他諸侯的反對，造成樹敵過多。漢中、巴蜀之東，相當於今之河南、湖北、湖南一帶，這些地方，在古代係四戰之地，經濟既不像關中那樣發達，周圍也無險隘可作爲屏障，因而即使得到了這些地方，也無法用作戰略後方基地。

《孫子兵法》指出：「夫未戰而廟算勝者，得算多也；未戰而廟算不勝者，得算少也。多算勝，少算不勝，而況於無算乎！」這裡所說的「廟算」，是指古代君主興兵出師前在宗廟裡舉行的儀式及召開討論作戰計畫的軍事會議。孫子的話說明，在戰爭開始之前，戰爭指揮者必須就當時的政治、軍事形勢及各種有利、不利因素進行全面分析、比較，並在此基礎上預測戰爭勝負，確定戰略策略。只有這樣，才能在戰爭中處處掌握主動，引導戰爭向有利於自己的結局發展。否則，就難免在既戰之後心中無數，盲目混亂，進而招致失敗。

從上述分析不難看出，韓信的漢中對策與諸葛亮的隆中對策一樣，實際上也是一次高明的妙算決策活動。這一妙算決策活動，對於楚漢戰爭的發展和結局產生了不可估量的影響。

戲奪韓信軍權，劉邦馭將有奇謀

有個成語：韓信點兵——多多益善！

劉邦統一天下後，有一天閒著沒事，和韓信討論起了各將領的能力。

劉邦問韓信：「你認為我有能力指揮多少軍隊呢？」

韓信說：「陛下統領軍隊，最好不要超過十萬。」

劉邦又問：「那麼你能指揮多少軍隊呢？」

韓信回答：「臣指揮軍隊，多多益善耳。」

劉邦笑著說：「你既然多多益善無可限量，可見能力遠遠高於我，為何反而要聽我指揮呢？」

韓信坦然地說：「陛下雖不善於指揮軍隊，卻善於指揮大將，陛下這種指揮將領的能力，乃是天生而非人力所及的啊！」

劉邦駕馭韓信很有一套，最拿手的要算「棒子加胡蘿蔔」這種方法了。攻破滎陽後，項羽的主力部隊火速向成皋的劉邦守軍施加壓力。劉邦承受不住壓力，於是要求趙地的韓信增援兵力，韓信答應後卻遲遲未派出援軍。項羽大軍已到達成皋附近，劉邦判斷無力防守，唯恐重蹈滎陽大敗的覆轍，便囑咐英布，一旦軍情危急，可以放棄成皋，率軍退回宛城。劉邦安排完了這些，便和夏侯嬰帶著侍衛軍出成皋玉門，然後北渡黃河，親自去催韓信派調援軍。

「善將將者勝於善將兵者」一語，也由此而來。

由於英布率漢軍主力仍駐守成皋，項羽並未發現劉邦已渡河進入趙地，因此也未派兵追擊。劉邦當夜宿於脩武傳舍，有意不驚動韓信。隔日凌晨天未亮時，劉邦便和夏侯嬰快馬駛近韓信駐營，自稱為漢王使者，急馳進入韓信大本營。韓信和趙王張耳此時尚在睡夢中，劉邦向值夜將官顯露身分後，就到韓信臥房內奪其將印，並當場召令軍團各將領開會。張耳和韓信驚醒過來，聽說劉邦已到大本營，大驚失色，立刻整裝前來覲見。劉邦順利地奪得韓信統領下的趙地漢軍指揮權。韓信和張耳實在弄不清楚，劉邦為何親自到這個地方來，只好乖乖地聽他指揮。難道是因未及時派出援軍，劉邦對他倆不再信任，所以親自前來罷奪自己的軍權嗎？帶著這些疑問，韓信和張耳誠惶誠恐地來見劉邦，跪在劉邦的面前時，嚇得連頭也不敢抬起，但劉邦卻絲毫沒責怪他們，仍命張耳駐守趙地，又拜韓信爲趙國相國並統領部分兵力，指示他即刻準備東征齊地。因爲只要齊地納入漢軍陣營，劉邦便可由東、北、西三方面夾擊楚軍，讓項羽陷入困境。

韓信是著名的大將，他每次取勝，都是靠計謀，卻很少把治軍放在心上。平時，他對部隊的訓練管理並不十分注意，所以在劉邦的「突襲」面前，才出了這麼個大洋相。劉邦的「突襲」，一來抓住了韓信的弱處，二來提高了自己的威嚴，三來爲今後更有效地控制韓信找到了口實。這就是劉邦的「棒子加胡蘿蔔」。

暗渡陳倉，韓信妙計定關中

韓信被劉邦拜爲大將軍後，便著手替劉邦謀劃東征計畫。

東征要突破的第一道防線，由原秦國名將章邯把守。章邯投降項羽，保住了自己性命，並且還被封爲雍王，但他卻未保住跟隨自己投降的二十萬士卒性命，這讓秦國人民痛恨不已。

受項羽封到關中爲王後，章邯在關中一直抬不起頭來，因此變得非常消極頹廢，早已失去了昔日秦王朝名將的風采。劉邦拜韓信爲大將，韓信拜將後不久就下令修建棧道。這個工程相當浩大，即使行動再祕密，消息也難能不走漏，得到消息後章邯便加強了對棧道的防守。

而韓信卻從未想由棧道進攻關中。

在章邯的雍王京城廢丘的西方，有個地方叫做寶雞；由於渭水流經此處，使寶雞成了黃土高原中少見的叢林區。相傳當年秦文公時人曾在這裡狩獵，並獲得一顆珍貴寶石。這顆寶石異常明亮，更令人吃驚的是，輕輕磨擦它時，會發出公雞般的啼聲，文公於是下令立祠供奉，祠名爲寶雞，後人便以此爲地名了。渭水由隴西流經寶雞，在這裡形成一處通道，渭水下游即是咸陽，爲了運輸上的方便，秦王朝在此建了一座官倉用以儲藏糧食，稱爲陳倉。秦軍爲保護陳倉糧食的安全，便在這裡設立了一個小關卡。這個關卡很小，容不得太多守軍，且山路崎嶇，軍隊也無法駐紮，所以只有情況緊急時才能派兵前來馳援。這點，對進攻的一方極爲有利。

而在秦嶺山脈中，唯一能容下較大軍團經過的，便是這條渭河形成的天然通道，加上此處地勢隱蔽，因此很適合偷渡。韓信所選擇入關的道路，正是這條。但陳倉關口雖小，卻易守難攻，所以必須採取突擊戰術。韓信於是公開宣布修建棧道，有意讓關中守軍將注意力集中在棧道工程上，這便是歷史上有名的「明修棧道，暗渡陳倉」。

韓信將軍團分成四大部分，每個軍團約有四、五千人不等，出發時相隔行程約兩天，以免讓對方發現。韓信自己則暫時留在棧道工程現場，以免章邯察覺陳倉的軍事行動。在韓信的計畫中，攻陷陳倉後，他應立即趕往前線。果然，當樊噲率領的先鋒部隊順利攻下陳倉時，章邯才察覺中計。陳倉陷落後，章邯非常驚慌，便向東撤退，並派急使向司馬欣、董翳等求救。因援軍遲遲不到，章邯只好將軍隊退入廢丘準備堅守。劉邦軍隊於是輕易占有雍地，並攻入咸陽；樊噲繼而攻打廢丘，周勃、灌嬰則分別向司馬欣、董翳施加壓力。

不久，司馬欣、董翳投降，關中地區除了章邯軍隊固守的廢丘之外，已全部落入漢軍手中。韓信的暗渡陳倉之計，終於讓劉邦實現了自己的夙願，成爲關中之王。此時，離他被迫帶軍進入漢中，只有四個月的時間。這場戰役的主要策劃者韓信，也隨同蕭何的後勤部隊抵達關中。由於章邯堅守廢丘，任樊噲軍團再怎麼猛烈攻打，仍一直沒能攻下。韓信來到後，親自到廢丘視察戰場，然後建議樊噲引雍河水淹灌廢丘。時值雨季，水流湍急，樊噲令人堵住雍河，讓水灌入廢丘。很快，廢丘全城便浸入水中。章邯見大勢已去，遂自殺身亡。廢丘殘軍只得向樊噲投降，至此，關中已完全落入劉邦手中。蕭何將剛攻陷的關中地區，劃爲渭南、河上、上郡數個郡，納入漢國版圖。

因劉邦的家人還在故鄉沛縣，漢軍不敢貿然進入中原，僅派出特遣部隊薛歐、王吸的小型軍團，先由武關火速進入楚地，設法營救劉邦家屬，然後再大舉進軍中原。在這場戰役中，引人注目的除了「明修棧道，暗渡陳倉」外，韓信水淹廢丘戰例也值得我們關注。

水攻之法和火攻之法一樣，皆是古代兵家在作戰中經常使用的破敵方法。但是，被稱爲天下第一兵書的《孫子兵法》，卻只有〈火攻篇〉，而沒有〈水攻篇〉。關於水攻之法，該書只是在個別篇章中偶而提及。其中〈火攻篇〉說：「以火佐攻者明，以水佐攻者強。」意思是說，用火來輔助進攻，效果顯著，用水來輔助進攻威力強大。這裡實際上只是強調了火攻之法與水攻之法的顯著效果和巨大作用。

其〈行軍篇〉又說：「絕水必遠水。客絕水而來，勿迎之於水內，令半濟而擊之，利。欲戰者，無附於水而迎客。視生處高，無迎水流，此處水上之軍也。」「上雨，水沫至，欲涉者，待其定也。」意思是說，渡過江河水流之後，必須推進到距岸邊較遠的地方。敵人渡河進攻時，不要在河水中迎擊它，而要乘其半渡時再發動攻擊，這樣才最爲有利。想要與敵人交戰，不要在靠近水邊的地方迎擊對方。部隊安營紮寨，要選擇居高向陽的地方，而不要正對著水流。江河上游下雨，必然會有水沫漂下來，部隊要徒涉過河，必須待水勢平穩後進行。這裡講的，是部隊在江河溪流地帶行軍、作戰或宿營時應當注意的問題，以及作戰時應採用的基本戰法。此外，在〈勢篇〉和〈虛實篇〉中，孫子還曾反覆多次以水爲喻，論述兵勢變化的規律和特點，但他自始至終都未提到如何主動以水攻擊敵人的問題。

廢丘之戰，儘管史料記載極爲簡略，其意義卻不可低估，因爲這是中國歷史上有文字所記載甚早主動利用河水攻城的一個戰例。從這時開始，韓信好像特別善於利用江河水流克敵制勝。破魏之戰，是利用聲東擊西之計以木罌渡過黃河天險而攻滅魏國的，井陘之戰也是借助河流以背水陣而大破趙軍，濰水之戰則是透過囊沙壅水和半渡而擊以大敗楚齊聯軍的。在短短四年楚漢戰爭中，他指揮的重大戰役竟有三個與水有關。

對照《孫子兵法》的有關論述，再看廢丘之戰，就更可看出韓信在用兵方面的創造性。《孫子兵法》始終未言及如何借助水的力量打擊敵人，這說明可能當時尚沒有這方面的戰例與經驗可作總結。然而，到楚漢戰爭之際，韓信不僅繼承了孫子的理論，且多有創新，其中引水灌城即是一例。其實，水不僅可以佐攻，還可以佐守。例如，古代凡重要的城市，爲加強防禦能力，除了築有堅厚高聳的城牆之外，幾乎無不輔以又寬又深的護城河，以至於城與河不分，常常稱爲「城池」。

征魏伐代，開創軍事新格局

西元前二〇四年六月，劉邦將滎陽交給韓信防守，自己則返回關中的臨時政府所在地櫟陽，和駐守櫟陽的蕭何商議立長子劉盈爲太子及防守關中等事。

是時，關中發生了罕見的大饑荒，一斛米升至萬錢。爲了解決饑荒問題，劉邦和蕭何決定將關中部分居民遷到漢中墾荒。八月，劉邦把一切關中事宜全權委託給蕭何，然後返回滎陽。

回到滎陽，劉邦便開始考慮解決中原的魏國和代國問題。彭城大戰後，魏王豹在倉皇中逃入韓信在睢水之南的陣地，於是跟隨韓信到滎陽拜見劉邦。不久，魏王豹即向劉邦表示想返回魏地探視親人，但魏王豹回到河東後，卻派兵部署在黃河渡口，斷絕和漢軍的往來，並公開投奔項羽。

這一事件，促使劉邦下定決心向魏王豹下手。可是劉邦覺得還應該做到仁至義盡，決定派酈食其前往游說魏王豹，只要他表示歉意，他們之間和好是完全有可能的。魏王豹卻堅決不同意和劉邦握手言好。劉邦先禮後兵，見魏王豹態度強硬，於是以韓信爲左丞相，率領灌嬰和曹參的軍團前去攻擊魏國。其實，魏國的長老們並不支持魏王豹，對於他出爾反爾投奔項羽，他們更是堅決反對。大將周叔因公然表示反對項羽，被魏王豹免職，改由柏直出任軍團總指揮。

酈食其雖未完成游說使命，但他在魏國時把魏王豹和諸將之間的衝突看得一清二楚，回來後便將這些內幕告訴了劉邦。劉邦聽了，高興地說：「換得好，換得好，周叔不敢說，柏直絕不是韓信的對手！」酈食其又將魏國更詳細的指揮官人員名單告訴劉邦。劉邦聽了，更加高興。在劉邦看來，由原秦將馮無擇之子馮敬出任魏軍騎兵指揮官，肯定要敗在灌嬰騎兵隊中的左右校尉李必、駱甲之手。而魏軍的總指揮乃楚將項它，劉邦認爲他不是曹參的對手。韓信也特意向酈食其請教了一些有關魏國軍事指揮人員安排的問題，然後韓信便胸有成竹地下令向魏國進軍。

魏王豹御駕親征，將主力部署於蒲阪，又命柏直在臨晉津的對岸擺出大批兵馬來阻止韓信渡河。

韓信到達臨晉津後，親至前線視察。視察完畢，韓信下令在臨晉津擺下軍船，擺出一副硬碰硬的架勢。然後，韓信下令曹參大量收購木罌瓴。韓信親自坐鎮臨晉津，指揮軍船迷惑敵人。灌嬰和曹參則全力將木罌瓴綁成木筏，並在上面鋪上木板。當部隊利用夜間行軍到達夏陽後，便以這種木罌爲浮板暗中渡河，直接攻打魏國首都安邑。由於主力軍團全在蒲阪，後方空虛，安邑很快便陷落了。魏王豹聞訊大驚，急速返回首都救援。韓信大軍便乘機全部渡過臨晉津。灌嬰、曹參由東北向西南，韓信由西南方夾擊，魏軍全線潰敗，魏王豹被韓信生擒。

九月，韓信押解魏王豹回到滎陽。魏國向漢軍投降，劉邦將魏地改置爲河東、上黨、太原三郡。韓信平定魏國後，雄心勃勃之餘，向劉邦誇下海口，只要劉邦再增撥三萬兵馬給他，他便能夠將中原重行納入漢軍的掌握之中。劉邦對韓信的話很感興趣，遂鼓勵他提出具體的規畫方案。韓信提出，可以魏國首都安邑作爲攻擊發起點，再向北攻略趙國和燕國，並東擊齊國，然後向南切斷楚軍攻打滎陽時的糧食補給線，以固化楚漢南北對抗的局勢。

劉邦對韓信的規畫大爲讚賞，於是便讓張耳率軍協助韓信。張耳是魏國人，曾任趙國首席軍事強人。張耳和韓信聯軍後，首先建議韓信攻打代國。代國是由趙國分劃出去的，趙王歇當年曾被項羽移居於此。陳餘奪得趙國大權後，趙王歇以代國封賞陳餘，陳餘便派偏將夏說以相國之職守衛代國。九月下旬，韓信和張耳聯軍大破夏說軍於閼與，夏說兵敗投降，代國滅亡。

漢魏臨晉之戰，是古代戰爭史上一個著名的戰例。在這場戰役中，韓信所採用的仍然是奇正並用、聲東擊西的戰術，與兵出陳倉、還定三秦時並沒有兩樣。但是，只要仔細研究就會發現，韓信在此戰中不僅是奇正並用，且是奇中有奇。

所謂奇正並用，是指韓信在臨晉渡口和夏陽方向同時採取行動，而其中又有正有奇，有虛有實。臨晉在魏軍正面，是魏軍重點防守的地方，漢軍便在此處集結船隻，做出要從這裡渡河的假態以迷惑魏軍，進一步吸引其注意力，所以爲「正」。夏陽在魏軍側翼，是魏軍所忽視的地方，十分空虛，漢軍卻出乎魏軍的預料，偏偏從這裡渡河，並且以夜色掩護行動，所以爲「奇」。

所謂奇中之奇，是指韓信以木罌作爲渡河工具。漢軍伐魏，首先必須解決渡河問題，而黃河自古號稱「天塹」。在一無舟楫、二無橋梁的情況下，要使數萬大軍迅速渡過這一「天塹」，絕非易事。然而，韓信卻憑藉自己的聰明才智和豐富的想像力，竟然創造了木罌筏這樣一種渡河工具，成功地將大軍渡過黃河。這實是中外戰爭史上的一大創舉。木罌取材便利，製作簡單，操作靈活，在當時可以說是再理想不過的渡河工具了。

將貴智，謀貴奇，縱觀古今戰史，能奇正互用變幻莫測、妙計應時而發的將領實在不多。韓信則是其中的佼佼者，明朝的茅坤所以稱韓信爲「兵仙」，恐怕也是與其每每能出神入化地運用奇正之術克敵制勝有關。

背水奇陣，韓信大破趙軍團

魏國和代國被韓信征服，標誌著楚漢相爭已然進入明朗化狀態。項羽此時雖擁有楚、梁等地的精華區，但實際上，梁國大部分地區是在彭越的控制下，楚國也有不少地區是由友軍九江王英布、衡山王吳芮、臨江王共敖統轄。這幾個人都已投入英布的大旗下，對項羽早表露出不滿情緒。所以，項羽眞正能夠掌握的區域，僅爲彭城和江東地區，這與劉邦掌握滎陽、關中、漢中相比，楚漢勢力至此已是旗鼓相當、不分伯仲了。

現在，如果中原的魏、代、燕、趙再倒向劉邦，則雙方實力消長立見。儘管項羽曾努力想掌握齊國，但他返回彭城後，留在齊地的數十萬大軍仍爲田橫所敗而退回楚境。中原地區原爲三晉領地，項羽分封時，魏分爲梁、魏，趙分爲趙、代，韓國則由項羽統轄，韓王成了傀儡。項羽雖統有梁、楚的精華區，但在彭越的游擊戰下，他對梁國的北半部早失去了控制力。劉邦陣營據守滎陽，實際上已統有韓國的絕大部分領地。如今韓信又征服了魏和代，中原地區即只剩下趙國了。因此，趙國便成了戰略重地，倘若韓信攻下趙國，項羽處境就愈形危險了。

正是看清了這一點，所以劉邦在和項羽對峙時，於頂著嚴峻兵源壓力的情況下仍支援了韓信三萬兵馬，讓他全力破趙。趙國原是中原地區軍事強國，在秦王朝統一天下的戰爭中，所遭受打擊也最大。那場決定著秦王朝敗亡的關鍵戰爭，便發生在趙國的鉅鹿，雖說這場戰爭的抗秦主角爲楚將項羽，趙國仍是矚目的焦點。

這時候，楚漢相爭已進入第三個年頭。

冬十月，韓信和張耳率領兩萬餘兵力進擊趙國。陳餘和趙歇的京城在襄國，屬今河北省西北，約位於石家莊附近。韓信軍隊要由魏國的平陽北上到代國的閼與，在進入河北平原前，得先經過太行山脈。軍隊要越過山脈是相當不易的，必須選擇穿越山脈的橫向河谷，而這些河谷一般非常狹小，所以稱之爲「陘」，行軍上雖較容易，但這種陘的地形大多是易守難攻的。太行山脈北方的井陘，由於四方高、中央低，所以稱爲「井」。韓信和張耳的大軍便選擇由井陘穿越太行山脈，進入襄國的北方。

由井陘進入平原前，有個關口，通稱為「井陘口」，自古以來便是兵家必爭之地；任何人只要守住井陘口，便有一夫當關萬夫莫敵之勢。

由於滎陽情勢緊張，大批漢軍被迫部署在滎陽前線以對抗日益加劇的楚軍壓力，加上必須留守新統治的魏地和代地，韓信能夠帶到井陘口的兵力非常有限。而集結在井陘口準備抵擋韓信的趙國陳餘的大軍號稱二十萬，除分派鎮守各地的兵力外，到達井陘口的趙軍大概也在十萬以上，這個數目，是韓信兵力的五倍。因此，從兩軍兵馬的多寡來看，陳餘覺得自己肯定勝利。對此，趙國的廣武君李左車則不那麼樂觀，他曾多次提醒陳餘：「韓信和張耳乘著在魏、代的勝利聲勢向我們發動遠征，士氣高昂，不可輕視。」陳餘對李左車的話，不以為然。

面對龐大的趙國軍團和井陘口的險勢，韓信格外當心，特別是對李左車豐富的作戰經驗，韓信一向十分佩服。在離井陘口三十里地方，韓信下令停軍駐營，當夜他下令組成二千輕騎兵的突擊小組，每人手上拿著一支漢軍的赤紅色旗幟。此外，韓信囑咐這支輕騎兵由小路攀爬到山頂，埋伏在可看見趙國軍隊的高地上。他指示突擊隊的指揮官：「明日大戰時，我軍由於勢弱，接觸戰不久便會撤退向綿蔓水。趙國大軍一看到我軍撤退，必會全軍盡出追趕，因此關口的守軍不多。那時你立刻率突擊隊攻打關口，進關後盡快拔下趙軍旗幟，全部以赤紅色的漢軍旗幟代替。只要做到這一點，我們便有勝利的把握了。」

凌晨時分，韓信傳令：「今天破曉以後，我們先大破趙軍，再來好好地吃一頓早餐罷！」各軍團將領根本不知道韓信哪來這麼高的自信心，但由於出漢中以來他在戰術上常有突出表現，深得將領們的信任，因此大家只好勉強答應。韓信表示將硬碰硬地和趙軍決一死戰。將領們實在難以瞭解，面對數倍兵力的敵軍，韓信為何採取硬戰。

見韓信親率一萬兵馬先行在河邊布陣，守軍立刻向陳餘報告，陳餘也火速趕往關口，從關上遠眺漢軍在河邊的陣式。看完之後，陳餘不禁哈哈大笑，嘲弄韓信根本不懂兵法，並誇口天明時定可將韓信打得屁滾尿流。在河邊布陣，地廣且寬，所以漢軍秩序井然。韓信和張耳親自率領先鋒軍團，以方陣向關口進攻。陳餘下令開關迎擊。韓信、張耳在前衝殺，漢軍士氣高昂，趙軍不能勝。關上的陳餘見狀立刻親率大軍，傾巢而出。一時，敵眾我寡，韓信雖力戰不懈，仍無法抵擋趙軍威勢，因此逐漸後退。趙軍隨後追趕，並直接攻擊水邊的漢軍陣營。

韓信和張耳退入陣營中，指揮軍士反擊，戰況激烈。雙方死傷慘重，趙軍無法有效突破漢軍陣式。陳餘又下令關上守軍全部出動，加入戰局。漢軍已無退路，全力死戰。

這時，埋伏在山上的漢軍突擊部隊乘機攻入空虛的趙軍關口，拔除所有趙旗，換上二千支赤紅色的漢軍旗幟。激戰數小時，趙軍一直未能有效突破韓信的背水陣，將領們在力戰疲憊下，準備退回堡壘內。此時後軍部隊發現關口堡壘已為漢軍所占，堡壘上盡是赤色旗幟，不禁大驚失色。由於不知堡壘中漢軍的數目，有人甚至認為漢軍已侵入趙境，混亂中更有傳言說趙王歇已向漢軍投降，趙軍士氣因而崩潰，紛紛逃散。陳餘雖下令追斬逃兵，仍無法遏阻這番軍紀大亂的情形。接獲攻入堡壘的捷報後，漢軍士氣大振，不禁齊聲歡呼，個個如同猛虎出籠般奮力殺敵。趙軍人數多，潰散時任誰也無法控制。結果陳餘在逃到綿蔓江上游時，被漢軍追及，死於亂軍之中。趙王歇被擒，趙國殘軍全部投降。漢軍大獲全勝，全軍狂歡慶功。

慶功宴上，有人問韓信：「兵法上說『布陣宜背山或以山為右側屏障，依水時則以水為前面或左邊屏障』。今將軍反而命令我們背水布陣，以致全無退路，還預言擊敗趙軍後再吃早餐。我等原本心中很不服氣，但最後我們仍獲得大勝，這到底是什麼戰術呢？」

韓信回答說：「其實我用的背水陣，也是《孫子兵法》中記載的，只是你們看得不仔細，未能察覺罷了。兵法上不就說『投之亡地而後存，陷之死地然後生』嗎？」開完慶功宴後，韓信下令懸賞千金追緝李左車。李左車是楚漢之際著名的智謀之士，他先爲陳餘策劃，不爲所用，結果陳餘兵敗終遭殺身之禍；後爲韓信策劃，韓信當即採納，因而收到不動刀兵而下一國的功效。但是，《史記》並未爲他立傳。他的事蹟主要見於《史記．淮陰侯列傳》中，且是神龍見首不見尾，攻下燕後即去向不明。至於其終於何時何地，更是不得而知。

很快，逃亡深山中的李左車被人押著進來了。韓信親自上前解開李左車身上的繩子，並請他坐於東向位置，以師禮事奉。然後，韓信便謙虛地向李左車請教：「我很想北攻燕國、東伐齊國，眞不知如何才能順利完成這件重要使命，請您賜教！」

李左車低聲說：「我是俘虜，哪裡有資格來策劃如此重要的事情。」

韓信笑著說：「我聽說百里奚爲虞國大臣，虞國卻滅亡了；在秦國爲輔佐，秦穆公卻因而稱霸。並不是百里奚在虞國時很愚笨，在秦國時變得有智慧，主要在於其策略能不能被採用，諫言能不能被接受。如果在井陘口時陳餘採用了將軍的策略，我韓信也有可能成爲俘虜的。就因爲將軍的建言不被採納，韓信才有機會得以侍奉將軍您的呀。現在我眞的想向您請教軍事大計，希望將軍不要再推辭了。」

李左車長年鎭守趙國北地，對燕國的情勢自然比韓信清楚多了，韓信便想向他求教。張耳和漢營將領們，也終於明白了韓信爲何如此重視李左車。李左車顯然被韓信的眞誠所打動，遂建議說：「將軍經略西河，俘虜魏王豹和代國宰相夏說，如今不到一個早上的時間又在井陘口大破趙軍二十萬，誅殺趙國強人陳餘，威震天下，名聞海內，多少軍民都心甘情願爲將軍效勞啊！這是將軍目前的優勢。不過，長期遠征使士卒勞累、將領疲憊，想再用他們征戰，是愈來愈困難了！」

韓信和張耳聽得連連點頭。李左車見他們都贊同自己的建議，於是繼續說：「如今將軍若想以此疲倦之師，攻打燕國堅固的城池，萬一不順利的話，將會欲戰不得、攻之不拔，使自己陷入險境。況且戰事若曠日持久，糧食必陷入嚴重匱乏，這就會惹來大麻煩。若是攻打不下燕國，齊國想必會加強防備、拒絕投降，這樣一來，燕、齊和將軍間便會相持不下，如同劉邦和項羽陷於滎陽的僵局一般，這是將軍最不利的地方。善用兵者，應避免不利、善用優勢才對啊！因此，依我愚見，將軍不如暫時按兵不動，以安撫方式來處理敗亡的趙國軍民。趙國人民必能感於將軍恩情，百里之內犒賞軍士的牛酒一天內必會送到，以慰勞漢軍將士。接下來，將軍可以將箭頭指向燕國，裝出一副即將出兵的樣子，然後派遣能言善辯之士奉將軍親筆書信，表示對燕國和談之意。以將軍現在的優勢，燕國自然不敢不服從將軍。挾著制伏燕國的優勢，將軍再向東兵臨齊境，此時就算智謀再高的謀略家，也不知如何對齊國進行規劃了。如此，將軍便可以擁有圖天下的實力。」

韓信非常高興地接受了李左車的建議，立刻擺出北上姿態，並派使者到燕國。燕國果然立刻接受和談，成爲漢軍盟友。然後，爲安撫趙軍軍民，韓信派使者向劉邦建議，封張耳爲趙王以重建趙國政治秩序。劉邦在衡量過各種利害關係後，批准了這個請求。

中原的軍事格局至此已完全定下，項羽雖曾數度派軍突擊趙境，卻很快被韓信和張耳擊退。韓信也重新在趙國南方建立堡壘，鞏固對楚軍的防務。項羽從此無力涉足中原，韓信因而可以派兵前往滎陽，增援劉邦和項羽之間的正面戰爭。

大敗齊軍，韓信擺開魔術陣

楚漢相爭第三年，項羽儘管在個別戰場表現優異，在戰略上卻漸趨劣勢。各地戰場輪番開戰，讓項羽疲於奔命，四處救災，雖然只要項羽一出馬，情況便會好轉起來，但只要他一離開，那個戰場便又立刻失陷。

針對這種樂觀的局勢，酈食其建議劉邦應在西部戰區四處開花，收復滎陽、成皋和敖倉，以重建新的防線。同時，酈食其還建議劉邦要設法和齊國和談，以建立聯盟關係。劉邦對酈食其的建議全盤接受，派出酈食其去游說齊國。酈食其首先拜見齊王田廣，隨後又拜見齊國首席軍事強人田橫。田橫是齊國軍事強人田榮的弟弟，田榮戰死時他臨危授命，接下潰散中的齊軍軍權。田橫是個讀書人，不像他哥哥田榮那樣強悍驕奢，相反的，他能禮賢下士、勤政愛民，加之好養賓客，頗有戰國時孟嘗君遺風。

項羽雖擊潰了田榮，可是在田橫號召各地以游擊戰反抗時，卻是束手無策，因此給了劉邦攻打彭城的機會。當項羽急速南進後，田橫更迅速又重統一了齊國。田橫對諸侯國間的爭霸，沒有太大興趣。齊國和陳餘間雖存在聯盟關係，但韓信攻打趙國時田橫並未派兵救援。由此可以看出，田橫對諸侯間的爭霸一向抱著謹慎態度，不會隨意參與。縱使未向陳餘伸出救援之手，但韓信擊敗陳餘後，田橫已對韓信保持了足夠的戒備。因此，當得知劉邦下令韓信準備東征時，齊國立刻派遣華無傷和田解駐屯重兵於黃河東南岸的歷下，以防止漢軍渡河。

儘管對漢軍已有所戒備，一聽說酈食其來訪，田橫仍建議田廣厚禮相待。酈食其受到熱情接待後，馬上鼓起自己那三寸不爛之舌，從漢王劉邦先入咸陽但項羽背信棄義將漢王壓制到漢中開始講起，又講到項羽暗殺義帝，劉邦弔義帝討伐逆賊項羽，師出有名如今已是人心向背、眾望所歸，爾後再宣揚了一番漢王如今的實力，最後建議齊國應盡早和漢王建立同盟關係，這樣才能讓齊國免除項羽的威脅。

酈食其軟硬兼施，把齊王田廣和田橫說得連連稱是，遂答應和劉邦建立聯盟關係。

聯盟關係一確立，田廣立刻下令撤除歷下的守備力量，以此向劉邦表示誠意。然後，田廣便日夜設宴款待酈食其，答謝他的聯盟之功。酈食其沒想到游說會這麼順利達成，高興得嘴都合不攏了。酈食其更沒有想到，韓信竟把他的聯盟之功一下子就葬送得無影無蹤，也將他的性命給葬送了。

此時，韓信集結的東征軍團已抵達齊國西北方的平原縣。到達平原縣不久，韓信便接到酈食其說服齊王準備和漢軍結盟的情報，並且得知齊國完全撤除了歷下的軍事防備。韓信只得下令停止軍事行動，因爲聯盟關係的建立，標誌著雙方已化干戈爲玉帛。韓信麾下的賓客蒯徹，卻對韓信提出了不同意見。蒯徹也是有名的游說家，因欽佩韓信的軍事才華而慕名投奔，希望能助其建功立業。由於他曾幫韓信出過不少主意，韓信對他一直都很信賴。

蒯徹對韓信說：「將軍受漢王正式詔令而出兵征討齊國，同時漢王雖又派使者前往游說和談，但也並未通知您停止軍事攻擊，將軍實在沒有任何理由放棄眼下的軍事行動。將軍仔細想一想，酈食其不過是個說客，憑著三寸不爛之舌，居然瞬間獲得齊國七十餘城，而先前將軍領數萬之兵，費時年餘才攻下趙國五十餘城。比較起來，將軍為將數年且動用兵力數萬，功勞卻不如一個老儒生，這對將軍的地位是相當不利的。因此，不如趁和談之機，假裝不知和談之事，一舉攻下齊國！」韓信被蒯徹說服後，於是假裝不知有和談這件事，下令揮軍渡過黃河，進攻歷下。齊軍在全無準備的情況下潰不成軍，韓信的先鋒部隊很快便攻到了齊國首都臨淄城。

韓信的這一手，把田橫和田廣嚇壞了，也氣壞了。

最倒楣的自然是酈食其，他本來建立了大功勞，現在在齊國人眼裡，卻立即變成了一個大騙子。酈食其弄不懂這一切是劉邦的陰謀，還是韓信真的不知和談之事，不過他倒挺有骨氣，昂著脖子對田廣、田橫說：「事已至此，連我都不知道這是怎麼一回事，我也不想再辯解什麼了，請賜我一死吧！」田廣於是下令烹殺了酈食其。齊國陷入一片慌亂之中，田橫下令各軍團立即撤出臨淄，以免被韓信全殲。他決定先保持實力，再以對付項羽的游擊戰術來對付韓信。田廣也率軍撤至膠東的高密，並派使者向楚國求救。田橫則北上博陽，想找機會切斷韓信東征軍的糧食補給。守相田光則退守城陽，以抵擋漢軍繼續東進。將軍田既部署於膠東，以徹底鞏固東半部領域。

韓信雖以奇襲戰術攻破臨淄，但善戰的齊軍很快又部署了新的防禦戰線，因此，一場大戰是勢在難免的了。接獲齊王田廣的求救，項羽立即派出旗下首席猛將龍且率領數萬大軍馳援。過去和田橫、田廣的關係縱然不是太好，可項羽對脣亡齒寒的道理還是懂得的。另外，能和齊國聯盟擊潰韓信，也是項羽的夙願。這個機會，他哪願輕易放過？所以，對齊國的求援，項羽想也沒想就答應了。將自己旗下首席大將龍且派去救齊，正說明了項羽對這件事的重視程度。

龍且援齊的兵馬號稱二十萬，而此時韓信的東征軍團卻不足五萬，在人數上韓信明顯處於劣勢，加上田橫又以延伸戰線的策略擺出游擊戰態勢，這對遠征的漢軍來說，人生地不熟，是很頭痛的。齊王田廣的主力部隊，退到現在山東半島濰水東岸的高密，由於前有濰水作屏障，韓信部隊很難長驅直入。東南城陽又有田光的部隊互爲犄角，目的顯在引誘漢軍深人，再由田橫從後面截斷韓信軍的補給系統，使韓信陷入進退不得的窘境。

龍且的軍隊這時也火速在高密和田廣軍會合，準備和韓信決一雌雄。楚、齊會合後，齊國的軍事智囊團對龍且建議說：「漢軍遠道而來，必急於會戰，因而士氣高昂、銳不可擋；齊國和楚國的軍隊是在己方國境內部署，士兵壓力小，戰力不易發揮，故不如堅壁清野採取防守戰術，並由齊王派使者去招撫失陷的城池。淪陷城池的軍民如果聽說齊王尙據城堅守，而且楚國救兵已到，必然紛紛向漢軍反擊。漢軍遠征二千多里，齊國民眾又都在反抗漢軍，勢必無法補充糧食，士氣一定會潰散，我們便可取得不戰而勝的效果。」

這個建議，的確是韓信最害怕的，也是田橫最贊同的。如果楚軍不來救援，田廣勢必採用這個策略，只要齊兵守得住，韓信就別想有什麼戰略突破，困也得把他們困死了。然而龍且卻無法接受這策略，因爲儘管韓信自出師以來一直表現得相當優異，龍且仍不認爲韓信是名大將。如同項羽永遠以爲劉邦不是他的對手一樣，龍且也看不起韓信這種半路出家的儒將，尤其韓信在楚營時只是項羽身邊的一名小侍衛參謀，如何能和貴族出身的大將龍且相比？更何況，龍且的兵力是韓信的五倍以上，以這般優勢卻採取保守的防禦策略，豈不太丟人了嗎？

因此，龍且斷然拒絕齊國軍事智囊團的提議。在軍事會議上，龍且像個財大氣粗的土財主那樣，不屑地說：「韓信這人我很早就認識他了，這個小子根本沒有什麼軍事才能，他年輕時寄食於漂母，連養活自己的能力都沒有，承受胯下之辱，更顯示他絕無過人勇氣。我想不明白，這種人究竟有哪兒可怕的呢？況且，我如今奉命救齊，如果不戰而擊敗漢軍，又何以顯示我們楚軍的武功呢？要是能在會戰中將韓信徹底擊潰，我們不就立刻可以收復齊國的半壁江山了嗎？」

於是，龍且立即下令和漢軍在濰水邊進行決戰。這樣一來，原本對韓信相當不利的濰水，竟成了韓信手中的一張王牌。

這時已是嚴冬，十一月原本是枯水期，但今年天氣特別暖和，上游冰雪很快溶化，河流仍相當湍急。善於利用大自然的韓信，早發現了這特殊現象。到達濰水西岸的當天晚上，韓信便派出一組特遣隊，趁夜色掩護迅速趕到濰水上游山區，用數萬沙袋將上流水量堵成一個小水庫。布陣附近的濰水水位立刻下降，達到一般冬天枯水期的水位。韓信判斷，龍且和田廣肯定沒發現這個特殊的自然現象。

第三天早上，韓信在中，曹參在右，灌嬰在左，擺出即將會戰的陣勢，龍且也率軍在濰河東岸擺開陣勢。這時大家都把注意力集中在即將展開的血戰，即使連曹參、灌嬰亦未察覺今天濰水水流上的變化。事前，韓信也在陣中安排大量的紅旗，由於布陣地方屬河邊平原，山上可以看到陣前紅旗的指揮。屆時只要紅旗大量舉起，山上的特遣隊立刻截斷沙囊，讓大水奔洩而下。

龍且似乎完全無視周圍環境的變化，一心只想著怎樣把韓信徹底擊敗。田廣的作戰經驗到底不足，他只急著要報復韓信，對戰爭中最重要的地利因素竟然視若無睹。韓信親臨最前線，指揮中軍渡河，準備攻擊東岸的楚軍。處於弱勢的一方卻率先發動攻擊，其中必定有詐，可志得意滿的龍且完全忽視了這一軍事常規。

龍且下令陣前的弓弩手攻擊半渡的韓信軍。韓信軍立刻陷入混亂，韓信便親自下陣指揮大軍向前衝鋒。然楚軍箭如雨下，漢軍寸步難行，只好逐漸向後撤退。

乘韓信退卻之際，龍且意氣風發地親率楚軍進入濰水，準備反攻西岸的漢軍。曹參和灌嬰立刻指揮弓弩手還擊，楚軍渡河的速度因而被阻慢了。龍且自恃猛勇，下令全軍有進無退，楚軍只得冒著箭雨逐步前進。這時韓信已退回岸上，重回陣前觀察楚軍渡河的情形。

在龍且親自率領下，楚軍除少數人員已接近岸邊外，大部分兵力仍處於半渡中。韓信這時下令陣中紅旗高舉，並大吹號角，連曹參和灌嬰都弄不清韓信在玩什麼把戲。山上特遣隊看到紅旗，立刻撤走所有沙囊，小水庫的水於是由決口處奔騰而下，勢不可擋。頃刻，大半楚軍已被洪水沖散，哀號動天。龍且本人到達岸邊，一看到河中慘狀，不由方寸大亂，渡至岸上的楚軍也全都嚇傻了眼。彼時，韓信兵馬已向左右分開，陣後的弓弩手急速上前，對著即將上岸的楚軍展開猛烈的箭雨攻擊，龍且首當其衝，死於亂箭之下。韓信的中軍配合曹參和灌嬰的左右軍，立刻反擊渡過河的楚軍。楚軍陣營有大半溺斃濰水中，即使渡過濰水的，也有不少死於箭雨之下。由於發現中計時的慌亂，使士氣全失，加上主將當場陣亡，群龍無首，楚軍絕望之極，紛紛棄械投降。

田廣見大勢已去，便放棄高密，率軍退往城陽。

濰水之戰，韓信殲滅了救齊的楚軍，齊軍本身雖無任何損傷，鬥志卻已經完全喪失了。水退之後，韓信率軍渡過濰水，占領高密，率主力部隊攻打城陽。田廣眼看守不住城陽，下令田光率軍北上投奔田橫以圖東山再起，自己則率少數部隊向韓信投降。

對田廣的伎倆，韓信早就料到，故在接受田廣投降前即下令灌嬰軍團北上追擊田光，終於在博陽城南數十公里處擊潰退卻中的齊軍，田光當場戰死。在博陽的田橫，以爲田廣已經戰死，遂自立爲齊王，並出城反擊灌嬰軍隊。

灌嬰的步騎混合軍有不少是由秦國關中軍團組成，作戰力是漢軍中最強的。田橫雖善於游擊戰，機動性和作戰爆發力亦顯然不如灌嬰軍團，不久便被擊潰。

齊軍士氣全線崩潰，田橫只好率殘兵退入梁國，依附梁地的彭越。灌嬰繼續北上，攻擊齊國最北方軍事重鎮千乘的田吸軍團，隨即擊潰田吸。至此，齊國只剩下駐守膠東、屏障齊國東部半島的田既軍團。韓信派曹參征討田既，曹參採取招降策略，招降了田既身邊的大小軍團，使田既陷於孤立。田既率軍突圍，被曹參擊潰，田既戰死，齊國的軍事力量到此被全部消滅。齊軍覆滅，項羽最後一員大將龍且戰死，項羽至此已是元氣大傷，走到了窮途末路。

韓信之所以能順利擊破齊之歷下守軍及齊都臨淄，主要是由於齊國君臣因聽信了酈食其的話而對漢軍失去戒備的緣故。從道義上說，韓信進攻已降之國，並因此而置同僚於死地，難辭其咎。但是，若從古代政治、軍事的視角看，這樣做又似無不妥之處。在古代政治、軍事戰爭中，目的往往被視爲唯一的東西，手段則是次要的。爲了全局利益，有時是難以顧及道義方面的小缺失。再說，楚漢爭霸之際，許多諸侯國出於自身利益的考慮，的確是叛服無常，如不能從根本上予以翦除，即使對手已投降，也終究是一種隱患。所以，對韓信伐齊，劉邦實際上是默許的；儘管此事導致了酈食其被殺，劉邦卻始終未因此而怪罪韓信。並且，從上述記載可以看出，即使是酈食其本人，也未因韓信陷其於死地而有什麼抱怨；相反的，當田廣要他阻止漢軍進攻時，他卻說：「舉大事不細謹，盛德不辭讓。而公不爲若更言！」

與韓信伐齊相類似的事件，是唐代李靖伐東突厥。

據《新唐書・李靖傳》載，貞觀四年（西元六三〇年），東突厥頡利可汗被李靖擊敗後，遣使向唐太宗謝罪並請求投降。唐太宗准其所請，派鴻臚卿唐儉等人前往慰撫，同時命李靖率兵迎頡利可汗入朝。但是，李靖並未因此停軍不進，而是乘機選精騎兵連夜突襲，結果大破東突厥，頡利可汗被擄，唐儉等人則僥倖逃還。此役之後，唐太宗不僅沒有責怪李靖，反因功封其為代國公。李靖在說服大將張公謹進襲突厥時，曾說：「此兵機也，時不可失，韓信所以破齊也。如唐儉等輩，何足可惜！」可見，他對韓信伐齊不僅贊成，而且認為這是合乎兵法要求和用兵原則的。

十面埋伏，項羽兵敗如山倒

龍且敗死後，項羽派武涉游說韓信無效，很憂愁。這時，適逢劉邦為救回老父及妻子而派人前來求和，雙方遂握手言歡，議定以滎陽東南約二十里的鴻溝為界，溝以東歸楚，溝以西歸漢。項羽見既已和解，便送還太公、呂后，率軍東歸。劉邦在張良、陳平的謀劃下，竟然不遵守盟約，率兵尾追楚軍，企圖乘機將其消滅，但因韓信、彭越不肯參戰，在固陵被項羽打得大敗而還。後來，劉邦採納了張良的建議，將睢陽以北至穀城封與彭越，將陳以東至海封與韓信，二人才發兵前來會師。這時，淮南王英布與漢將劉賈也進兵九江接應劉邦。三路大軍陸續趕到，劉邦自然可以放膽向前。

項羽得知漢兵傾巢而出，只好引軍再退，誰知到了垓下，又被漢兵追上。他登高一望，只見漢兵漫山遍野，猶如螞蟻一般奔湧而至，不禁仰天長嘯道：「悔不該當初不殺劉邦，讓他成了氣候。」說罷，命令手下尚餘的十萬將士在垓下紮下營寨，準備迎敵。漢軍總數不下三十萬，由韓信任總司令，統一指揮。韓信將齊軍分作十隊，分頭埋伏，以便互相接應，然後請漢王劉邦守護大營，自己則率三萬人挑戰。項羽一聽漢兵逼營，當即拍馬而出，率兵向漢軍衝殺。韓信且戰且退，一心要引誘項羽進入埋伏中。項羽一生所向無敵，當然沒有把韓信放在眼裡，所以放膽追殺，約莫追了幾里地，只聽得一聲砲響，殺出兩路伏兵，截住項羽。項羽毫不驚慌，衝開伏兵，繼續向前追趕，卻聽得號砲又響，又有兩隊伏兵殺出。項羽殺得興起，不肯後退。這樣殺開一重，又是一重，一口氣殺了七八重，直殺得楚兵隊伍零落，將弁多亡，項羽自己也覺力疲，便想引軍撤退。哪知韓信放完號砲，十面埋伏齊起，都朝項羽馬前圍了過來。楚兵紛紛逃竄，項羽一杆方天畫戟，終究難敵百般兵器。至此，他才後悔起來，只好命鍾離昧、季布等人斷後，自己挺著畫戟當先衝陣，總算奮力殺開一條血路，馳回垓下大營。這一仗，楚軍被殺死兩三成，逃散兩三成，十萬精銳士卒只剩下兩三萬殘兵回到營中。

上面這一段故事，出自《前漢演義》第三十一回〈大將奇謀鏖兵垓下，美人慘別走死江濱〉。雖是一則演義，但在《史記》、《漢書》和《資治通鑑》等史籍中，均可找到出處。演義之中有一處細節，寫到韓信伏兵殺出，總以號砲為令：號砲一響，即有兩路伏兵殺出。其實，這是根本不可能的，因為楚漢爭霸之時，距火藥的出現尚有一千年左右。沒有火藥，哪來的號砲？這完全是《前漢演義》的作者想當然、信筆寫來的結果。

另外，《前漢演義》中所描述的「十面埋伏」，亦純是作者誇張的結果。從史籍上看，韓信在垓下與項羽決戰時，所用陣法爲古代一種極爲典型的五軍陣。十面埋伏既然不見於史籍，則屬作者虛構無疑。

然而，即使是虛構，也並非演義作者的首創。從現存資料看，十面埋伏的說法，最早見於元代。成書於元代的《前漢書平話》中，便有「垓下聚兵百萬，會天下諸侯，困羽九重山前，信定十面埋伏，逼項羽烏江自刎」這樣的描寫。元代無名氏雜劇《抱妝盒》第二折則有「從今後跳出了九重圍子連環寨，脫離了十面埋伏大會垓」一類的唱詞。到了明朝，還出現了以《十面埋伏》爲名描寫垓下會戰的琵琶大曲；此曲共十八段，曲調激昂悲壯，充分表現了古戰場上千軍萬馬奔騰廝殺、諸般兵器交鋒撞擊時那種震撼山嶽、驚人心魄的浩大聲勢，因而影響甚廣，流傳至今。此外，明朝小說《水滸傳》和《三國演義》，也都有關於十面埋伏之計的描寫。

一般說來，即使是虛構，也是應當有一定依據的。那麼，十面埋伏之計的依據究竟是什麼呢？《孫子兵法・謀攻篇》說：「故用兵之法，十則圍之。」意思是說，用兵的方法，在有十倍於敵的優勢兵力時，就應四面包圍，戰而勝之。後世對韓信在垓下之戰中所用戰術的傳說，以及元明間雜劇、小說中的種種描寫，可能均是對《孫子兵法》所謂「十則圍之」這一用兵方法的引申和發揮。這種引申和發揮，很可能首先源於民間傳說，然後逐漸融於藝術創作，從而成爲後世作家筆下強軍對弱軍作戰時所經常採用的那種全面包圍、務求全殲的戰法。

得韓信者，即得天下

項羽身邊最著名的大將龍且被韓信擊潰後，項羽對這位過去看不起的韓信開始另眼看待了。韓信如果南下，項羽的大本營彭城立刻便要遭到直接威脅，這乃不是彭越在梁地的游擊隊所可比擬的。在項羽眼裡，彭越不過是個小打小鬧式的小強盜，不足為患。眼下唯一的心腹大患，只有韓信。

項羽很想火速擊敗劉邦，再率大軍回去和韓信決一死戰，可惜劉邦一直以靜制動，堅守不出，讓項羽嘗盡了英雄無用武之地的滋味。況且劉邦控制著敖倉的糧草，後勤補給工作做得十分完善，而項羽的糧食卻已快要消耗盡了。對於項羽來說，唯有用安撫的方法來解除韓信在背後的威脅，才能讓他全力以赴地對付劉邦。因此，游說韓信，就顯得甚有必要了。

於是，項羽便派盱眙人武涉去游說韓信中立，最好能讓他歸順自己。盱眙離韓信的家鄉淮陰不遠，武涉覺得憑著老鄉關係，由自己去說服韓信中立甚至歸順項羽極有把握。武涉對游說技巧深有研究，很想像春秋戰國時期的蘇秦、張儀那樣，靠三寸不爛之舌建功立業。但自從投靠項羽以來，一向是天下強勢人物的項羽，和別人溝通全靠拳頭，靠舌頭吃飯的武涉頓沒了用武之地，眼看終於盼來了這個機會，暗暗下定決心，這次游說只許成功、不能失敗。

項羽雖然也走到了向別人低聲下氣的這一天，但他仍覺得自己畢竟是天下霸主，因此武涉這次游說，自己能做出的讓步非常有限，定要做到不傷楚國一絲一毫的尊嚴和利益。

對於項羽的死要面子，武涉儘管感到極其可笑，也沒有辦法違抗。故此這次游說的難度就顯得特別大，既要做到讓韓信歸順楚國，又要做到不損傷楚國的尊嚴和利益。這等於是，又想馬兒快點跑，又想馬兒不吃草。韓信與武涉既是同鄉，又曾是同僚，因此還算認識，可是絕談不上有什麼深交。見到了韓信後，武涉馬上擺出一副專業說客的架式，滔滔不絕地向韓信發表了他的眞知灼見。

武涉游說韓信的話，仔細分析一下，這幾條大多是吹捧項羽、貶低劉邦的話，目的當然只有一個：讓韓信保持中立，或是歸順項羽。楚漢相爭的責任究竟在誰：是劉邦？還是項羽？秦國因暴政而被諸侯聯合滅亡，項羽功勞最大、力量最強，他卻未以天下爲自己獨有，反而依功勞大小而分封疆土給諸侯王，終使天下太平、萬民同樂。劉邦這方卻興兵占領三秦土地，更引兵出關襲擊楚王，想要盡吞天下爲私有。如此貪得無厭的人，實在不值得韓信爲之效勞，也必將爲天下人所唾棄，落得個身敗名裂、遺臭萬年的可恥下場。

一、劉邦是個背信棄義的無恥小人：

彭城大戰時劉邦被項羽擊潰，性命本已在項羽手中，後因項羽念及舊情而放他一馬，劉邦才得以逃生。想不到劉邦仍再度背約，又不斷偷襲項羽，這純粹是一種無恥小人的作派。

二、劉邦對韓信只是利用而已：

韓信雖自認和劉邦交情頗深，盡力爲劉邦作戰立功，但總有一天仍會被出賣的。劉邦之所以長期重用韓信，並非尊崇其才華，而是因爲韓信還有對付項羽的利用價値。

三、楚漢相爭，韓信的立場將決定勝負：

征服齊國之後，韓信的力量已不亞於項羽和劉邦，投向項羽則項羽贏，投向劉邦則劉邦贏，因此韓信不宜妄自菲薄，應以自己將來的利害來作決定。但以劉邦的自私個性，萬一項羽輸了，韓信將是他下一個攻擊的目標。

四、建議韓信背棄劉邦，取得獨立地位，三分天下：

韓信既然有這份實力，便應脫離劉邦屬下將領的地位，甚至可結合項羽去和劉邦談判，三分天下而共爲諸侯王。

武涉的話，儘管說得理直氣壯，語氣上卻已明顯透出項羽的弱勢及危機。韓信雖是軍事天才，然由於出身卑微，早年長期看人眼色而存活，從無自己獨立的念頭。因此，他極其坦誠地對武涉說：「您的心意我領了，您知道，我當年和您同爲項羽部下時，官位不過是個郎中，職務也不過是執戟的護衛，講的話得不到重視，建議也從未得到採納，不得已我才棄楚投漢。投奔漢王後，漢王卻拜我爲上將軍，並給我數萬軍隊，將他的衣服賜予我，將他的餐食和我分享。他還對我言聽計從，讓我有機會發揮自己。可以說我今天的地位、聲望，全是漢王賜我的，這是何等的恩情呀。對漢王的恩情，我韓信是至死不會改變的，請代我辭謝項王的好意！」

韓信的態度如此堅決，武涉知道自己沒戲了，只得狼狽地回去向項羽覆命。

蒯徹游說韓信三分天下，劉邦不吝封韓信

武涉的游說雖告失敗，但武涉之行，卻誘發了韓信陣營內的大動蕩。武涉游說韓信，此消息即使保密工作做得再好，無論如何也是封鎖不住的。武涉走後，一些既膽大又自覺和韓信私交不錯的人，便暗中來游說韓信了。這其中，最有名的是韓信的首席參謀蒯徹。

蒯徹，史籍中也有稱作蒯通的，不管是蒯徹還是蒯通，其實都是同一個人。蒯徹對韓信非常看

好，他始終認爲，當今天下唯一能和項羽相提並論的大將，唯有韓信一人。但蒯徹對韓信的高度評價也僅限於此，除了對韓信軍事天才的肯定，韓信在別方面的表現，蒯徹幾乎全持一種否定的態度。這其中，最教他無法忍受的，也最讓他想不明白的是，身爲軍事天才而又適逢亂世，韓信從來沒想過自己出頭爭霸得天下，幼稚地將自身前程全依附在劉邦這樣一個最不可靠的人身上。武涉之行縱使失敗，卻在無意中向蒯徹透露出了底下訊息：天下第一蓋世英雄項羽也已到了虛弱的時候，蒯徹據此更加確信韓信已是天下第一軍事強人。

武涉之行，更向蒯徹透露出這樣一個資訊：韓信內心受到了極大震撼，他陷入一種不能自拔的矛盾衝突之中。這是說服韓信三分天下的絕好機會。

蒯徹想了幾天，決定首先利用相人術來攻破韓信的第一道防線。於是，蒯徹找了個機會，故弄玄虛地向韓信暗示，從韓信的「背相」看，他將是君主之相，而不是韓信理想中的王侯之相。

蒯徹見韓信已被自己的相人術弄迷糊了，便趁機說：「……天下之亂，原爲推翻秦國暴政，然秦滅亡後，又形成楚漢對抗的局面，讓天下人民不得安寧。西楚霸王以彭城爲根據地，領軍征討北方諸侯，百戰百勝，威震天下，如今卻被困於京、索之間，被漢軍阻擋於西山之外，已有整整三年了。漢王方面也統領有十萬之眾，堅守鞏、雒之地，憑藉山河之險，一日數戰卻無法獲取尺寸之地，同樣也沒什麼進展。楚漢雙方皆已陷入了困境，如今不論項王或漢王，他們勝負的關鍵正在於將軍您，您爲漢則漢勝，爲楚則楚勝。

「所以，依我的看法，誰也不用去幫他們，讓項王、漢王俱存，我們才能三分天下、鼎足而居，讓誰也占不得優勢，便可保持天下太平了。以將軍之聖賢，又擁有強大兵力，雄據齊、趙、燕之地，正可出兵監督楚、漢兩軍，令他們不得再繼續爭戰下去，這才是天下萬民之福啊！將軍此舉也是為萬民著想，相信天下百姓必會風聞而回應。如此一來，將軍便能夠分封諸侯，建立自己的集團；集團形成後，天下人便會聽從將軍的指揮，使齊國成為天下共主的地位。齊國擁有淮泗之地，實力十分雄厚，只要將軍仍以天下萬民之心願推動政務，相信全國的諸侯會爭先臣服於將軍，項王、漢王也將逐步陷入孤立之境地……」

韓信聽了蒯徹的話，陷入深深沉思。蒯徹見自己的話終於打動韓信，心中非常高興，於是也不急著讓韓信表態，自己只在一旁靜靜地坐著。良久，韓信才說：「漢王待我算是非常恩厚的了，我聽說：乘人之車者，便需負載他人之禍患；穿著人家給的衣服，便應心懷他人之憂；食用他人食祿者，便應為他人而效死。我怎能因為自己的利益而背叛恩人、背叛天下呢？」

蒯徹沒想到韓信竟然這麼執迷不悟，不由暗叫一聲完了，心也隨之冷了半截。但蒯徹仍不死心，他認為此刻若不能說服韓信，他一輩子的夢想也將會落空，因此他繼續向韓信分析說：「……將軍，您自以為和漢王交情深篤，可以共同建立萬世之功業，我以為這是個萬分錯誤的想法。以前常山王張耳和成安君陳餘在做百姓的時候，曾經為誓同生死的刎頸之交，交情不可不算深篤，但為了懷疑張黶、陳澤被殺害之事，兩人竟然反目成仇。後來常山王背叛項王，以楚將項嬰的首級為禮物而歸附漢王。漢王也借兵東下，在泜水之南擊潰成安君的軍團，當場殺害成安君。至交反目竟成不共戴天的仇敵，常山王和成安君早年的感情成了天下的笑話。這兩個人的交往不可謂不深，但最後卻相互傷害至死方休，為什麼呢？那是因為一旦碰到重大利害衝突時，人心往往會變得難以預測。

「如今將軍和漢王間的交情尚遠不及常山王和成安君，而面臨的重大利害卻比張黶、陳澤的事件嚴重得多，所以我以爲將軍自認漢王必不會陷害於您是個錯誤的想法啊！想當年，越國大夫文種和軍師范蠡在危亡中拯救了越國，並使越王句踐得以稱霸天下。然而，立功成名後，范蠡出走、文種身亡，野獸已盡而獵犬必被烹殺，這種現實是非常殘酷的。況且將軍和漢王的交情不如常山王和成安君，以忠信而言也不若文種、范蠡之於句踐，這些人的命運便是將軍您的榜樣，請審慎想一想吧！

「而且我也聽說過，勇略震主的人必危其身，功蓋天下的人是得不到獎賞的，讓我替將軍您來分析一下您的功勞和危險吧！您曾經略西河，擒拿魏王豹和項王的親信夏說，率軍在井陘口誅殺成安君，招撫趙國、威脅燕國、平定齊國，並殲滅了龍且的二十萬楚國精銳部隊，以功勞而言您眞可謂天下無雙，您的謀略也是世上第一人啊！如今將軍您有震主之威勢，功勞更是任何獎賞都不足以封賜。以這樣的姿態歸附楚軍，項王也不會信任您，歸附漢軍則漢王心中充滿疑忌，將軍您現在是什麼地方也歸附不得的啊！因此，心中雖自認是人臣之臣，卻又有功高天下的震主威名，將軍，我當眞爲您的安全擔心啊……」

蒯徹說完，已是淚流滿面。韓信也被蒯徹的話感動得流了淚，他一邊抹淚，一邊對蒯徹說：「請不要再說了，你的話我都明白，我會好好考慮考慮的，請給我幾天時間考慮一下吧！」

幾天以後，蒯徹又前往晉見韓信，當他見韓信還是猶豫不決時，不由心灰意冷，於是最後勸告韓信：「……能接納別人意見才可吸收旁觀者清的好處，體察出事情的徵候。肯用心作計畫者，才能掌握事情的機要。堅持己見、不能未雨綢繆者，想要長久安穩者少之又少！事情看得透的人善於決斷，猶疑不決，必遭禍害，並將喪失掌有天下的機會。多少有智慧的人雖能知理卻遲緩不行，此爲百事之禍源。想建立功勞是相當不容易的，尤其失敗的風險甚大，時機更是一閃而逝、難得而易失，像這樣的機會以後再也不會有了。望將軍深思……」

經過幾天的思考，韓信仍是猶豫不決。他回想自己所以能有今天的成就，完全憑靠劉邦的賞識，實在沒有背叛他的道理。因此，韓信最後還是拒絕了蒯徹的建議。

蒯徹見韓信如此無可救藥，不忍陪著他看到他的悲慘下場，而自己如此勸告過韓信，更將遭受災禍，於是便假裝癲狂而逃離韓信。韓信明白蒯徹的苦心，也假裝不知他的去向，沒有派人追趕。韓信自拜將以來，定關中、征魏伐代、背水奇陣大破趙軍，如今又大敗齊軍，斬殺了項羽首席大將軍龍且，可謂是戰功卓著，名聞天下。

征服齊國後，自視功高蓋世的韓信，竟派遣使者，向劉邦提出加封他爲假（代理）齊王的請求。韓信主動要加封爲假齊王，把劉邦氣得渾身直抖。氣得他竟當著韓信使者的面，怒罵道：「我被困在這裡，他韓信不想辦法快點來救我，卻只想自立爲王！……」劉邦的話還沒說完，站在身旁的張良和陳平輕輕地踩了一下劉邦的腳。劉邦立即警覺起來，把下半截話吞了回去，回頭看了看張良和陳平。張良忙靠近劉邦耳邊，輕聲說：「眼下我們正困處於此，根本沒有力量阻止韓信自立爲齊王啊，不如答應他的要求，否則可能會讓他萌生叛變的念頭呀！」

陳平也悄聲說：「如今韓信聲望極高，又手握重兵，正是需要拉攏他的時候呀，就封他爲假齊王吧！」劉邦經張良、陳平一指點，立刻醒悟，但剛才自己已表明不同意了，如果再把話收回來，封他爲假齊王，傳到韓信耳朵裡，他便知道自己是被迫才答應封他爲王的。想著，劉邦靈機一動，隨即把口氣放緩，慢騰騰地說：「韓信也眞沒出息，大丈夫既能平定諸侯，理應封爲眞王，何須還要做個什麼假王呢？」於是，劉邦立即派張良持印綬代替自己前往齊國，正式晉封韓信爲齊王，並且指示他即日出兵南下攻打楚國的防線，以逼迫項羽撤軍。

想要馬兒跑，就得讓馬兒吃夜草。劉邦爲收買韓信，不吝封王，果然讓韓信這匹馬奔跑起來了。

有容乃大，盡攬天下奇才——張良

張良，字子房，是戰國七雄中韓國的貴族。其祖父張開地曾當過韓昭侯、韓宣惠王及韓襄哀王的宰相，其父張平則當過韓釐王及韓悼惠王的宰相。韓悼惠王二十三年，張平去世，死後二十年，韓國便爲秦國所滅。張平去世時，張良年紀還很小，成年時，韓國政治陷入大亂，名存實亡，所以張良也一直沒有機會爲國效勞。

《史記》上特別描寫，依張良的個性和日後建立的功業，司馬遷原本「以爲其人計魁梧奇偉……至見其圖，狀貌如婦人好女」，而深感眞是不可以貌取人。也就是說張良個性豪放，膽大心細，深富謀略，如同一般印象中的「偉男子」，但直到見其畫像，卻意外長得嬌小俊美，如同楚楚動人的「小美女」，讓司馬遷都大感不解。

不過張良膽量奇大，性情衝動，敢作敢當。韓國被秦滅亡時，張良已掌有家中大權，光是家僮就有三百餘人，他卻憑其義氣，發誓爲韓國報仇。他策劃擒賊先擒王，打算直接暗殺最高統帥秦始皇。這個計畫不但大膽，而且非常困難。這時候他的弟弟病死了，張良全心投入刺殺工作，無暇思及悲傷，甚至沒有準備豐厚喪儀，只草草埋葬而已。張良散盡家財，徵求藝高人膽大的勇士。爲了計畫不至於洩露，張良將尋找殺手的方向指向東方，一路遠達齊地，惜仍一無所獲。經由別人輾轉推薦，他得知東夷地區（約今南北韓交界東部）有位部落酋長——倉海君，專門傳授各種奇特武功，手下高手如雲。於是張良不辭勞苦及路途遙遠，隻身前往求見。

倉海君深為其誠意所感動，便推薦一位超級大力士給張良。這位力士不但身材雄偉，且擅長操縱一百二十斤重的鐵椎，能在遠距離飛擊任何目標；這對刺殺警衛重重的秦始皇而言，是最合適的方法了。此項任務不論是成是敗，要在事後能得活命的機會不大。但東夷人講究義氣相投，大力士非常喜歡張良的大膽和率性，加上又有酋長的交代，想必張良也用了不少錢安排大力士家人的未來生活，因此大力士義無返顧地陪伴張良來到中原。

張良和大力士的語言雖不通，但心是相繫的，故由張良負責派人搜集必要情報，並由兩人作詳細沙盤推演，設計各種方法，再一一過濾其成功的可能性。最後他們找到了秦始皇第二次東巡的機會。由於東巡的隊伍非常長，車輛行動較緩慢，是用鐵椎飛擊的好機會。他們仔細偵察始皇的路程，終於選定一個叫做博浪沙的地方。《史記》上記載：「二十九年，始皇東游，至陽武博狼沙（博浪沙）中，為盜所驚，求弗得，乃令天下大索十日。」

博浪沙在今河南省境內的陽武縣之南，是一片由黃河河沙堆成的沙灘，人煙罕至，一眼望去，沙灘如連綿波浪，地形高低起伏，因此人員埋伏其中，不易被發現。這本是萬無一失的計畫，但尉繚為秦始皇所建立的警衛體系，在出巡車隊中裝備有不少副車，車內均為始皇的替身。由於車隊很長，除少數親信外，有時候連李斯等重臣都不易判斷秦始皇是在哪輛車中。張良自然也費盡苦心搜集秦始皇真正御輦位置的情報，但秦皇室禁衛體制甚嚴，張良不易得到正確消息，只能憑情況來猜測判斷了。鐵椎從百餘尺距離飛擊而出，正確撞擊目標，可惜那只是輛副車，尉繚的替身策略成功地救了秦始皇的性命。張良自然不知那是副車，他和大力士依計畫分頭逃亡。任誰也想不到，這位嬌小若婦人的小男子，竟是這件大陰謀的主使人，張良遂得以迅速地逃離險境。而大力士長相魁偉，很容易被識破，幸好語言不通，秦皇室情報人員問不出所以然，只好處以極刑。途中張良探知謀殺失敗及大力士殉難的消息，他雖滿懷悲痛，但短期內也使不上力氣，只有從長計議了，因而他往東南走，藏身於江蘇北部地帶。

秦始皇自然大怒，他下令全國諜報網緝拿張良，只是張良出道不久，眞正看過他的人不多，更難想像其外形，因此雖「大索天下，求賊甚急」，張良仍然脫險而出。不過張良聰明絕頂，膽子奇大，他判斷藏身荒山野郊，反易招疑，而最危險的地方往往也最安全。因此他變更姓名，藏匿在人口複雜的商業城市——下邳。

黃石老人巧傳太公兵法，劉邦對張良一見傾心

張良爲了得到更多有關秦始皇的消息，成天在街上閒逛，一點也沒把追緝的人放在眼裡，幸好他那不起眼的長相也的確不易讓人產生疑心。不過卻有個人特別注意到了他，那是位像乞丐又似神仙的老頭，鎭日坐在橋頭上東張西望，他豐富的閱人經驗，很快看出張良非等閒之輩。

有天，他故意要試試張良。當張良走向橋頭時，老人突然彎腰脫下鞋子，丟往橋下，然後轉身向張良叫道：「年輕人，幫我撿鞋！」張良愣了一下，但好奇心甚強的他很快壓住不高興的情緒，反正也閒著無事，不如來看看這找麻煩的老頭子有何居心？因此他回身下橋，撿起了鞋子，交還老人。

老人說：「替我把鞋子穿上吧！」張良儘管心中微慍，但既來之則安之的瀟灑個性，使他好人作到底，便跪下身來，故意表現得恭恭敬敬地替老人穿上了鞋子。老人看到張良的行為，似乎很滿意似的，大笑而去。張良反而被他嚇了一跳，一時不知如何是好，只好目送他離去。老人走了約一里路，回頭看看張良，又走了回來，並對張良說：「孺子可教也，五天後天明時刻，到這個地方與我相會！」

張良滿頭霧水，然在好奇心驅使下，仍恭敬地說：「好吧！」五天後，天剛亮，張良依約趕到橋頭，只見老人早已在那兒了。「與老人家約定，卻比我晚到，眞沒禮貌，五天以後再來吧！」張良愣住了，但想想的確是自己理虧，便只好客氣地賠不是。五天後，雞鳴聲剛起，張良已到橋頭。想不到老人比五天前更早就到了。「還是遲到了，回去，五天後再來吧！」到了第五天，張良根本不敢睡了，天未亮便到相會地點等待。沒多久，老人也來了，看到張良先到，笑咪咪地說：「這樣子才對嘛！」

接著，老人從懷中取出一本書，交給張良說：「讀通這部書，你便可成為王者之師。後十年間將是你最有把握的成功期，絕對要抓緊。十三年後，你可以到濟北來看我，穀城山下那塊黃石頭很容易找得到的，那就是我呀！」說完便轉身離去，不再回頭，從此以後張良再也沒見過這位老人了。

天亮後，張良仔細閱讀這部書，竟然是姜太公兵法。張良感到非常好奇，便日夜苦讀，將書中的精華完全消化。十三年後，張良隨同已成為大漢皇帝的劉邦到濟北巡視，特別到穀城山下，果然見到一塊黃色石頭，於是取回家中祭祀。張良死後，遺囑中交代要和黃石同葬，並令家人建立黃石祠以為紀念。

陳勝起義失敗後，楚王景駒聲名日高，在沛縣起義的劉邦就率眾前往歸附。劉邦在沛縣起兵後，曾率蕭何等親信四處尋找糧食，以維持軍團的長期生存。他將豐邑交由同鄉人雍齒固守，雍齒從小便和劉邦熟識，其身分地位更高於劉邦，因而實在無法甘心在這位「劉季」手中討生活。正好魏將周市率軍南下經略沛縣及豐縣等地，雍齒便乘機舉兵降魏。劉邦聞之大驚，立刻帶軍反攻，但雍齒閉城堅守，劉邦不能入，成了沒有根據地的流浪部隊。

聽說楚王景駒正在招兵買馬，劉邦也率隊前往，途中偶遇韓國貴族後裔張良率少年百餘人欲投奔景駒。張良和劉邦談得很投機，便將自己的人馬全交給劉邦統領，以客卿身分留在劉邦陣營內。張良自從黃石老人那兒得到太公兵法後，曾嘗試將這本書中的精華處世之術和別人討論，但他們大多聽不懂其中的道理，更談不上應用。碰到劉邦後，由於談話頗為投機，張良便以太公兵法中的策略考考劉邦，想不到劉邦一觸即通，不但能完全領會及接受張良的建議，並且在應用上也恰到好處，辦起事來果然是一帆風順。張良不禁感嘆道：「沛公眞是天生的英才呀！」

從此，張良便決定要好好輔助這位「天生的」英才了。但張良是韓國貴族，懷有復國的夙願，恰巧韓王意欲復立韓國，張良既爲韓國貴族後裔，理當責無旁貸地幫助韓王成復國，所以輔佐劉邦的事就沒有顧得上。後來，韓王成由於力量不足，一直在楚國的控制中，甚至被軟禁在楚營內，根本無法回到陽翟重建韓國。張良回韓地後，雖盡力想恢復韓國政權，見到的卻是韓王成軟弱到不敢對項羽要求解除對自己的軟禁。項羽看到韓王成無法獲得韓國長老支持，就將他廢爲穰侯，並將韓國正式合併於楚國。不久，他又令人暗殺了韓王成，使韓國在未現生機前，便又復歸於滅亡。這對張良的打擊太大，張良失望之餘只好重返漢中，意圖投靠劉邦，亦遂此下定決心協助劉邦，和項羽周旋到底。

張良輔佐劉邦後，成了劉邦旗下第一大謀士。劉邦所以能最終打敗項羽，建立大漢王朝，其中的功勞有一半應歸張良。張良建立的這些功勞，本節不多提述，別的章節中將有詳細論述。劉邦當了皇帝後，許多朋友都勸張良應趁此機會取得富貴。張良卻坦然地說：「我世家為韓國宰相，韓國滅亡時，我不惜萬金之資，只努力想為韓國報仇，更不怕艱難地企圖暗殺秦始皇，使天下為之震動。如今我只憑三寸舌而成為皇帝的老師，受封萬戶侯，此對我這個失去國家的普通百姓已是最高的身分和地位了。我張良也相當的滿足，所以不想再與俗世爭名奪利，但願能跟隨赤松子去做神仙遊啊！」

劉邦在分封時，果然十分客氣地請張良自己從齊地中選擇三萬戶作為食邑。張良謙讓地說：「剛開始的時候，臣在下邳城起義，因在留郡與陛下認識而有今天，這也是上天有意指示微臣跟從陛下的啊！陛下肯聽從我的謀策，有了今天的成就，此乃天運也，非臣之功勞。臣只願晉封為留侯，便心滿意足了，不敢接受三萬戶的封賞！」

劉邦便晉封張良為留侯，食邑萬戶。張良這種做法，與韓信主動請求劉邦封王相比，就顯得分外明智了。因此，他與蕭何、陳平一樣，在天下統一後都沒有受到劉邦的打擊。

張良的保身之道告訴我們：愈是高聳的東西愈容易傾倒，愈是純白的東西愈容易被弄髒。因此，身居高位，只有善於保身，才不會傾倒。

唐朝的開國元勛郭子儀，對保身之道，也深有體會。

郭子儀當上汾陽王後，他的王府每天都是府門大開，任憑人們出出進進，不予過問。有一次，郭子儀帳下的將官到外地去任職，前來王府辭行。看見王府夫人和心愛的女兒正在梳洗打扮，他們讓王爺拿手巾，端洗臉水，驅使他猶如奴僕一般。

過了幾天，郭子儀的兒子們一齊勸諫他不要再這樣了。郭子儀不聽，兒子們都哭了起來，說道：「王爺功業顯赫，可是您自己不尊崇自己，不管貴賤之人都讓他們隨便進入內室。兒子們以爲即使是伊尹、霍光，也不應該這樣。」

郭子儀笑著說道：「你們這些人本不知道我的用意。況且我的馬吃官家草料的有五百匹，我的人吃官家糧食的有一千人，往前走，再沒有更大的富貴可求了；向後退，又沒有可靠的據點。如果先前修起高牆，關閉大門，不與外面來往，只要有一個人與我們結怨，誣陷我們對朝廷懷有二心，再有貪求功勞，妒害賢能的小人從中加油添醋，促成冤案，那麼我們郭家的九族就要化爲粉末了。到那時候，就是後悔也沒用了。現在我們的府宅空蕩蕩的與外面沒有間隔，四門大開，即使有人想要進我的讒言，也找不到藉口呀。」兒子們聽了這話，連忙下拜，心悅誠服。

劉邦當了皇帝後，曾在自述成功時說：「以運籌策於帷帳之中，決勝於千里之外，我並不如張子房（張良）。掌握國家資源，安撫百姓，供應餉饋，作戰時不讓我們缺乏糧食之方面的能力，我不如蕭何。集結百萬雄師，戰必勝、攻必取，指揮戰爭的能力，我也不如韓信。這三個人都是世間少見的奇才，我雖不如他們，卻能夠用他們爲我效勞，這便是我所以取得天下的原因。項羽只有一位范增，卻不能用，所以才會被我擊敗的！」

從劉邦的自述中，可以想見張良對西漢王朝的貢獻。但劉邦的這番「自述」，目的並不是爲了對張良、蕭何、韓信作出評價，而是想向別人說明，他劉邦縱使「無能」，卻有駕馭奇才的本領，這種本領普天之下只有他劉邦具備，所以也只有他能坐上皇帝寶座。劉邦主動「露醜」，目的只有一個：打消功臣們的投機心理。劉邦非常清楚，自己文不能治國、武不能安邦，之所以能取得天下，全靠

「天生」的馭將、用人本領。自己的「短處」，功臣們也都清楚，所以聰明的劉邦便主動將這個短處暴露了出來，而暴露這短處的好處就是讓別人知道他的長處——天生的馭將、用人本領。因此，要想成功，就不妨主動露醜，這樣做的好處有兩點：一是，可以增強自信和勇氣；二來，也可顯得本色和人性化，別人的批評也會少些；三來，表現出弱點並好好發揮，可使人更加喜愛。露醜的計謀，在於主動進攻，它大致可分為三種方法：

一、**露一醜，遮百醜**：利用人們的思維盲區，主動露出一個醜處，可以讓人忽略其餘更多的醜處。

二、**故露破綻設圈套**：裝作不經意犯下過失，讓對方誤以為是把柄或真實資訊，從而落入我方早已設好的圈套。

三、**以醜揚名，大做廣告**：利用人們的好奇心、逆反心理，以及對醜陋的悲天憫人等，故意家醜外揚，突顯短處，宣傳錯誤，可以達到出奇制勝的廣告效果。

第二大謀士蕭何——成也蕭何，敗也蕭何

蕭何之於劉邦，好比手與大腦的關係。這個從劉邦一起兵時就跟著他打天下的文吏，總是在關鍵時刻才顯得出他的分量。這裡僅舉一個小例子。抗秦戰爭中，劉邦攻入咸陽，在別人都忙著搶奪秦皇室及咸陽城裡的財寶時，蕭何卻關心著秦皇室收藏的圖籍資料。

在沛縣時蕭何是首席文吏，所以深知這些檔案的重要性。尤其是起事以來，他一直負責後勤補給

工作，因此凡是有關各地區之人力和資源的文檔，全都是他最需要的。自從跟隨劉邦起事以來，整體來講運氣還算不差，原本不見經傳的小集團，才一年多便成爲西進咸陽的兩大主力軍團之一，這也使蕭何認爲劉邦集團或許有在亂世打天下的實力。

這些檔案在日後的確提供了普天下自然要塞、人口密度及物產資源的詳細情形，讓劉邦陣營有足夠資訊進行戰略規畫。戰術上還不如項羽的劉邦之所以能硬撐四年，最後並反敗爲勝，優異的戰略指導應是主要因素之一。

楚漢相爭，項羽是矇著眼和拿著地圖的劉邦鬥，其最後的失敗實不能只怨嘆「天亡我也」。這些檔案資料在日後漢王朝建立政治制度和行政規畫時，也有相當大的助益。日後蕭何功居第一，劉邦的這項決定是極有道理的。蕭何這一念之間，也決定了劉邦一生的命運。劉邦統一天下後，爲了鞏固自己的地位，曾大誅功臣，然而蕭何卻沒有受到打擊。這與蕭何深諳保身之道有莫大關係。

眾所周知，如果沒有蕭何月下追韓信，便就沒有韓信的封王封侯。而韓信之死，卻也與這個蕭何有關。這就是所謂的「成也蕭何，敗也蕭何」。陳豨叛變時，劉邦曾邀韓信共赴前線，但韓信稱病，無法跟隨。劉邦到達邯鄲後，韓信也依照原本的約定，派人聯繫陳豨，陰謀在長安舉事。

由於手中已無軍隊，韓信準備動員好友、奴僕、家人組成臨時部隊，直接襲擊呂后和太子以奪取禁衛軍主控權，進而在關中起義，回應北方叛軍的行動。可是分子實在太複雜，事未成，密已洩。韓信的舍人，首先向呂后告發韓信陰謀造反。

呂后大驚，本欲召見韓信質問，又恐其不來，反而正式舉兵叛變，便將此事緊急告知相國蕭何。蕭何也無法判斷事情的眞假，但這種事寧可信其有，以免大亂。於是蕭何和呂后商議，假傳劉邦捷報，陳豨已兵敗被殺，召集群臣在未央宮慶賀。韓信自然亦在邀請之列，只是由於心中有鬼，便稱病不去。蕭何親自赴淮陰侯府強行邀請韓信：「雖然有病，但這是大喜事，你又和陳豨素有交情，不去，恐怕會被疑慮！」韓信一向信任蕭何，不疑有他，便和蕭何同往未央宮赴宴。韓信一入殿，埋伏的刀斧手立刻擁上，將韓信逮捕，並以謀反罪名斬之於長樂鍾室。韓信臨死前，大聲嘆息道：「眞後悔當年不聽蒯徹之言，如今卻被名女子（指呂后）所詐，眞是天運啊！」韓信被蕭何騙到未央宮被殺後，他的三族也都遭到了誅殺。

劉邦對蕭何的評價是：「……掌握國家資源，安撫百姓，供應餉饋，作戰時不讓我們缺乏糧食之方面的能力，我不如蕭何……」

劉邦這評價，是公正的。正如在統一天下後評定「元功」時，鄂千秋認爲蕭何該排第一時說的那些話：「曹參雖有野戰攻城掠地的功勞，但這一切只能算一時的功勞。蕭何的功勞，卻是長期的，影響上自然更大於曹參。想想看，陛下和楚軍相峙五年之久，損傷無數軍隊，有幾次甚至被逼得不得不撤退逃逸，蕭何卻不斷仍由關中爲陛下補充軍力，常達數萬之眾，讓我們能重振軍威，屢敗屢戰。有好幾次陛下糧食斷絕，全軍處於飢餓狀態，隨時有崩潰的危險，蕭何立刻由關中轉運糧食，永不休止的提供，保持我們的戰鬥力。陛下數次敗亡於山東（指中原）地區，蕭何卻以全關中爲陛下作後盾，此乃萬世之功也。今日，即使沒有曹參數百次的功勞，漢軍仍可以擊敗楚軍，但沒有蕭何，情況可能全然不一樣了，怎可拿曹參的一時之功，和蕭何的萬世之功相比呢？依照臣下的意見，蕭何第一，曹參次之。」

對蕭何第一，曹參第二的排名，劉邦更以「功犬」和「功人」來作比喻：「我相信諸位都曾打過獵，我這就以打獵來作個比喻：狩獵的時候，追殺野獸、兔子的是獵犬，但指揮獵犬，使之能有效抓到獵物的卻是獵人。諸位的功勞，有如獵犬，至於蕭何，他在幕後指揮並提供補給，讓諸將能有效建立功勞，便有如獵人。所以你們只是功犬，蕭何則是功人，你們想想，是功犬的功勞大，還是功人的功勞大呢？」

蕭何在楚漢爭霸中最大的貢獻，就是他將劉邦的「深根固本」政策大大成功地貫徹了下來。在中國古代戰爭史上，一般說來，凡能「深根固本」的都能立於不敗之地，否則往往被敵一擊便一敗塗地。漢高祖保關中，漢光武帝據河內，故而能進足以勝敵、退足以堅守，雖然屢戰屢敗，但後勁十足，可以東山再起，把戰爭堅持到最後勝利時刻。明太祖朱元璋也以此為法，採取「高築牆，廣積糧，緩稱王」的計謀，平了南方，站穩腳跟後才揮師北上，以破竹之勢攻滅元朝，開創大明帝國。相反的，唐代的黃巢、明代的李自成等人，雖擁兵百萬下先後打敗了唐、明王朝，卻因不諳「深根固本」策略，未加建設牢固的根據地，當敵人一聯合進行反攻便一敗即敗，永無翻身之機。由此可見，「深根固本」是爭天下的策略。

第三大謀士陳平
——若為天下宰，可將公平付人間

陳平是一位以「陰謀」見長的智謀人物，據《史記》等史籍載，陳平曾經六次為劉邦出謀劃策，屢建奇功，成為西漢初年為數不多的幾位著名開國功臣之一。他所謀劃的奇計，因頗為機密，後世多無從知曉。

陳平是陽武地方人士，家裡貧窮，只有三十畝左右農田，兄弟兩人相依為命。陳平的哥哥，《史記》記載為陳伯，顯然只是稱呼並非名字。因此陳平和劉邦一樣原本沒有名字，其名字是他們自己努力爭來的。和劉邦相同，陳平也長得高大英俊，相當體面，十足的一位美男子。不過在保守的農村社會，只靠外表便想出人頭地並不那麼容易。陳平卻不自暴自棄，他非常努力讀書，年輕時便立志以「見識」爭取出人頭地。哥哥希望弟弟如願，自然沒有什麼怨言，所有農田方面的工作全由他承擔；偏偏嫂嫂可不這樣想，長得高大雄偉的小叔竟只會讀書吃閒飯，自然經常忍不住要埋怨一番了。

有次，鄰人開玩笑地說：「你家小叔生活貧困，卻仍然吃得如此肥壯，真是奇事。」想不到這句無心的話卻引來嫂子滿肚牢騷：「他是硬吃閒飯長大的啊！有這種小叔，不如沒有的好。」陳平倒沒有生氣，反而是陳伯暴跳如雷，當場休掉妻子，把她趕回娘家。

陳平到了適婚年紀時，富人家以其貧窮不肯將女兒嫁給他，而貧窮人家的女兒陳平也不想娶，所以過了結婚年齡仍是單身漢一個。同鄉富人張負有位孫女曾經嫁過五次，娶她的人卻都突然死了，因此有剋夫傳聞，無人敢娶。只有陳平表現出娶她的意願，張負很好奇，很想進一步瞭解這位年輕人。有次鄉邑中有人出喪，陳平知禮，家裡又窮，便被選為侍喪者。他在葬禮中表現得體，張負看在眼裡，更加驚奇。陳平離去後，張負尾隨其後，一直跟蹤到他所住的地方。只見陳平住於陋巷中，連門都沒有，只以布幕遮之；但門外卻有長者的車輛，代表有不少人到此來請教陳平。

張負回家後，對其子張仲說：「我想將孫女嫁給陳家小叔。」張仲很好奇地說：「陳家貧窮，小叔又不事生產，全縣人都在譏笑他，為什麼反要把我的女兒嫁給他呢？」張負說：「像陳家小叔這種外表好又有內涵的人，怎麼可能長期貧窮呢？」陳平娶得張負孫女後，利用她娘家的關係，得到了不少財務上的協助，也擴展了交遊圈。裡中有慶典時，分割祭肉的工作一向由陳平負責，而陳平在分配時講究公平，讓所有人都心服口服。於是連里中父老都稱讚道：「善！陳孺子（小叔）之爲宰。」陳平也自信地說：「如果讓我有機會爲天下宰，也一定會分配得公公平平的。」

或許就是基於這件事，陳平才會將自己的名字取一個「平」字，以作爲自己特別的形象。事實上，陳平憑著自身特殊的智慧，差不多已經做到了這一點。劉邦統一天下後，雖對臣子仍仁愛有度，很多時候卻多疑好猜、忌刻寡情。身爲皇后的呂雉，則爲人剛毅果斷，殘忍毒辣。在這樣的皇帝和皇后的統馭之下，做爲臣子，想要自全的確不是一件容易的事。所以，一群能征戰而卻疏於政爭的大將，如韓信、彭越、英布，都先後遭到誅殺。文臣裡，蕭何最爲恭敬謹慎，甚至到了戰戰兢兢的地步，但也未能避免一度下獄囚禁的命運。唯有張良與陳平能妥善自保，終生未受責罰。細細想來，這與二人多智慧多謀略有密切關係。天下平定後，張良急流勇退，不是辟穀（不吃五穀以求成仙的道術），就是導引（調整四肢運動與呼吸以促進血氣暢通的道家養生法），終日閉門不出，遠離政治鬥爭漩渦，用的顯然是韜晦之術。陳平卻正好與張良相反，不是急流勇退而是急流勇進，一日也未離開過漩渦的中心，但他卻能夠得心應手、進退自如，這比張良似乎更高一籌。

劉邦在彌留之際，最讓他放心不下的，是寵姬戚夫人和愛子趙王如意的安危。他深知只要自己一死，呂后肯定立刻有動作，戚夫人和如意將陷入痛苦的悲劇中。劉邦決定趁自己一息尚存，必須爲這對母子盡點心力。反呂氏的臣僚乘機向劉邦密告：「樊噲的妻子是呂后的妹妹，樊噲是呂氏力量的最大支柱，如今又擁有大軍，只要皇上一死，樊噲必會以軍力誅殺趙王如意母子！」病重中的劉邦於是祕密召見陳平，囑以欽命：「立刻傳檄教周勃代領樊噲軍隊，並當場斬殺樊噲。」其實樊噲非但忠於劉邦，而且頗識大局，根本不可能因自己與呂后間的特殊關係擾亂國家大事。陳平知道劉邦已頭腦不清，因此也不敢當面勸止，只得拿著劉邦的欽命火速去見周勃，商量應付的對策。

陳平對周勃說：「樊噲是皇上的老朋友了，對國家的功勞又大，況且還是呂后的妹夫。現在皇上只是一時生氣便想誅殺他，雖已下命令給我們，但有可能馬上便會後悔，我想還是不要殺他，先將他押解回京，再由皇上自己處理吧！」周勃也同意陳平的看法，況且他和樊噲也是年輕時的故友，彼此瞭解甚多，他根本不相信樊噲會做出對國家不利的舉動。兩人決定不入樊噲軍中，以免逼人太甚，可能會造成樊噲軍團的反彈，就算樊噲服從皇令，依舊可能產生不必要的混亂。

因此，他們在營外設軍令壇，以皇帝持節召見樊噲。樊噲在這以前，也已接到情報，不過他仍頗識大體，自己反縛入見，坐入檻車中，由陳平監運回京，並由周勃暫代北方軍團的總司令。陳平在返回長安前，便接到劉邦去世的消息，他害怕樊噲之妻向姐姐呂后讒言，乃急速先行至長安。半途正好碰到傳達皇上駕崩消息的使者，並詔令陳平和灌嬰立刻屯兵滎陽，以防諸侯有變。

陳平接詔，火速返回皇宮，悲傷痛哭，並自請宿於禁中，陪伴劉邦的靈柩。呂后深爲感動，乃令爲郎中令，輔佐新帝劉盈。隨後，押送樊噲的檻車至長安，呂后便當場赦免了他，並復其官位爵祿。

那麼，在上述故事中，陳平用的是什麼策略呢？

一是臨機應變。

二是因形用權。

所謂「臨機應變」，是指遇事要善於把握時機，在關鍵時刻能夠靈活而恰當地應付變化著的形勢。例如，陳平在得知劉邦駕崩的消息後，讓使者代押樊噲在後緩行，自己馬不停蹄地趕回宮裡，向呂后報告樊噲平安的情況，並且口口聲聲要為新君效力，近乎固執地要求宿衛宮中，就充分表現了他臨機應變的能力。他正是因為靠了這種臨機應變的能力，才使得呂后、后妹的讒言無隙可入，使自己深獲呂后的信任與恩寵。

所謂「因形用權」，是指依據客觀情形運用權謀和策略的意思。因形用權本為兵家之言，語出《吳子兵法・論將》：「凡戰之要，必先占其將而察其才。因形用權，則不勞而功舉。」在上述故事中，陳平奉旨斬樊噲卻捕而不殺，即屬於因形用權。這裡所說的「形」，是指劉邦病入膏肓不能起而呂后將獨攬大權這樣一種形勢。在這種形勢下，陳平若不知變通，按成命捕斬樊噲，則劉邦死後呂后肯定要拿他是問。相反的，他若拒不執行，則又屬抗旨，劉邦當然也饒不過他。怎麼辦呢？陳平權衡利弊，終於找到了一個能夠兩全的辦法。那就是，捕而不殺，從緩處理。這樣，他既沒有違抗聖命，又沒有開罪呂后，可謂兩頭討好、八面玲瓏。

遂此陳平不僅保住了性命，在呂后專政時代又運籌帷幄，憑著呂后對自己的寵愛，保住了不少不知變通而得罪呂后的忠臣。他更在呂后死後不久，和周勃等人聯手，一舉剷除呂氏黨，擁立漢文帝劉恆即位，為劉氏江山做出了不朽的貢獻。

用人不疑，坦然納陳平

陳勝、吳廣起義不久，立魏王咎，陳平以擅長禮節，受任為魏王咎的太僕。他曾以謀略游說魏王咎，卻不被接受，反因好表現而受到讒言攻擊，只好逃亡離去。這次出仕經驗讓陳平瞭解到擇主的重要性，因此他也不再急於想當官了，寧可在故鄉賦閒一陣子再說。鉅鹿戰役後，項羽勢力迅速膨脹，陳平便前往投效。項羽以陳平深得禮儀，封爲爵卿。

但陳平仍希望爭取參與軍事策劃的機會，不斷地向項羽提出建議，倒頗得項羽欣賞。因此當劉邦平定關中、殷王司馬卬呈現極端不穩時，項羽乃封陳平爲信武君，率領著在楚陣營中魏王咎的賓客，前去威脅殷王。結果，他很快擊降了司馬卬而班師回營。項羽便拜陳平爲都尉，賜金二十鎰，儼然已成爲獨立軍團的將領。但不久劉邦再度逼迫司馬卬投降，這一次連魏國的長老們也紛紛向劉邦靠攏。項羽的主力部隊正陷於齊地泥淖中，因此他對殷國的變局大爲光火，下令嚴厲懲罰失職人員。陳平首當其衝，爲了保命只好封其金和印，派使者歸還項羽，棄職逃亡。陳平因不瞭解項羽而投靠他麾下，並爲他立下了不少功勞，然一旦發現他不僅不信任自己且還要加害自己時，便立即封還金、印，不辭而別，亡命歸漢。

《論語・泰伯》說：「危邦不入，亂邦不居。」《三國演義》第三回則說：「良禽擇木而棲，賢臣擇主而事。」這些話聽著明白，然而卻並非人人都能做到。明智如陳平，自然是不成問題，但那位曾經與陳平同事項羽並號稱智囊的范增就不然了。所以，他們二人的結局也就大不相同：一個成爲開國功臣，位至丞相，世受侯封；一個則大怒辭主，疽發於背而死。元人張憲曾作詩感嘆其事，曰：

馬援不受井蛙囚，
范增已被重瞳誤。（指項羽，羽重瞳）

良禽擇木乃下棲，
不用漂流嘆遲暮。

陳平隻身逃亡，並打算渡過黃河，脫離楚國控制區。不料渡船夫見陳平一表人才，又獨身一人在外，料想其身邊必懷有金玉寶器，眼中遂露出凶光，準備殺害陳平。陳平由船夫行動中看出自身危機，立刻將衣服脫光並走到船頭，表示想幫忙划船，藉此讓船夫明白他空無一物，果然驚險地逃過了危難。在古代，這種妙計脫身的典範，比比皆是，現試舉幾例：

王羲之幼年時，大將軍王敦十分喜歡他，常常讓他在自己的大帳中睡覺。曾有一天，大將軍先起了床，不一會兒，錢鳳進了帳，屏退眾人，與大將軍商議謀反的事，兩人都忘了帳中還有個小孩王羲之在睡覺。這時，恰好王羲之醒來，聽到他們所談論的事情，知道自己絕沒有活的希望。他靈機一動，立即吐出口水，把顏面、被褥都弄髒了，假裝熟睡。他們謀反的事議到一半，方想起王羲之還在帳中沒起來，二人大驚道：「我二人的話他若聽去，便要惹來殺身之禍，不能不把他除掉。」及至打開床帳，一見王羲之涎水縱橫，確信他是熟睡著的，才沒有下毒手。王羲之因而得以保全了性命。

徐敬業十多歲時，喜歡彈射。英公徐世勣常說：「這個孩子長相不善，將要毀滅我們的宗族。」於是，便常常利用出去狩獵的機會，命徐敬業進入林中驅趕野獸，想藉機殺掉他。一次，趁徐敬業去驅趕野獸，便乘風放火，想要燒死徐敬業。徐敬業知道無法逃脫，無處可避，便殺了馬，藏在馬腹中。大火已過，徐敬業渾身是血地從馬腹中鑽出來，逃脫了大火。

人生在世，常會遇到一些需要表明自己的意思、想法而又不便直接說出來的事情。這個時候，就需要使用暗示法來達到目的。比如陳平這件事，撐船人雖有殺人劫財之意，但卻並沒有直接挑明，陳平如主動表白自己沒有財寶，就等於將他們的險惡動機說了出來。那樣，爲了不留後患，即使陳平身無分文，他們也會將其殺害。然而，聰明的陳平十分清楚這一點，他大智若愚，故作糊塗，不露痕跡地略施小技就避免了一場可能使自己殺身喪命的橫禍。把衣服脫光，是暗示撐船人自己身上並沒有金玉珍寶，讓對方自動打消劫財的念頭；主動幫助船主撐船，則主要是爲脫光衣服找個藉口，另外也是在向船主示意。就這樣，陳平把一切都做得天衣無縫，一切是那樣自然而然，強盜終於因他並無「油水」而收起了邪念。智慧就是這樣神奇的東西，一個人只要有了豐富的智慧，上可以安邦定國、中可以安身立命、下可以逢凶化吉。

渡河後，陳平立刻投奔脩武的漢軍陣營，並經由魏無知的推薦而覲見劉邦。於是中涓萬石君安排陳平等七個人同時入內覲見，賜食後，劉邦便說：「請先回預備好的宿舍吧！」陳平立刻大聲說：「臣有事覲見漢王，所言之事不可以遲過今天。」劉邦很驚異地注視陳平，直覺上認爲這可能是位相當不錯的人才，乃下令特別約見陳平，與之深談。他發現陳平的智略及見識有不少和自己相近，只是陳平能解釋得很清楚，自己卻說不清楚，不禁心中感到非常高興。

劉邦問陳平：「你在楚國擔任什麼官職？」得到的回答是：「臣曾擔任都尉。」

當天劉邦也立刻拜陳平爲都尉，並令之爲參乘，待在自己身邊，典掌護軍的重任。

諸將聞之大驚，不少人向劉邦抗議：「大王對今天才投奔我們的楚國逃亡之人，還未知其能力及忠誠度，便將之放在身邊，又讓他們來監護我們，這不太過分了嗎？」

劉邦笑而不答，反更加表示對陳平的信賴。陳平爲此感激不已，恨不得馬上爲劉邦效死。

其實，劉邦早看出陳平這種人自視雖高，內心卻極端不安，如不特加恩寵是無法收其心的，因此才安排了這段特別的「信任秀」。可見在用人方面，劉邦的確有大智若愚的才氣。

受金盜嫂，此乃小節也

陳平雖得到劉邦的信任，但到底初來乍到，一時也做不出什麼成績來。身爲劉邦的文吏，陳平卻動起腦筋，開始接受諸軍團將領的饋贈，作爲協助和劉邦溝通的代價。忠誠質樸的周勃、灌嬰聽到將領間的傳言後，大爲不滿，他倆共同對劉邦建議道：「陳平的外表雖美如冠玉，但我們看他的內在似乎有問題。相傳他在家時曾與嫂子私通，第一次出仕魏國時的所作所爲也爲人所不容，逃亡投奔楚國也仍然不勝任，最後不得不投靠到我們漢營來。想不到大王如此重用他，授以護軍的重任。陳平卻不懂恩報，反倒依勢收受諸將的金錢，錢送得多的便給好處，錢送得少的便故意刁難。像陳平這種人，只是反覆不定、破壞團結的亂臣，願大王明察。」

劉邦聽了自然很不是滋味，立刻召見陳平的介紹人魏無知，埋怨他不該推薦陳平這種人。魏無知辯稱道：「微臣推薦陳平是因爲他有特殊才能，而不是他的品德。以目前的亂世，就算有尾生（即微生高）和孝己（殷商高宗之子）的信義和孝行，對我們與項王間的戰爭卻發揮不出半點有效幫助，陛下恐怕也不能有機會用得上他們的。此時楚漢間正在硬碰硬對抗中，微臣因此特別推介奇謀之士給陛下，希望他們所提出的謀略對我軍爭戰有大幫助。至於陳平盜嫂、受金這種小節，我實在並不清楚。」

劉邦聽了也覺得有道理，便找來陳平，直接責備他：「先生在魏國不如意，到楚國也不勝任，現在到我這裡來又做出讓人多心懷疑的行爲，這樣是否適當呢？」想不到陳平聽到這些無能和貪汙的指控，卻一點也不驚慌，他相當冷靜地回說：「我事奉魏王時本也想盡心盡力，無奈魏王不懂得謀略，是以不得不投奔項王。其後我雖也曾建立功勞，項王卻不能信任有功的人，反讓我險些遇害。項王周圍的親信大臣，不是項氏長老便是他們自己的親信兄弟，即使有奇謀智士，也很難獲得重用。聽說漢王善於用人才，所以冒險投奔大王，臣幾乎是兩手空空、裸身而來。我因爲沒有錢財，連生活都成了問題，所以才接受諸將的獻金。微臣的確帶有爭霸天下的規畫，希望對大王有所幫助。如果這些計畫都不能用，諸將的獻金在這裡，請封查並輸入官庫，微臣也請即刻辭職離開，絕無怨言。」

劉邦仔細思索了一下陳平的話，覺得頗有道理，便厚賜陳平，將他升爲護軍中尉，以監督所有的軍團將領。大家見識了陳平的才能和劉邦的決心，便也不再表示什麼意見了。

劉邦當了皇帝後，曾要封陳平爲戶牖侯。

陳平卻辭謝說：「這不只是微臣的功勞而已啊！」

劉邦問道：「我用先生之謀策，戰勝克敵，不只是先生的功勞，這又怎麼講呢？」

陳平說：「如果不是魏無知，臣哪有機會服侍陛下呢？」

劉邦說：「說得也是啊！這也顯示先生的確是個不忘本的有道之士。」

於是，劉邦又重賞了魏無知，以示對他推薦陳平的獎賞。

自古以來，無論開國的君主，還是中興帝王，沒有一個不是透過奇才相助而完成統一、中興大業的。劉邦就是這樣一個人，他並沒有因爲陳平的「受金盜嫂」而拒絕任用，反則認爲「此乃小節也」。在後世許多人眼中，陳平長得儀表堂堂，卻是個天生壞蛋，他做過最臭名遠播的幾件事是：和自己的嫂子私通，這在傳統社會中，是椿十惡不赦的大罪名；擔任一些職務時，因守不住困窮，屢次接收賄賂，是個不折不扣的貪汙分子。對這些，漢高祖劉邦沒有計較，反倒重用他，因此在劉邦死後，呂后當政、漢家江山危險至極之際，陳平沉著運籌，一舉誅滅諸呂勢力，迎漢文帝登位，又任國相，使漢家天下安全度過「瓶頸期」，迎來了著名的「文景之治」。

下面這兩個人，也和陳平一樣，都是有明顯缺點而又賦有才能的人。

一是管仲，管仲有貪財好利的毛病，年輕時與好友鮑叔牙合夥經商，就總是占鮑叔牙的便宜，分利息時，他總是想盡各種辦法，想得到更多的利益。就是這位缺點特別多、才能非凡的管仲，提出了「尊王攘夷」的政治策略，幫助齊桓公九合諸侯完成霸業。

二是蘇秦，蘇秦是一個不守信譽的人，也談不上有什麼確立的政治操守。他曾以連橫說秦，被秦王拒絕後，又以合縱說關東六國，同時佩六國相印。秦破壞六國合縱，齊國攻取燕國十城，就是這位蘇秦，憑著三寸不爛之舌，說得天花亂墜、口吐金花，終於讓齊王歸還了燕國十城。後來，他又不費一兵一卒，純粹憑著這張千古利嘴，阻遏了強大秦國對關東六國的侵略，使戰亂頻仍中的百姓過上了十多年的安定生活。

歷史上，最能不拘小節，做到「唯才是舉」的，是東漢末年的曹操。曹操在赤壁大戰後的第二年，於建安十五年（西元二一〇年），第一次下了一道求賢令。此後，於建安十九年、建安二十年，曹操又兩次下求賢令，在這兩次求賢令中，曹操求賢若渴的情辭都非常懇切。

這時，天下形勢是：江東都督周瑜病逝，孫權把南郡（今湖北江陵）「借」給劉備。建安十九年，劉備攻破成都，得巴蜀之地，三足鼎立的局面至此正式成形。而這時，曹操已六十三歲。三足鼎立，統一大業更加鬼神莫測，曹操內心更加憂愁，便連連下令求賢，並明確提出「唯才是舉」這一千古不易而又眾說紛紜的人才策略。曹操的人才觀，在中國歷史上頗多爭議。愛人才，似乎沒人能超過他，例如他對郭嘉、丁儀、崔琰等等的愛惜；嫉妒人才，似乎也沒人能超過他，他殺楊修、殺孔融、殺禰衡、防範司馬懿等等，都是嫉妒人才的表現。但不可否認的是，曹操對辨別、使用人才的策略，在中國歷史上是十分獨特的。他在求賢令中首次提出的「唯才是舉」，以務實積極的態度，以不苟求、不求全責備的眼光吸引人才、運用人才，更是讓後人感慨不已。

【第五章】

楚漢相爭，雙雄對峙

劉邦的戰略智謀

在中國古代戰爭史上凡能「深根固本」，都能立於不敗之地，否則往往被敵一擊便一敗塗地，劉邦與項羽對峙時，他能深根固本、力保關中，故而進足以勝亂、退足以堅守，雖然屢戰屢敗，但始終後勁十足，愈挫愈勇。相反的，戰術優勝的項羽卻在戰略上逐漸趨於劣勢，勝得越來越少，敗得越來越多，最後只有在烏江河畔刎劍而亡。

弔義帝師出有名，籠絡眾諸侯

劉邦自出關中以來，攻城掠地，奇謀備出，很快便與項羽呈現出三足鼎立之勢。項羽一邊要忙著對付各諸侯間的叛亂，一邊還要忙著對付劉邦。忙中添亂的是，楚國內部又發生了政局動盪，在項羽看來，原楚懷王——義帝便是這些動盪的最根本原因。若想攘外，必先安內，因此掃除義帝的殘餘勢力，便迫在眉睫了。首先，項羽將心腹安插到義帝身邊，不斷離間義帝和群臣的關係，讓那些追隨義帝的人開始惶惶不安，不敢再和項羽爭權奪利。見不甘心受自己控制的義帝在一些反項勢力的支援下，仍在蠢蠢欲動，項羽索性令臨江王共敖、衡山王吳芮、九江王英布聯合襲擊義帝，將義帝暗殺於長江中。

義帝被殺，對劉邦來說是一個難得的機會，他可以利用這個機會，作出一篇絕好的文章。於是，劉邦便精心策劃出了一場弔義帝的精采表演。洛陽新城區的三老董公，攔住劉邦正在行進的車隊，向他提出：「我聽聞：順德者昌，逆德者亡，若師出無名，則難以成功。所以，若要成功，一定要指出敵人的禍害，才能有力地征服敵人。項羽弒義帝，此天下人之大賊也。所謂仁者不靠勇力，義者不必暴力，大王應該立刻率領三軍之眾為義帝掛孝，並應向諸侯公開指責其罪行，宣告討伐項羽。如此，四海之內無不仰慕大王之德行，這便是商湯及周文、武王的義舉啊！」

劉邦在三老董公的建議下，立刻宣布為義帝發喪。他脫掉官服，袒露表示哀悼，並且嚎啕大哭，舉行祭典三日。此作為果然激起楚地各部族不少敵愾同仇之心，也使他們對項羽的排斥心更強了。第一場表演完畢，接下來劉邦又向全國各地發出檄文：「當年各諸侯共立義帝，北向而臣服之，如今項羽在江南殺害義帝，眞是大逆不道；於是寡人發動關中軍民，更得到河南、河內、河東諸侯支持，將渡過長江、漢水，南下征伐項羽。希望各諸侯能共同出兵，討滅這個殘殺義帝的不義賊人。」

這篇檄文並無冗長的理論和高調，十分簡明有力。文中，劉邦將自己定位在和大家共同征伐逆賊的平等地位上，而非領導者，這樣較容易得到大家的支持。因爲只要回應熱烈，劉邦自然成爲領導者了。以爲義帝復仇作主題，也充分顯示自己不是楚國的敵人，反則是認同楚國的一份子。因此天下的敵人不是楚國，而是殘殺義帝的楚國叛賊項羽；這一場正義之戰，將是忠於義帝、楚國庶系的劉邦和天下諸侯，共同對抗殘殺義帝、楚國嫡系的項羽之間的戰爭了。這一場超級表演，達到的效果如下：除了項羽本人及協助項羽殺害義帝的九江王英布、衡山王吳芮和臨江王共敖外，楚國的部落都有可能回應劉邦號召而共同對抗項羽。甚至連這三個項羽死黨也都因爲怕觸犯眾怒，而不敢再過分表現出對項羽的擁護。後來，在進攻項羽大本營——彭城的戰爭中，劉邦軍隊幾乎如入無人之境，輕而易舉地便攻陷彭城，與這個師出有名之策略的運用，是有著極大關係的。

對師出有名這個計謀的運用，漢末時的曹操可謂是箇中行家。袁術、呂布、袁紹等勁敵相繼被掃平之後，曹操的下一個戰略目標就是向南爭天下了。但赤壁大敗，讓曹操清楚地認識到南征不易，況且在南征途中，關中的馬超、韓遂等始終是他的後患。所以，曹操在攻打袁術、呂布、袁紹的同時，總要把關中事宜安排得穩妥了，才敢放心起程，以免關中諸將乘虛而入，搗毀他的老巢。在赤壁大戰之前，曹操穩定關中諸將採取的措施大體是安撫、籠絡的計謀。但儘管如此，關中馬超、韓遂諸將一直都是表面臣服而內心不服。所以赤壁之戰後，奪取關中，就成了曹操統一北方的最後一戰，也是保證將來再次南征無後顧之憂的必要措施。

若征關中，必須師出有名。馬騰、韓遂、馬超等人，皆已接受了朝廷的任命，且在建安十三年，馬騰已攜家眷到朝廷任職，僅留馬超在關中督率軍馬。韓遂於次年，也把兒子送到鄴城當人質。若以中央政府的名義向地方政府進攻，明顯的便是師出無名，以大欺小之舉。

如何師出有名，名正言順地消滅這些長久的心腹大患呢？這些問題，真讓曹操苦想了好長一段時期，可惜仍沒有最佳方案。後來，曹操從鍾繇的建議中，捕捉到了自己所需要的東西，便立即請詢徵求在關中的衛覬意見，然後把這些意見綜合起來，以求得最佳方案。從衛覬那兒通報回來的見解是：關中諸將，本無大志，封官得爵，已經心安。如果大軍進軍關中，說是征討張魯，而張魯還遠在漢中，關中諸將必然疑心丞相是征討他們的，那局面就不好收拾了。

曹操對衛覬的分析大爲讚賞，仔細琢磨、品味一番後，曹操終於從中看出了解決問題的計謀：大軍進入關中，無論馬超等行動不行動，對自己來說均是有利的。馬超若按兵不動，說明他們信服自己的軍事安排，關中無敵人，當然是好事；如果馬超等人心裡有鬼，舉兵反叛，正好給了自己一個藉口出師平叛、奪取關中，使整個北方歸於一統，掃除南征的後顧之憂。

這個計謀可謂一箭雙鵰，左右逢源，也只有曹操這般智慧人物才能悟得出來，想得周詳。

經過各方面的精心準備、策劃，建安十六年（西元前二一一年）曹操正式派鍾繇率軍西進，同時令夏侯淵等將從河東郡率眾出發，前去與鍾繇會師。關中諸將很快得到鍾繇大軍西進關中的消息，馬超積極活動，韓遂也不以在朝做人質的兒子爲念，立即與馬超聯合。一時關中十多路人馬群起回應，十多萬大軍日夜兼程開赴潼關，以抵禦曹操的西進。

七月，曹操見蛇已出洞，欣喜不已，安排好鄴下和朝中的事務後，即親赴潼關前線，很快取得了渭南大捷。馬超兵敗南投張魯，最後投了劉備。韓遂兵敗逃跑，後被部將所殺，關中就這樣被曹操以「正義之師」之名落入囊中。

為攏陳餘，斬殺假張耳

張耳爲魏國大梁人，年輕時曾當過信陵君的食客，後因犯罪逃亡，得到外黃縣富翁之助，不但將女兒嫁給他，並且運用錢財幫助張耳重建聲名，終能出任外黃縣令，進入魏國的貴族階級行列。陳餘也是魏國大梁人，年輕時好儒術，曾長期游學於趙國。和張耳相同，陳餘的岳父也是位大富翁，因此兩人不但有才名，而且有相當財力作後盾。陳餘比張耳年輕一個輩分，一直尊稱張耳爲父輩，兩人結成忘年之交。

秦滅魏後，張耳和陳餘被迫逃亡在外，因他倆在魏國民間聲望極高，秦王朝特別下令緝捕：「凡緝獲張耳者，賞千金；緝獲陳餘者，賞五百金。」張耳、陳餘害怕被別人捉去領賞，便化名逃亡，藏匿於陳城，爲了生計，在里任事監門。一次，里吏因陳餘辦事不力，要用鞭子抽他，陳餘受激怒，準備起身反抗，被張耳阻止住，並用自己的身體掩護陳餘，代陳餘挨鞭子。里吏離去後，張耳把陳餘拽到外面桑樹下，勸導他：「我一再教導你，難道你都忘了！我們兩人逃亡在外，責任重大，怎可爲一小吏之辱而尋死？」

陳餘對張耳的所作所爲甚是感激，兩人對天地共誓，結爲生死之交。陳勝起義占領陳城時，張耳和陳餘都投奔了他。陳勝想自立爲王，張耳、陳餘竭力勸阻，建議他應先攻打秦王朝，重建戰國時代六國的後裔，並宣示以天下爲公，據咸陽，誅暴秦，以成帝業，但未爲陳勝所接納。陳餘又勸陳勝，應派兵經營趙地，因爲趙人一向強悍善戰，若得趙軍支援，就不用再擔心秦國的軍事威脅了。陳勝對陳餘的建議予以採納，隨即以自己的親信武臣爲將軍，邵騷爲護軍，以張耳及陳餘爲左右校尉，率三千人馬北向經營趙地。

武臣等由白馬津渡過黃河北上，原趙國貴族後裔及地方長老紛紛回應，結集了數萬兵馬，號爲武信君，並攻下趙地十餘縣城。後來，陳勝的王牌部隊——周文軍團被秦軍擊潰。消息傳來，起義軍的陣營中立刻發生動蕩，而第一個不服陳勝領導的竟是最受陳勝敬重的張耳和陳餘。他們兩人聯合說服武臣自立爲趙王，以陳餘爲大將軍、張耳爲左丞相、邵騷爲右丞相，並派人向陳勝提出追封。陳勝正爲周文軍團的潰敗而心驚膽戰，不知如何是好，卻接到武臣自立爲趙王的消息，不禁大怒，下令殺盡武臣全家，又要出動大軍征討新建立的趙國。柱國房君和武臣私交不錯，便勸諫陳勝：「暴秦未滅，卻殺武臣等人家人，我們不是又多了一個敵人嗎？不如先派特使祝賀，籠絡對方，再引他們發兵西向攻擊咸陽。」陳勝覺得有道理，便採納了房君的建議，將武臣的家人軟禁起來，並封張耳的兒子張敖爲成都君，派遣使者北上恭賀武臣就任趙王，然後讓他們發兵擊秦。

張耳和陳餘卻勸諫武臣：「我們自立爲趙王，並非陳王（張楚王，陳勝）的本意，他肯定已經氣壞了，然他非但沒有生氣，反派使者前來祝賀，並讓我們發兵攻秦。若我們有幸擊滅暴秦，陳王便會派兵來對付我們的，所以不必聽從他的指揮和秦軍對抗。不如北上攻打燕、代等地，南征河內，以擴大我們的勢力。如果趙國能南據大河，北有燕代，就算張楚王能擊滅秦國，也沒有力量直接攻擊我們；如果秦國不滅，他們則更需依賴我們，趙國可乘秦、楚間的對抗之際，建立自己的根基並藉此稱霸於天下。」

武臣接受了張耳和陳餘的勸諫，便假裝答應使者，卻一直拖延不肯出兵擊秦，反而令韓廣北上經營燕地、李良攻擊常山（代地）、張黶經營上黨，全力擴充趙國的地盤。

不久，狄城人田儋也在齊地自立為王。田儋是原齊國王族，田氏在戰國初期篡姜氏自立為齊王，族中優異人才甚多，尤其是田儋之堂弟田榮、田橫，均為當代豪族。齊滅國後，田榮兄弟藏於民間，由於任俠仗義的個性，甚得宗族長老及子弟的擁護，而兄弟二人表態支持田儋。陳勝的部將周市經營魏地，北上至狄城，狄城堅壁清野，周市不能勝。田儋便僞裝有奴隸犯罪應處斬刑，依法必須先向縣令報備，偕同田氏青年子弟數人；身上藏短劍，縛其奴，要求覲見城將。縣令沒有懷疑他們，便接見了。田儋乘機帶子弟擊殺縣令，並宣布：「各地諸侯都已反秦自立，齊國是最古老的國家，更應盡速恢復，我田儋是田氏後裔，當繼立為王。」田儋自立為齊王，並出兵襲擊周市，周市不能敵，退回魏地。田儋在田榮兄弟的幫助下，向東方經營，遂領有原齊國大部分地區。

武臣的部將韓廣經營最北方的燕地，由於各地諸侯紛起，燕地的豪傑也準備立韓廣為燕王。韓廣婉言謝絕：「我母親尚在趙國，不能讓趙王起疑心，害了我的母親。」燕地豪傑見韓廣有顧慮，便勸導他：「趙國西面受秦國威脅，南面有楚國虎視眈眈，他的力量已無法對我們產生任何威脅。並且以張楚王的強悍，尚不敢傷害趙王及將相們的家屬，趙王怎會殺害將軍的母親呢？」

韓廣也認為有道理，便自立為燕王，不到幾個月，趙王武臣便特別將韓廣的母親及家人送歸燕地，以此向韓廣表示，對他自立為燕王，他們無意干涉。趙王這一招，其實意在痲痺韓廣。不久，趙王和張耳、陳餘見韓廣對他無所戒備，便暗中北上窺伺燕國，趙王自己率少數親信由小路探尋，碰上了守衛的燕軍，竟被俘獲。燕將意外俘獲了趙王，便以此向陳餘和張耳作要脅，要求割地換回趙王，否則就將趙王殺掉。趙王身邊親信暗中潛入燕國，對俘獲趙王的守將說：「將軍，您知道張耳和陳餘最希望發生的事，是什麼嗎？」燕將說：「當然是急著割地換回趙王了。」

趙王親信笑著說：「將軍顯然未能識破二人的野心。武臣、張耳、陳餘原來都是張楚王的部屬，他們共同創建趙國，占有十數座城池，他們二人當然也想有機會南面而王，怎甘心臣服於武臣之下，一輩子當將相呢？趙國剛成立時，爲穩定軍心，安撫地方百姓，故依官職高低，他們二人先擁護武臣爲趙王。如今趙國已大致穩定，張耳、陳餘也早想分趙而自立爲王。將軍現在俘獲趙王，卻向他們二人威脅，反而正中他們的圈套。他們最希望的是將軍把趙王殺掉，讓他們兩人分趙自立。只要有機會爲王，依他們的才幹，定能整合趙國力量，再以爲趙王復仇的名義來討伐燕國。由於趙國人有君王被殺之辱，必全力以赴，反將危及燕國的生存！」其實，這一切都是張耳和陳餘策劃的，用此計，他們沒有損傷一城一池，便讓燕將乖乖地將趙王送了回來。

此時，周市由狄城退回魏地，欲立原魏國王室公子甯陵君魏咎爲王。但魏咎還在陳國，屬張楚王陳勝勢力範圍，無法脫身返回魏地。魏國長老及豪族便欲共同擁護周市爲魏王。周市婉拒道：「天下昏亂之際，最能看出忠臣的氣節，今天下各地區皆以叛秦恢復自立，要立魏王更應以原魏王室後裔才行。」魏地長老及各諸侯領袖都鼓勵周市自立，周市終能堅持己見並主動向陳勝要求放回魏咎，經歷連續五次陳請，陳勝感其義氣，最後才答應送魏咎回魏地出任魏王，周市也出任新建立的魏國宰相。

趙王武臣被燕將放回不久，便不幸遇害。張耳和陳餘兩人立刻覓得一個名叫趙歇的原宗室遺族，擁立他爲新趙王。新任趙王代表了眞正的趙國血統，受到了趙地人民的擁戴。但曾爲中原無敵軍團的趙國部隊，自然仍不服氣魏國籍的統帥，因此張耳和陳餘兩人所統領的趙軍，力量一直都不大。趙國京城邯鄲的東北，有座叫做鉅鹿的城池，因地處華北平原正中央，自古便是糧食的集散地。此城的規模頗大，城牆防衛力強，周圍盡是平原，是個良好的會戰之地。秦將章邯攻打趙國時，張耳便迅速保護趙王歇離開邯鄲並進入鉅鹿，以準備長期抗戰。

張耳等進入鉅鹿後，章邯手下的首席智將王離立刻率軍重重包圍鉅鹿，幸好城內糧食尚多，不至於很快陷落。富於謀略的張耳，旋即看出鉅鹿是個相當不錯的決戰戰場，於是便以外交手腕煽動其他諸侯，集結大軍於鉅鹿與秦王朝主力部隊進行一場大決戰。張耳的想法非常高明，許多諸侯國亦看中了鉅鹿這個天然戰場，都想在這兒和秦軍一決高低，以此奠定自己的軍事地位。

楚懷王派出由宋義、項羽指揮的北征軍團，首先回應。齊國兩大軍事集團「田都」和「田建」，也都派出了部分的武力部隊開赴鉅鹿。北方的燕國和代國跟著來了數萬軍馬。連剛建國不久的魏國亦派出少數兵力前來湊熱鬧。

一時間鉅鹿附近旗幟飄揚，人喊馬嘶，頗爲壯觀，但張耳深知，除了楚國外，其他諸侯的兵力不過都是來湊湊熱鬧，趁機撈一把好處的。因此，鉅鹿大會戰，如果楚國的態度曖昧，同盟軍想要取得勝利，那就沒有什麼把握了。張耳的擔心果然不幸成爲現實，楚軍北征軍團總司令宋義，到了安陽就駐紮下來，一連四十六天都按兵不動。楚軍的觀望態度，不僅影響了其他同盟軍的士氣，對鉅鹿城內的趙國守軍來說更是個大災難。這時，如果再沒有別人來支援鉅鹿，很快鉅鹿城內的趙國守軍士氣就會趨於崩潰。

這時候，張耳剩下的最後一個希望，只有在北方駐紮的生死之交陳餘的軍團了。

陳餘在邯鄲陷落前夕，正率領著自己的軍隊，和刺殺武臣的李良軍團作戰。趙軍作戰力強，李良不敵潰走，陳餘便將其軍團部署在常山附近。

張耳陪同趙王歇逃入鉅鹿時，陳餘也將軍隊帶到鉅鹿北面，互成犄角，以監視王離軍的動向。但陳餘卻以靜制動，對鉅鹿趙軍的危機視若無睹。張耳多次派人催他出兵，陳餘都敷衍過去了。連來到附近的諸侯部隊，都看不過去，直嚷道：「趙國有危機，身為大將的陳餘卻置之不理，卻要我們外人去冒險，眞是豈有此理！」張耳不得已，便派自己宗族的大老張黶及陳餘宗族的領袖陳澤冒險出城，來到陳餘營中求援。

「右丞相（張耳）和將軍乃刎頸之交，鉅鹿城危在旦夕，將軍卻坐視不救，哪有什麼同生共死！何不衝向秦軍一起死，尙且能保全十之一二。」張黶和陳澤仗著自己資格比較老，一見面就教訓起了陳餘。陳餘卻無動於衷地說：「我若輕易出兵，無異於白白送死，不如保存實力，以等待機會為趙王、張耳向秦報仇！」經不住張黶和陳澤苦苦哀求，陳餘無奈，只好派出五千人馬，由他們自己率領著偷偷入城。這支部隊剛剛出發不久，便被敵軍軍團發現，即刻被打散了。

正當鉅鹿的守軍即將崩潰之際，傳來了振奮人心的好消息：滯留安陽的楚軍，發生了兵變，副將項羽誅殺了統帥宋義奪得兵權。項羽奪權後便率領大軍急速北上，先鋒部隊已渡過黃河，即將接近鉅鹿戰場了。

鉅鹿被圍之初，張耳本有意藉機號召各諸侯的合縱力量，使趙國成為抗秦的英雄。想不到各諸侯援軍動口不動手，使張耳幾乎弄巧成拙。最令張耳痛心的是，曾有生死之交的陳餘，在危急關頭居然見死不救，更厚顏無恥地公開表示，這完全是為了保存實力，準備東山再起後為趙國報仇。幸虧楚軍發生了兵變，項羽掌握兵權後展盡蓋世英雄的氣魄，以破釜沉舟的氣概大敗王離軍團，後又以絕對壓倒的強勢，逼得秦王朝最後一員大將章邯投降。這樣，趙國之圍才算被解。

經歷死裡逃生，張耳對陳餘恨之入骨。尤其是陳澤和張黶出外求援失蹤，張耳懷疑是陳餘所害，因此不斷地找機會責問陳餘，陳餘實在受不了，便生氣地反駁說：「想不到您如此怨恨我，那麼教我如何承擔起這個大將的責任呢？」於是，陳餘將自己的大將印綬捧給張耳，張耳見陳餘要辭職，也不敢馬上接受。兩人僵在客廳，陳餘感到尷尬，便藉口上茅廁離開現場。張耳的幕僚卻對張耳說：「臣聽說天意要給的若沒有接受，可能反而會受其害。現在陳將軍交還將印，您若不接受，在天意上反而不祥，不如乘機收其將印，奪其軍權。」張耳接受了這個幕僚的建議，令部屬把陳餘的將印收了起來。陳餘回來後，見張耳居然沒有推辭，眞的將他的將印沒收了，更加惱怒。一怒之下，立即離開鉅鹿城，和親信數百人到河邊狩獵，不再參與趙國的重建工作。至此，陳餘和張耳正式絕交，日後更是反目成仇，不共戴天。

張耳因在鉅鹿之戰中的表現突出，後又隨項羽入咸陽，建立了不少功勞，秦王朝覆滅後，西楚霸王項羽分封天下時，張耳被封爲常山王，統轄原趙國領地，而原趙王歇則被遷往代地，仍號爲趙王。雖被封爲常山王，統轄趙國領地，但趙國的疆域因被分爲趙及代而力量分散，所以後來當陳餘聯合代國的原趙王歇和齊國軍事強人田榮的軍團來攻打張耳時，張耳根本無力抵擋，被打得潰不成軍。張耳因怨恨項羽未給他足夠的支援，投奔已據有關中的劉邦。

取得優勢的陳餘，打敗張耳後，迎接趙王歇回趙，自己則出任趙國宰相而實際掌握了趙國的軍政大權。陳餘也因項羽在分封天下時沒有封他，對項羽一直耿耿於懷，自然也不願依靠楚軍，於是他和齊國田榮組成第三勢力，企圖和項羽、劉邦均分天下。田榮遭項羽擊敗後，陳餘的勢力大減，趁這個機會，劉邦便想拉攏陳餘，讓他倒向自己這邊，但陳餘提議先殺張耳再說。

張耳在早年曾認識劉邦，由於他個性慷慨好施，又因做過劉邦最崇拜的信陵君門下食客，相當獲得劉邦的敬重。現在張耳因沒有勢力而來投奔自己，然想要劉邦殺掉張耳以拉攏陳餘，那是絕對做不到的。對於陳餘這塊大肥肉，劉邦垂涎已久，要他放棄陳餘，劉邦亦是心有不甘。面對這個難題，劉邦不知怎麼辦才好。後來，劉邦想出了個好辦法，他費盡心力，終於在監獄中找到了一名貌似張耳的死囚。這是個犯了弒父罪的死囚，按照法律規定，還將有一個月才被處斬，但現在陳餘逼得越來越緊，要劉邦三天之內交出張耳的首級，不然他就馬上離開劉邦，讓劉邦再也沒有機會和他「合作」。不僅如此，他還揚言，惹惱了他，他將會和劉邦爲敵。

劉邦又犯起了愁，陳餘要他三天之內交出張耳的首級，可這個死囚要一個月以後才能處斬，因而要想滿足陳餘的條件，必須提前處斬了這個死囚才行。於是，劉邦暗中派人和死囚談判，要提前處斬他，如果他同意，可以給他老母親五百金作爲交換條件。這個囚犯弒父後，家中只剩下一個孤苦伶仃的老母親了，正愁他被處決後老母親沒人贍養，見劉邦竟答應補償他母親五百金作爲贍養費，就爽快地答應了。於是，劉邦將這個死囚提前處決，將他的首級派人交給了陳餘。

陳餘得了假張耳的首級後，沒有絲毫懷疑，就和劉邦簽訂了聯盟條約。陳餘的加盟，解除了劉邦的後顧之憂，讓他可以騰出更大的精力和項羽作戰了。雖然在彭城大戰後，劉邦退守滎陽，這時陳餘不知從哪裡知道了張耳未死的消息，於是一怒之下，便又背叛劉邦。但劉邦斬殺假張耳以拉攏陳餘，還是把陳餘的同盟軍拉攏在自己身邊好長時間，完全達到了當初想要達到的目的。

王陵之母死義，劉邦佯悲暗喜

韓信以暗渡陳倉的奇謀幫劉邦進入關中後，項羽大驚，為抵擋劉邦勢力的繼續擴大，項羽特別封吳縣縣令鄭昌為韓王，並命其進駐陽翟以重新建立防線。而為麻痺項羽，劉邦暗中派人和留在韓國的張良聯繫，讓他設法讓項羽相信，劉邦一進關中便不會再繼續進兵中原。於是，張良由陽翟寫了一篇前線戰情分析給項羽：「漢王離開漢中，以目前動向來看，只是想占有關中，以取得他原來應得的關中王而已，我看他仍不敢輕易東向而進入中原。」

張良還特別將齊王田榮和梁王魏豹聯合造反、昭告天下的檄文同時交給項羽，並表示齊國將聯合趙國來共同對抗楚國，這股勢力將比同是楚國出身的漢王劉邦軍隊，對項羽威脅更大。

項羽詳細分析天下可能的變局後，仍評估劉邦不致構成太大威脅，因此無意以大軍來圍堵關中，反而積極準備北伐齊國。

劉邦攻占了關中後，好長一段時間內，也的確沒有任何軍事行動，這樣做不僅是為了麻痺項羽，另一方面，還因為這時劉邦的家屬還在家鄉沛縣，所謂投鼠忌器，劉邦怕一旦把項羽惹急了，項羽會殺掉他的家屬。於是，營救劉邦家屬的行動，便被提上了重要的位置。雖然劉邦已派出特別小組去營救家人，真正營救劉邦家屬離開沛縣而使劉邦無後顧之憂的人，卻是與劉邦同鄉、素有烈性男子之稱的王陵。而這個王陵，劉邦並沒有安排他營救自己的家屬。也就是說，是王陵主動幫劉邦將他的家人接了出來。

王陵是沛縣人，由於個性慷慨、有雄略，其早年的勢力比亭長出身的劉邦要大得多，加上對劉邦的出身又太熟悉，所以王陵實在弄不懂劉邦怎麼會勢力膨脹得如此嚇人。倒是劉邦對王陵非常熱情，因爲他十分清楚把故鄉人當成敵人，對出身不佳的自己極爲不利，所以非把王陵拉到自己這一邊不可。其實這段期間，王陵也集合了數千兵力雄據南陽，擁有相當的影響力。連一向驕傲、不把敵手放在眼裡的項羽，都一再表示對王陵的刮目相看。但自從項羽火燒咸陽事件發生後，王陵對項羽的評價大大降低，使他決心支持劉邦。在劉邦軍隊進入關中後，王陵已預感日後將是劉邦和項羽兩雄爭霸的局面，因此他派了一個突擊隊迅速到沛縣將劉邦家屬迎入南陽，以表明自己的立場。

項羽聽到消息後，也立刻派軍駐守在陽夏，一方面阻止劉邦軍隊大批由武關進入中原，另一方面也立刻到沛縣控制住王陵的母親，並將之迎入軍營中。王陵只好派使者和項羽交涉，於是項羽讓王陵的母親坐在主賓位以表示尊重，並以飲宴招待使者，希望王陵能投入項羽陣營。

宴會結束後，王陵母親私下對使者說：「請幫助我這個老太婆向王陵交代，要好好地侍奉漢王（劉邦），漢王是位長者，終將獲得天下，千萬不要因爲我的安危而左右不定。我這個老太婆現在便以死明志，以送使者。」說完，這位老人便以劍自殺而死。使者也急速逃回，將此噩耗迅速稟告王陵。王陵聽到這個噩耗，十分悲痛，但同時又爲母親的大義所感動。爲了不辜負母親的期望，王陵便決定立即投奔劉邦。使者逃走後，項羽認爲自己受了騙，非常生氣，便烹煮王陵母親的屍體以發洩怨恨。

幾天後，項羽烹煮王陵母親屍體的消息，再一次傳到了王陵耳朵裡，王陵聽後，恨不得立即將項羽捉住生吞活剝。王陵聽到這個消息時已在劉邦陣營，因爲王陵的功勞，劉邦已經和家人團聚，正在高興不已。忽然傳來王陵母親被項羽烹煮的消息，劉邦當著王陵的面不由大放悲聲，一再勸王陵要節哀順變，待他發兵中原後定要替王陵報此仇。劉邦的這種悲痛表情，讓王陵深受感動，覺得為了劉邦的大業，母親的死值得了。其實，劉邦的悲傷樣全是裝出來的。這時候，他的心裡高興還來不及呢，他知道項羽的這種行為，已經讓王陵成為他的人，而王陵正是劉邦想要的那種人才。

隨何智說九江王英布

春秋戰國之際，出現了一個靠利嘴巧舌能言善辯為職業的階層。這個階層，往往靠說動君主而干政，並以此博取榮華富貴。因為他們能口若懸河、上下反覆、左右縱橫地辯說，又曾經創立「合縱」與「連橫」二術，故人們稱這些人為縱橫家。

史家班固認為，縱橫家「蓋出於行人之官」，「當權事制宜，受命而不受辭，此其所長也」。「行人」，指古代的外交官，外交因責任重大而又主要是靠言辭辯說完成使命，以後遂漸成為一門學問。戰國時期的蘇秦、張儀、陳軫、范雎等人，是這個學派的著名人物。秦楚之際，這一學派的流風餘韻仍然很盛，並且又湧現出了一批能言善辯之士，如酈食其、蒯徹、陸賈、隨何等等。

九江王英布便是在隨何的游說下，背叛項羽投入劉邦懷抱的。英布是盧江六城人，年輕時，有相士看到他兇猛而豪爽，便主動替他算命，預測他將因犯法而遭到黥刑（在臉上刺青的墨刑），但經過這回劫難後，他將更可能成名，並且會被封王封侯，前途實是不可限量。相士看得還眞準，英布後來果然犯重罪而遭到黥刑，並被發配到驪山陵的勞役營中做苦力。在勞役營內的英布，也許是受到了那位相士的影響，覺得自己經過這回劫難後更會成名，因此一點也不氣餒，反而不斷安慰並鼓勵一同受刑的勞役，說一些類似於「天將降大任於斯人也，必先苦其心志，勞其筋骨」的話。由於他個性積極豪爽，肯爲別人犧牲，不久便成了勞役中罪犯的老大，大家都尊稱他爲「黥布」，這個綽號也逐漸代替了他的本名。在數萬名驪山勞役中，黥布的大名無人不知、無人不曉。名氣大了，跟在他後面搖旗吶喊的人就多，英布和幾名較強壯的夥伴便在大家的協助下，逃出驪山陵的勞役營，相偕在長江岸邊幹起水賊，據傳有「鄱陽盜王」之名。

英布雖出身貧寒，但他體形雄偉，粗壯有力，加上性格豪放，頗富謀略，也是天生的領袖人才。鄱陽縣令吳芮雖爲朝廷命官，但時常關心民間疾苦，擅長交結地方領袖及江湖豪傑，素有「鄱君」之稱。英布一向景仰其名，天下大亂後，便率徒眾數千人投奔他。吳芮欣賞英布的英雄氣概，便將女兒下嫁給他，並支援其人馬，助他北上襲擊秦軍，成爲一支獨立的義軍部隊。後來，英布投奔了項羽，在抗秦戰爭中建立了卓著的功勛，項羽大封諸侯時，英布被封爲九江王。

韓信在井陘口大獲全勝之時，劉邦在滎陽正面臨楚軍愈來愈強的壓力。攻擊趙國南方失敗後，項羽也察覺到自己落入劣勢中，遂此決心討滅據守滎陽的劉邦以徹底解決問題。十一月，項羽已親臨前線，準備對滎陽發動總攻擊。劉邦雖不斷要求韓信支援兵力，但漢軍的作戰技巧和威猛遠不如楚軍，長期打下來，滎陽遲早要被攻破。因此劉邦唯一寄予重望的是前往九江的隨何能順利說服英布，使其從後方牽制項羽，以減輕滎陽的壓力。隨何的官位是謁者，屬於慶典或國際會議時的禮儀官，這種官職一般都由儒生來擔任。劉邦本人不喜歡儒生，因爲實在受不了他們的繁文縟節，凡事均顯虛僞。但儒生有不少地方很有用，譬如在舉辦儀式和國際交往方面，他們相當懂得要怎麼準備，絕不會失禮或丟面子，是頗讓人放得下心的一群好幕僚。只是這些儒生一碰到辦理大事就不行了，不但瞻前顧後、沒有效率，並且缺乏彈性。所以，劉邦在重要的工作上很少用到他們。劉邦找不到人敢主動去游說英布，曾發過幾次牢騷，抱怨自己身邊沒有人才。儒生隨何聽了劉邦的抱怨，便主動覲見劉邦說：「陛下認爲沒有人才，是什麼意思呢？」

劉邦說：「如果有誰能爲我說服九江王，讓他出兵背叛楚國，牽制項羽不敢離開彭城，那麼只要再給我幾個月的時間，我便能以全勝取得天下了。」

隨何便大膽地說：「我願出使九江，任大王的使者。」眼前實在沒有人肯擔這件事，既然隨何肯冒險出使，劉邦自然龍心大悅，於是派遣二十人特使團前往九江去游說英布。

十一月中旬，隨何到達九江，要求拜見九江王英布。但英布並未接見隨何，只派太宰來招待他。顯然，英布的心中此時正充滿矛盾，因爲如果他忠於楚國，理應立刻將隨何殺害或驅逐出境。可英布不但未表現惡意，反而派負責禮節的太宰去和隨何見面，這表示一切還可以談。

既有重大任務在身，隨何並不敢大意，他和二十名漢營使節在行館中等了三日，仍沒有見到英布。隨何只好向太宰游說：「大王不肯接見隨何，想必認爲楚強漢弱，背叛楚國而結交漢王可能會對九江不利。其實這一切正好相反，隨何冒死前來，正是要向大王提供正確情報的。如果隨何拜見大王時說得有道理，這不正是大王最樂意的嗎？如果我說得沒道理，大王可立刻將隨何和二十名使者處斬於九江，以向項王表示其棄絕漢王、效忠楚國的決心。」

太宰便把隨何的話原封不動地轉告了英布。其實，英布也很想聽聽隨何要說些什麼，因此他決定接見隨何。英布盯著站在下方的使者隨何，畢竟是頗有聲望的儒生，英布不想給隨何太多壓力和難堪。隨何立即大膽地主動詢問英布：「漢王的使者隨何，謹奉漢王饋贈大王的禮品前來覲見大王。

漢王私下不瞭解大王爲何如此忠心於項王？」

「寡人是項王底下的臣屬王國啊！」

「大王和項王在名義上同爲諸侯國，之所以自甘爲臣屬國，在於大王認爲楚國勢力大，可以依賴。但項王北伐齊國時，親冒矢石之險而掛帥遠征，大王本應率九江國所有兵力爲項王打前鋒，這才是臣屬之道呀，大王卻只派出了四千人馬，這是爲什麼呢？」英布仍冷靜地盯著隨何。

隨何見英布沒有表態，於是更加大膽說：「當漢王攻入彭城時，項王仍在齊境，大王理應立刻率九江國的軍團火速渡過淮水，和漢軍決戰以解彭城之圍。但大王的軍團卻按兵不動，做壁上觀，這難道也是臣屬之國應有的行爲嗎？」

言者如此膽大，英布卻似乎仍無怒意，讓隨何覺得更有說服他的把握了。

隨何見一塊頑石終於被自己說點了頭，便滔滔不絕地說起來：

「大王以虛有的臣屬地位而欲託國於項王，臣頗爲大王擔心啊！

「大王所以不肯背叛楚國的主要原因，在於您認爲楚國是強國，勢弱的漢王恐無力和項王對抗吧！其實，大王您錯了。楚軍作戰力雖強，卻是負著不義的罪名。因爲項王背叛了盟約，又殺害了天下共主的義帝，他是無法讓天下諸侯心悅誠服的。漢王雖敗於彭城，但仍整編了諸侯歸附的軍隊，堅守住成皋和滎陽等軍事要塞，既有蜀、漢源源不斷的糧食補給，又有深溝高壘的防禦工事。反觀楚國深入敵境八九百里，是以糧食供應困難重重，全靠老弱殘兵來掌控運輸，充分顯示項王在人力上已有不及之勢，時有遭截斷之虞。如果漢軍堅守不動，則楚軍進不得攻、退不能解，其力量是不會維持太久的。況且，萬一楚國擁有太大優勢，諸侯必然深感不安，將會不約而同的救援漢軍。所以楚國愈表現得強盛，愈會讓天下諸侯發兵抗拒他的。

「因此長期而言，楚國必不如漢，也必會被漢軍所敗，這種趨勢是相當明顯可見的啊！如今大王不與萬全的漢國打交道，卻託付己身於日愈危急的楚國，這是臣覺得最不可思議的地方！當然臣並不是認爲九江國可以擊敗楚國，而是大王若發兵攻楚，項羽必立刻返回彭城自守，這樣一來只要有數月時間，漢王就可以完全取得天下。如果大王能夠提劍舉兵協助漢王，漢王也必會封爵裂土予大王，何況九江之地本來便是大王所有的啊！」

英布被隨何說得激動起來，當即對他說：「寡人願聽從先生的建議！」

然而，隨何深知英布心雖動而意未定，因此決定採取更激烈的手段來達成自己的目的。

恰巧，項羽又派使者到九江來催逼英布共同出兵滎陽，以配合全力攻擊劉邦的軍事行動。英布不得已，只好和使者召開會議，討論出兵事宜。隨何探聽到這個消息，立刻率領二十人使節團趕往開會地點。項羽的使者正在傳達項羽的指令，責備英布爲何遲遲未能出兵配合。隨何直入會場，坐在項羽使者的上首，大聲說道：「九江王已加入漢軍陣營，當然不可能再發兵協助楚軍了！」

英布當場愕然，不知如何應變。項羽使節團大怒，立刻起身離開會場。隨何遂即對英布說：「事情已決定了，請立刻殺掉楚軍使者，別讓他回去洩露軍機，並且請求漢王助您對抗楚軍。」事情到了這一地步，英布明白即使殺了隨何也很難解開項羽對他的懷疑，只好依計畫而行。於是他下令殺害楚國使節團，正式起兵加入漢軍陣營，準備和楚軍作戰。

隨何完成任務後，立刻啓程返回滎陽。

項羽得知九江王英布造反後，憤怒不已，但由於自己即將攻打滎陽，分身無術，只好派出楚軍團長老項聲聯同楚軍嫡系軍團中首席猛將龍且，率軍攻打九江。龍且的勇猛不亞於英布，尤其統率大軍的經驗豐富，一向是項羽最倚重的將領，也是楚軍團中少數能夠獨當一面的大將。龍且的特遣部隊有五萬之多，比起六地的一萬英布部隊，在人數上有壓倒性優勢。

英布也迅速向各地集結兵力，但九江一直是楚國統轄地區，各地長老和將領對英布叛楚深不以為然，所以大多未能立即回應，有些甚至公開倒向龍且的軍團。由於只有一萬多直屬部隊，英布知道自己無法堅守六地，所以立刻派遣使者到滎陽，準備率軍投奔劉邦。劉邦在隨何的建議下，立即派遣軍隊去迎接英布到滎陽來。英布雖親自率軍迎戰龍且，但敵眾我寡，不久楚軍已兵臨六地城下。英布只好突圍而出，直奔滎陽，家人在倉皇中未能及時撤出。

在楚軍的搜捕和追趕下，他們由小路退回漢軍陣營。英布到達漢營時，劉邦正在洗腳，一聽說英布來到，不假思索便立刻召見他。出身低微的英布，對於別人尊重自己與否最爲敏感，他無法想像，劉邦會在這種不正式的場合，一邊洗腳一邊接見像他這麼重要的諸侯。英布對劉邦的怠慢極爲不滿，但想到自己已山窮水盡，不禁嚥下了這口氣。

英布無奈地隨隨何告別了劉邦，住進劉邦爲他準備的住地。到達住地一看，英布大爲吃驚，因爲所有的御帳、飲食、僕人，全都和劉邦自己享有的一模一樣。顯然劉邦對待自己完全平等，並不以臣屬禮節相待，剛才輕率的接見，正表示劉邦視自己如同親兄弟一般，所以徹底免除了俗世之禮。隨何知道英布已受到了感動，便乘機說服他派使者進入九江，以九江王身分招募反項羽的九江勢力。英布投奔劉邦後，項羽已派項伯代替龍且處理九江國安撫事宜。項伯除將英布妻子等家屬全部斬殺外，其餘人等盡皆赦免，九江國因此很快又安定了下來。

但英布使者到達後，仍集結了與之關係較密切的朋友弟子數千人，劉邦又從漢軍中撥出一批兵馬由英布統率，駐守於成皋。英布親人全部被殺，和英布有姻親關係的衡山王吳芮也大感不安，九江國雖暫時恢復平靜，然江南地區各諸侯和項羽政權間的關係卻出現了明顯的裂痕。九江王英布的歸順，標誌著劉邦正式成了眾諸侯名義上的領袖。

離間計逼走亞父范增

楚漢滎陽對峙時，面對越來越嚴峻的形勢，劉邦整天寢食不安。

劉邦找來張良，讓他針對目前的形勢，談談自己的看法，爾後找出一條解決困難的辦法來。面對項羽咄咄逼人的軍事實力，連足智多謀的張良都表示暫時還沒有想出更好的辦法來。劉邦只好找來擅長「陰謀」的陳平，讓他談談自己的想法。在劉邦看來，世上有很多事，陽謀辦不到的，說不定陰謀能辦得到。陳平深知劉邦的苦惱。連日來，陳平其實也和張良一樣，在想著怎樣才能擺脫目前的困境。顯然，劉邦找到陳平的時候，陳平已經成竹在胸了，因此一坐下就和劉邦侃侃而談：「表面看來，項羽的力量是非常強大的，但項羽身邊是留不住眞正人才的，眼下眞正可以任用的智囊人物和大將，更是越來越少了，不過是亞父（范增）、鍾離眛、龍且、周殷等數人而已。大王如果能捐出數萬斤黃金，以離間計離間他們君臣的關係，增加他們之間的猜忌，便可徹底摧毀項王的力量。項王的缺點是容易聽信讒言，如此一來，其內部將自相殘殺，我們便可乘亂而舉兵攻擊，項王雖有萬夫不擋之勇，也勢在必敗呀！」

劉邦對陳平的「陰謀」備加欣賞，當即便撥出四萬斤黃金交給陳平，吩咐可以任由他自己隨意使用調度，不必再向自己報告黃金的去向，只要他能把事情辦成就行了。陳平也眞會花錢，轉眼間，這四萬斤黃金，就被他「揮霍」一空。就在陳平整天「揮霍」的時候，滎陽的形勢也越來越危險了。因被中原和江南四處起火的局勢擾得非常被動，急性子的項羽索性不再過問這些讓他頭痛的戰局，而把所有的優勢兵力都投入到了滎陽一帶，在他看來，只要攻陷劉邦的大本營滎陽，劉邦勢力就會頃刻瓦解。面對項羽的攻勢，劉邦也幾乎盡其所能地防守滎陽，將大部分兵力都部署在滎陽和成皋。

如此大規模的軍事布防，難免要出現漏洞，項羽的首席智囊人物亞父范增很快就發現了劉邦在防守陣地上的漏洞之地：敖倉。

敖倉位於滎陽東北方的黃河邊，自古以來，這裡便是關中各地運送糧食的庫存站，蕭何從關中轉運來的糧食大多都囤積在這裡。敖倉儘管如此重要，這裡則只是黃土高原上的一個小土丘，四方雖有足夠的防禦工事，它和滎陽、成皋間卻是個臺地，缺乏可以駐軍防守的屛障。鑒於此，爲了保障糧運的安全，劉邦採用了一般的甬道設施，用土牆來作保護，以防範敵人的突擊搶糧。但對於強勢的敵軍來說，這種甬道作用十分有限，反而很容易就被切斷，所以必須在周邊部署機動性較大的騎兵部隊以保護甬道本身的安全。因此，這種甬道的優點，在強勢敵人那裡，也經常會轉化爲致命的弱點。

在范增的謀劃下，項羽重演了在鉅鹿大戰時襲擊秦軍蘇角甬道的壯舉，猛烈地攻擊漢軍在敖倉和滎陽間的甬道。幸虧負責保護甬道的，是劉邦手下最勇猛的灌嬰騎兵軍團，在灌嬰馬不停蹄的快速巡邏中，項羽的突擊變得異常困難。但老虎也有打盹的時候，時間一長，灌嬰的騎兵軍團就挺不住了，甬道的安危問題立即擺在了劉邦的眼前，讓劉邦及他的智囊團都感到束手無策。

就在這關鍵時刻，陳平「揮霍」出去的那些錢財發揮了作用。陳平用這筆鉅資，透過多種複雜的管道，終於買通了大量楚軍士卒，建議他們在作戰之餘發揮一下撥弄是非的本領。這些得了陳平錢財的士卒，將這項業餘工作執行得特別賣力，不久就從他們口中傳出：鍾離昧將軍雖然功勞很大，但項王始終未讓他襲地封王，以致他絕望之餘，不得不暗中和劉邦勾結，只待時機成熟，便會叛楚降漢。項羽剛開始聽到這些謠言，沒當回事，聽得多了，心裡就開始嘀咕起來了。最後，項羽果斷地罷免了鍾離昧的官職，將他的兵權也強行奪去。一時，楚軍內部謠言四起，人人自危，弄得項羽焦頭爛額，對誰都不肯輕易相信了。這樣，劉邦的甬道危機便暫時得以解決。

陳平認爲他的金錢攻勢已取得了階段性的勝利，於是便建議劉邦主動向項羽要求和談。利用和談，陳平準備實施他的第二道「陰謀」——離間亞父范增和項羽之間的關係，最終迫使范增離開項羽。項羽果然中計。

劉邦派使者和項羽和談的消息，傳到范增耳朵裡時，范增立即反對，項羽則只想著暫時利用和談之機好好整頓一下軍務，遂不顧范增的反對，答應了劉邦的和談要求。於是，雙方約定以滎陽爲界，滎陽之西爲劉邦軍團，滎陽以東爲項羽軍團，雙方不得逾界，然後再擇日商談撤軍事宜。范增對所謂的和談非常惱怒，堅決主張項羽撕毀和約，立即進攻滎陽，但項羽以軍隊太疲勞需要休息整頓爲由，同樣堅決拒絕了范增的建議。

陳平知道，因爲和談一事，范增和項羽之間已出現了極大的分歧，於是他便趁熱打鐵，立即請劉邦派出使者去和范增洽談和談撤軍事宜，范增正在氣頭上，見劉邦和談的使者偏偏找著了最反對和談的他來洽談，自然更加生氣。但在劉邦使者的糾纏下，范增無奈只得帶著他們去找項羽，並且表示和談之事他絕不過問，免得聽了心煩。使者見了項羽後，按照陳平的吩咐，請求項羽也派出特使到漢營，以表達楚軍對和談的重視。項羽覺得這項要求很正常，便派出特使到漢營進行洽談。

負責接待項羽特使的，自然是陳平。陳平故意放出風聲說漢營派使者到范增處，而楚國的使者也是范增派來的，於是他要求接待人員要以最親切、最隆重的禮節接待范增的使者。在隆重的宴會上，陳平不斷親切而又鄭重其事地對使者說，回去一定要代他向「亞父」請安，言談中不斷透露自己確認對方就是范增的使者，隻字不提項羽。

楚軍使者本來便是項羽派來的，立刻向陳平聲明他們是項王的正式代表，而不是范增派來的私人代表。想不到，陳平卻驚訝地說：「眞的？你們眞的不是亞父的使者，而是項王的使者嗎？這太讓我意外了！」說完這些，陳平連一句辭別的話都沒有，立即離開了現場，令接待人員撤下只有最尊貴的客人才配用的那些食具，然後派出自己的副官去接待使者，並重新擺上了最簡單的菜餚。項羽的使者立即感到受了侮辱，回去後便即詳細地向項羽報告了這件事情。項羽聽了極度不悅，他又不好意思直接向范增求證，只好自己在心中生悶氣，在行動上自然也顯現出對范增的疏遠。

范增見和談似乎沒有進展，於是要求項羽對劉邦採取行動。但項羽心中有鬼，對范增的積極態度抱著不置可否的冷淡態度。敏感的范增很快就察覺到項羽對他的態度，不過他無法想像項羽會對自己產生懷疑。前些日子的鍾離昧事件，已使范增對項羽的猜忌心感到非常地憤怒和不滿。不久，當他知道項羽也對自己產生懷疑時，更是火冒三丈、怒不可遏。這個可憐的老頭氣得全身發抖，心想自己這麼大年紀，竭盡全力，拚死拚活，爲的到底是什麼？不過是對楚國的一點使命感而已。然而從項梁到項羽，從鉅鹿大戰到滎陽攻防，他的辛苦又得到了什麼報酬？

項羽畢竟太年輕了，驚人的軍事天才使他二十八歲即成爲全國性的軍政領袖，但是自負和任性，也使項羽無法感受人性間的黑暗面。基於相同的貴族背景，項羽仍視范增爲前輩而給予應有的尊重，甚至尊其爲亞父。而范增表面上似乎位高權重，其實項羽一點也無法和他溝通，也無法瞭解他的眞實想法。傷心至極，范增決定辭官。他對項羽說：「天下不久將要平定，我的年紀太大了，留下來也不能爲你出什麼主意，請准許我退休回鄉吧！」

項羽其實也不想范增離開，但他不知道怎樣挽留范增。何況，項羽也認爲范增倚老賣老，太不尊重他了。因此，項羽並沒有挽留范增，他批准了范增的辭職請求。這時，項羽的心中感到悲憤不已，他認爲大家都不瞭解他，大家都在背叛他。范增並不想離開，但又不得不離開。

走時，他只帶了一個奴僕，準備先到彭城將自己的東西整理一番，再返回故鄉築屋隱居。范增沒想到，很快，連這些隱居的生活都不可能實現了，由於心中的怨恨、痛苦和不滿，使他心火上升，宿疾背疽惡化，尚未到達彭城便死於半途中。據說，范增一路上故意走得很慢，盼望著項羽能省悟過來，派人將他追回去，但等了一路，也沒見有人來追他，到最後他就徹底地絕望了。

《史記》未爲范增立傳，他的故事主要見於《史記・項羽本紀》和《史記・陳丞相世家》。

關於用間，《孫子兵法・用間篇》曾用專篇加以論述，並將用間分爲因間、內間、反間、死間和生間五種方式，但這並不能包括所有的用間方式，所以《兵經》又將其分爲生間、死間、書間、謠間、賂間、敵間、鄉間、友間、女間、恩間、威間等十六種。清朝朱逢甲更著有《間書》一部，系統地記載了中國歷史上的種種用間事例。

《孫子兵法・用間篇》認爲：三軍之中，沒有比間諜更親近的了，賞賜沒有比間諜更優厚的了，事情沒有比間諜更祕密的了。不是聖賢之人不能使用間諜，不以微妙的手段就無法得到間諜的實情。實在太微妙了，沒有什麼地方不能使用間諜。所以，賢明的君主和優秀的將帥，如能任用有高超智慧的人爲間諜，必定會成就大功。

在所有用間形式中，「反間」是最爲巧妙、最爲高明的一種。整體說來，反間計是以敵間爲己間的一種謀略。具體說來，則在利用敵間時又有兩種情況：一種是設法收買，二是將計就計。所謂設法收買，是指用金錢或美女等收買敵方間諜，使之在表面上爲敵人工作，實際上卻是在爲我方服務。而「離間」計，則是以引起對方集團中力量的「內耗」爲手段，只要能造成對手內部實力的削弱，就可以達到「分化瓦解」的目的。分化瓦解，能夠使局部從全局中分割出來，這個局部就會四面失去依傍、掩護和協同的力量，暴露出來，削弱戰鬥力，然後由局部的變化影響到全局的變化，將使局部的勝利轉化爲全局的勝利。

運用離間計必須針對對手的特點，利用矛盾，不露痕跡。孔子在魯國幫助魯哀公治理國家，頗有一番成績。百姓安樂，社會風氣好轉，路不拾遺。敵國的齊景公卻因孔子的賢能而憂慮，大臣黎且對齊景公說：「要除掉仲尼，就好像吹動毛髮一樣容易。您何不用重金高位歡迎他來齊國，並送給魯哀公一批能歌善舞的美女，滋長魯哀公貪戀之心，沉溺聲色而懶於過問國家政事。仲尼必然進言勸諫；魯哀公不聽，仲尼就會輕易離開魯國。」

齊景公按照這個計謀而做，派黎且送十六名美女給魯哀公。魯哀公十分喜歡，從此懶得過問政事，孔子勸諫無效，便離開了魯國，到楚國去了。黎且所獻的「間賢」計，把握住了魯哀公嗜好玩樂的習性和孔子正直的品行，製造正直與荒淫之間的價值衝突，達到從魯國除掉孔子的目的。如果魯哀公接受勸諫，從善如流，群臣團結無間，黎且的「間賢」計謀也就無法實施了。

「離間」計最精妙的部分，是可以將一個局部從整體中分離出來，割斷其局部與整體的關係，這個局部就會孤立無援，失去活力。局部孤立後的力量大大小於它原來處於系統中的力量。而局部被逐一分離，各個擊破，整體也必然土崩瓦解。

戰國時，齊國有三個大力士，一個叫公孫捷，一個叫田開疆，一個叫古治子，號稱「齊國三傑」。他們因勇猛異常，被齊景公寵愛，相國晏子遇到這三個人總是恭恭敬敬地快步走過去。可是這三個人每當見晏子走過來，坐在那裡連站都不站起來，根本不把晏子放在眼裡。這三個人仗著齊景公的寵愛，爲所欲爲，當時齊國的田氏，勢力越來越大，他聯合國內幾家大貴族，打敗了掌握實權的欒氏和高氏，威望越來越高，直接威脅著國君的統治。田開疆正屬於田氏一族，晏子很擔心「三傑」爲田氏效力，危害國家，想把他們除掉，又怕國君不聽，反倒壞了事，於是便想了一個計策。

一天，魯昭公來齊國訪問，齊景公設宴招待他們。魯國是叔孫若執行禮儀，齊國是晏子執行禮儀。君臣四人坐在堂上，「三傑」佩劍立於堂下，態度十分傲慢。正當兩位國君喝得半醉的時候，晏子說：「園中的金桃已經熟了，摘幾顆來請二位國君嚐嚐鮮吧！」齊景公傳令派人去摘。晏子說：「金桃很難得，我應當親自去摘。」不一會兒，晏子領著園吏，端著玉盤獻上六顆桃子。齊景公問：「就結這幾顆嗎？」晏子說：「還有幾顆，沒太熟，只摘了這六顆。」說完，恭恭敬敬地獻給魯昭公、齊景公每人一顆金桃。魯昭公邊吃邊誇金桃味道甜美，齊景公說這金桃不易得到，叔孫大夫天下聞名，應該吃一顆。叔孫大夫說：「我哪裡趕得上晏相國呢！這顆桃應當請相國吃。」齊景公說：「既然叔孫大夫推讓相國，就請你們二位每人吃一顆金桃吧！」兩位大臣謝過齊景公。晏子說：「盤中還剩下兩顆金桃，請君王傳令各位臣子，讓他們都說一說自己的功勞，誰功勞大，就賞給誰吃。」齊景公說：「這樣很好。」便傳下令去。

話音未落，公孫捷走了過來，得意洋洋地說：「我曾跟著主公上山打獵，忽然一隻吊睛大虎向主公撲來，我用盡全力將老虎打死，救了主公性命，如此大功，還不該吃顆桃子嗎？」晏子說：「冒死救主，功比泰山，應該吃一顆桃子。」公孫捷接過桃子就走。古冶子喊道：「打死一隻老虎有什麼稀奇的，我護送主公過黃河時，有一隻黿咬住了主公的馬腿，一下子就把馬拖到急流中去了。我跳到河裡把黿殺死了，救了主公，像這樣大的功勞，該不該吃顆桃子呢？」齊景公說：「那時候黃河波濤洶湧，要不是將軍除黿斬怪，我的命就保不住了。這是蓋世奇功，理應吃顆桃子。」晏子急忙送給古冶子一顆桃子。田開疆眼看金桃分完了，急得跳起來大喊：「我曾奉命討伐徐國，殺他們的主將，抓了五百多個俘虜，嚇得徐國國君稱臣納貢，鄰近幾個小國也紛紛歸附咱們齊國，這樣的大功，難道就不能吃顆桃子嗎？」

晏子忙說：「田將軍的功勞比公孫將軍和古冶將軍大十倍，可是金桃已經分完了，請喝一杯酒吧！等樹上的金桃熟了，再先請您吃怎麼樣？」齊景公也說：「你的功勞最大，可惜說晚了。」田開疆手按劍把，氣呼呼地說：「殺黿打虎有什麼了不起！我跋涉千里，出生入死，反而吃不到桃子，在兩國君主面前受到這樣的羞辱，我還有什麼臉活著呢？」

說著，竟揮劍自殺了。公孫捷大吃一驚，拔出劍來說：「我的功小而吃桃子，眞沒臉活了。」說完，也自殺了。古冶子沉不住氣說：「我們三人是兄弟之交，他們都死了，我怎能一個人活著？」說完，也拔劍自殺了。人們要阻止已經來不及了。魯昭公看到這個場面，無限惋惜地說：「我聽說三位將軍都有萬夫不擋之勇，可惜竟爲了一顆桃子全死了！」

增漢軍凝聚力，率軍攻彭城

項羽分封天下，劉邦被迫入漢中時，跟著劉邦去巴蜀、漢中的嫡系部隊，大約有三萬人。過棧道時，摔到山谷下死傷了一部分，因對棧道產生恐懼半途逃走了一部分；到了巴蜀、漢中因對惡劣的地理環境不適應感到前途渺茫，因而又有一部分人逃回了中原。這樣情況層出不窮，最後留在巴蜀、漢中的嫡系部隊，頂多只有兩萬了。韓信被拜爲大將後，在漢國首都南鄭徵募軍隊，使漢軍恢復到三萬人。韓信運用暗渡陳倉之計攻打關中時，除了留守一部分兵力外，其餘幾乎都已傾巢而出，進攻關中了。

平定關中後，在關中補充的軍力，以秦人爲主。秦國在政權崩潰之際損失慘重，所以兵力非常有限，估算能夠集結的武力仍不到三萬，若加上原有部隊人數，只有六萬不到。然而，項羽光是征齊的主力部隊便有十萬之多，留在楚地的守備人馬則應有兩倍以上。以劉邦的六萬關中軍去和項羽幾十萬楚軍作戰，無異於雞蛋碰石頭。鑒於兵力上的懸殊太大，因此劉邦大量集結了諸侯的兵力，據史料記載，進入洛陽時，劉邦的兵力已高達五十六萬。

直屬部隊不到十分之一，聯盟軍卻有十倍之多，這就是劉邦軍團的現狀。面對這個現狀，劉邦本人要做的，便是整天忙著對付這些聯盟軍的領袖了。張良和陳平則忙著溝通協調和這些聯盟軍領袖間的關係，讓他們勉強維持表面的團結。補給上由鎮守關中的蕭何負責，蕭何是漢軍的大總管，吃、穿、用的全都找他，伺候不好哪一個都要罵娘。與所有人比起來，韓信的日子最不好過。由無名小卒一步登天，躍上兵馬大元帥的高位，再有本領但資格太嫩，想要完全指揮得動樊噲、灌嬰和周勃等主力軍團已不太容易，又得面對這數十萬臨時整編的「外籍軍團」，光是軍紀的維持就夠傷腦筋了。時間一長，幾乎所有人都頂不住了。所謂窮則思變，面對這支軍心渙散、各懷異志的龐大雜牌軍團，劉邦認爲應該迅速找出一個具體目標，以增強漢軍的凝聚力。韓信等人對劉邦的這番想法均極爲支持，這也是大家都曾想過而沒想出的結果。後來，劉邦綜合了眾人想法而提出，爲了增強漢軍的凝聚力，最好的辦法是攻下項羽的大本營——彭城！

進攻彭城，等於和項羽面對面決戰。

要實現這個目標，困難實在是太大了。在劉邦看來，人只有在面對巨大壓力時，才會迸發出超人的力量，創造出奇蹟。同樣，一群人只有在面對共同的困難時，才會更加團結，一致對外。其實，劉邦之所以敢提出攻打彭城的想法，主要是他清楚，項羽和其主力部隊現在仍滯留在混亂的齊地，彭城的守備力量勢必不強。就這樣，劉邦的軍隊迅速向彭城開赴了。這時，項羽遠在齊地，彭城空虛，劉邦率五十餘萬大軍，從氣勢上就把彭城守軍給壓倒了。於是，彭城即刻陷落。

五十多萬雜牌軍像潮水般湧進彭城，進了彭城後劉邦再想約束這些人，就像當初剛進入咸陽時那樣——爲時已晚了（其實，劉邦根本就沒想過約束）。這些人一進入彭城，馬上開始了肆無忌憚的財物掠奪。掠劫彭城，使劉邦自入關中以後的「義名」遭到嚴重損害，雖說這是敵方巢穴，到底仍是楚國的總部。楚國軍民的悲慘遭遇已使原先支持劉邦的楚國長老，對漢軍完全採取警惕的立場了。更讓韓信擔心的是劉邦的態度，他似乎被這個輕而易舉得到的大勝利沖昏了頭。劉邦這次的態度完全不同於進入關中時，或許是因爲鴻門宴時受到的壓抑在此刻完全爆發了。他下令沒收項羽私有的珍寶、財富、美女，並且每天在項羽的宮殿裡開慶功宴。樊噲、夏侯嬰等人雖一再苦勸，劉邦仍我行我素。連張良對此都感到束手無策。張良預感到，一場大災難很快就要來臨了。

項羽回軍收彭城，漢軍方贏即大輸

韓信縱有軍事奇謀，但到底領軍經驗不足。此時軍紀渙散，所有人都被勝利沖昏了頭腦，忙著搜刮民財、燒殺搶掠，見到這種情形，韓信急壞了。身爲大將軍，面對這種狀況，他又不能坐視不管，光整天忙著協調各軍團間爲了爭奪財物而發生的糾紛、內訌，就把韓信忙得天昏地黑，又急又氣，甚至把身在敵境時最重要的布防工作都忽視掉了。

漢軍的悲劇在於，他們以爲攻陷楚軍大本營就算大獲全勝，忘掉了項羽在齊地仍率領著完整的主力部隊。對項羽來說，他之所以忘了彭城的防務，是因爲他從未想過有人會敢來攻擊他的大本營。他自認天下無敵，只要他不攻擊人家，已是對別人夠好了，誰還敢來攻擊他啊。所以，當項羽率領主力部隊攻打齊國的田榮時，彭城附近的防守力量非常薄弱，因爲項羽根本不相信有人膽敢攻擊這兒，更不相信那個臭魚爛蝦一樣的劉邦會吃了豹子膽，敢在太歲頭上動土。因此，當韓信率領五十萬大軍火速攻向彭城時，留在彭城的守軍似乎一點反擊的力量也沒有。見到劉邦陣營聲勢如此浩大，楚地附近的長老幾乎完全束手旁觀，親項羽的九江王英布等人也不願捲入這場爲義帝復仇的攻防戰。一舉攻陷彭城，使劉邦的聲勢達到了歷史最高點。

想起在鴻門宴上未聽范增勸諫而放了劉邦一馬，項羽心中便後悔不已，他因自己受到劉邦欺叛而暴跳如雷。他暗暗發誓，這一次非要將劉邦親手抓住，將其碎屍萬段，以解心頭之恨。但身在齊地，狡猾如田橫採用的游擊戰，把項羽十數萬大軍分散開了，要迅速集結起來相當不容易。況且項羽也沒有那份耐心，他立刻將齊地的指揮大權交給大將龍且，自己則率領三萬主力部隊急速返回彭城。

彭城失陷前夕，留守的范增料到守不住，爲了保存實力，他及時撤出了守備部隊，並將軍隊駐紮在彭城西方的蕭縣，一面派急使向項羽求援，一面緊張地注視著漢軍的行動，時刻防備著漢軍的攻擊。勝利的漢軍陷入混亂的消息，范增大概也早已通知了項羽，項羽敢以三萬人馬緊急回防，主要原因在他判斷劉邦大軍已沒有了作戰實力。

因人數少，行動迅速，項羽更急著活捉劉邦報仇，日夜兼程下，沒多久便到達蕭縣和范增會合。拂曉時分，項羽大軍攻入了部署於彭城西北方的漢軍陣營。漢軍尚在酣睡中，毫無防備，很快便潰不成軍，被項羽打得逃向彭城。在彭城的劉邦得知楚軍反攻的消息，立刻集結人馬準備抵抗。但軍紀陷入混亂狀態的漢軍雜牌軍團已喪失作戰力，只有由韓信直接統率的少數部隊勉強還有一些戰鬥力，被韓信督促著集結在彭城西方原野全力迎擊來勢兇猛的楚軍。這時，城裡和城外的漢軍俱已亂成一團，這種好像世界末日降臨時的混亂場面，嚴重打擊了準備硬戰的漢軍士氣。韓信雖自出漢中以來屢建奇功，面對這種士氣一樣是無可奈何，知道大勢已去，只能硬著頭皮迎擊楚軍，這總比聞風而逃來得好些。項羽的部隊火速攻到，攻擊力之強，讓這些防守的漢軍如見虎狼般驚駭。見此情形，爲了保存實力，韓信下令掩護著劉邦，全軍撤離彭城。想不到軍令剛下，全軍立刻潰散，韓信只得派人通報劉邦，讓他多多保重，自己則率領殘部迅速撤退。

彭城漢軍大亂中自相踐踏，死傷無數。劉邦指揮著直屬部隊撤向南部山區，在靈壁東部的睢水附近被項羽大軍追擊，漢軍立即潰散。潰散的漢軍走投無路，紛紛跳入睢水，被項羽軍隊擊斃或自相踐踏而死的漢軍高達十多萬人，睢水竟被屍體堵塞，漫上岸來。混亂中，張良和陳平等人已無法和劉邦保持聯絡，只能各自逃命，夏侯嬰則率領侍衛軍團保護著劉邦，毫無方向感地逃到了一座山中。劉邦逃到山中時，天剛剛黑下來。自拂曉前夕遭項羽突襲，到五十餘萬人全部潰逃，只是一個白日的事情。驚魂未定，劉邦想想這一天的經歷，眞如做了一場噩夢。

彭城大敗，這個血的教訓，終於讓劉邦明白了什麼叫做驕兵必敗。驕兵所以必敗，因兵驕後，必然懈怠無備、輕敵麻痺，必然不能客觀地正確地看待敵情與己情，如此敵人正可乘機發動襲擊，致其慘敗。對於己方來說，是因驕致敗，對於敵方來說，則是「攻其無備」。兵驕多因將驕，而將驕的原因卻有多種。

第一種是「因勝」。舉凡屢勝之後，將領最易產生驕傲之心，並由此而輕敵、而懈怠，不知敗可致勝，勝亦可致敗，勝與敗可因一定條件而互相易位的道理。

第二種是「因才」。做爲一名將領，必須具有過人的才能，因爲不如此便不足以統兵作戰和克敵制勝。但是，才能也可以使將領產生驕矜之心，漢末時關羽之對陸遜即是如此。關羽在漢末時被稱爲虎將，他守荊州時，大舉進攻襄陽，擒于禁，斬龐德，水淹七軍，逼得曹操竟然動了遷都以避之的念頭，不能說沒有文韜武略，但他卻恃才而驕，看不起陸遜，認爲陸遜不過是一介偏裨之將罷了。然而，正是這個陸遜，使得關羽身敗名裂。

第三種是「因強」。兵力強大固然是好事，以強勝弱也是軍事上的普遍規律，但若是盲目恃強，卻是驕傲心態的一種表現，同樣容易導致失敗。歷史上許多以弱勝強的戰例，其中強的一方便往往是因強而驕、因驕致敗的。總之，驕兵必敗，是一個經過血之代價得出的規律，做爲一個聰明的將領，在什麼情況下都不能驕傲輕敵。不僅不能驕傲輕敵，且應善於利用驕兵必敗的規律，千方百計地誘導敵人，使之驕傲，以便戰而勝之。

所謂不經一事，不長一智，劉邦總算從中吸取了教訓。

三棄親骨肉，躲藏下邑

劉邦攻打彭城時，又將家屬帶回了沛縣，由同鄉人審食其負責照顧。審食其和周勃一樣，都做過專爲人家辦喪事的樂師，因此在鄉間的人際關係相當不錯。周勃後來追隨劉邦起義，而審食其仍在家鄉從事他的樂師職業。王陵主動幫劉邦解救他的家屬時，就是在審食其的協助下，才成功地救出劉公及呂氏等人的。因爲這些，劉邦便把照顧家人的事也託付給審食其了。

彭城大敗突如其來，情況緊急，審食其判斷項羽定會派人來沛縣捉拿劉邦家屬，於是便緊急將劉公、呂氏等人護送到山區避難。此時，劉邦的兩個孩子都不在身邊，審食其只得請求親戚等孩子回來時照顧他們，自己則帶著劉公、呂氏先行逃離沛縣。劉邦逃過了項羽的追捕後，放心不下家人，也和夏侯嬰火速返回沛縣，到了沛縣聽說審食其已將他的父親和妻子呂氏轉移走了，於是放下心來，便帶著剛回來的兩個孩子，坐在一輛馬車上準備共同逃亡。

項羽派來捉拿劉邦家屬的騎兵隊，也在這時候進入沛縣，夏侯嬰於是親自駕著馬車，由數十名士兵護送劉邦向北逃亡。楚軍發現了劉邦的蹤跡，在後面窮追不捨。劉邦十分心急，下令捨棄自己的兩個孩子以減輕馬車的重量，並可藉此擾亂楚軍追捕的目標。但沒有一個部屬願意執行這項命令，劉邦只好親手推下兩個孩子，以求全軍安全脫離追捕。

劉邦把兩個孩子扔下後，夏侯嬰卻立刻停車讓這兩個孩子回到車上，即使劉邦大聲怒斥，夏侯嬰也不爲所動。劉邦連續三次推下孩子，夏侯嬰也不顧危險，三次停車救回孩子，並大聲向劉邦喊道：「縱使現在情況萬分緊急，也不能慌亂地盲目奔逃，爲何非要丟棄無辜的孩子呢？」

夏侯嬰又故意將馬車速度放慢，並下令護衛的騎兵跟隨著慢慢前進。劉邦大怒，隨即舉劍威脅夏侯嬰，讓他把馬車速度加快，但夏侯嬰對劉邦的威脅絲毫不爲所動，周圍的侍衛也表示寧願戰死也要保護劉邦的兩個孩子，絕不會扔下他們不管。劉邦見眾人都竭力反對，也覺得自己大概做得太過分，索性不再過問此事，聽天由命地躺在馬車上，面無表情地看著後面越來越近的楚軍追兵。由於眾人齊心協力，在夏侯嬰的指揮下，臨危不亂，不慌不忙，利用複雜的地形，和敵人玩起了捉迷藏的遊戲，巧妙地在山區中將追擊的楚軍甩開，安全地逃離了沛縣。

逃出沛縣，大家都鬆了一口氣。但接下來往哪兒逃比較安全，倒把大家難住了。因倉皇奔逃，攜帶的糧食不多，而且連日奔波，大家也需要稍事休息一下，如何找個安全地方休息、補給一下呢？最後，劉邦想出了一個最安全、同時也是最危險的地方——下邑！

下邑在碭山附近，屬魏國管轄，目前正由呂雉的哥哥周呂侯呂澤鎮守。由於下邑是呂雉父親呂公的大本營，呂氏家族在這兒人際關係相當好，呂澤在那兒也頗有些勢力。但如果項羽知道劉邦逃到了下邑，下邑這個小城不出一個時辰就會被攻破，所以到下邑後的保密工作一定得做好，不能有一點風聲透露出去。

呂澤的下邑城裡，只有一千名士兵把守，可見下邑不是個戰略重地，項羽對這兒一定不熟悉，也根本不可能想到劉邦敢逃到這裡。決定下來後，劉邦和夏侯嬰選擇了一個沒有人走的小道，進入下邑。

自劉邦在彭城潰敗以來，原來投向漢軍的諸侯紛紛反叛，魏、趙等地的軍團都投降了項羽，連關中的塞王司馬欣和翟王董翳，也被迫投降了項羽。另外，還有一個不好的消息傳來，審食其帶著劉邦的父親劉公、妻子呂雉在逃亡途中也被項羽擒獲，項羽已將他們監禁起來做了人質。但有一件事，卻讓劉邦異常興奮。他逃到下邑後，竟在那裡見到了張良，眞是英雄所見略同，劉邦的想法竟和張良的不謀而合——下邑是最危險的地方，同時也是最安全的地方！

最危險，是因爲這裡防守力量薄弱、不堪一擊；最安全，是因爲這個地方實在太小也太偏僻，敵人根本不可能想到這個地方，加上這裡又是劉邦小舅子呂澤的地盤。劉邦見張良逃到了這裡，除了爲自己高人一籌的計謀立即得到驗證而感到驕傲外，也爲和張良重新會合而感到高興。張良的謀略更高，離開下邑後的逃亡路線就可以全權委託給張良處理好了。劉邦的一顆心總算放了下來。

從張良那兒，劉邦得知，韓信和他的嫡系軍團現在仍堅守在睢水之南，牽制住了不少楚軍，很多潰散的軍團也正慢慢向那兒集結。聽到這個消息，劉邦大喜過望，忙和張良商議，應該立即祕密通知各軍團領袖，讓他們祕密前往下邑，召開一場漢軍重建工作的軍事會議。呂澤的保密工作做得相當出色，劉邦的蹤影一直沒被楚軍發現。這時，項羽的注意力也無法完全放在劉邦身上，因爲留守齊國的楚軍此時已被田橫的游擊戰術打得頭昏腦脹，項羽回軍彭城後，田橫便趁機收復了三齊，所以現在項羽必須重新整編楚軍，以面對新的局勢，搜捕劉邦的動作也因此遲緩了下來。

劉邦有了喘息的機會，可以坐下來謀劃重整旗鼓的工作。

重振旗鼓，固守滎陽

從大贏到大輸，劉邦開始深切反省自己。彭城大敗，讓劉邦明白，硬碰硬、面對面的較量，他劉邦永遠都不是項羽的對手。也就是說，若想打敗項羽奪得天下，靠的是智而不是力。待在下邑這一段時間，讓劉邦有時間思考了許多問題。經過深思熟慮後，劉邦召見了幾位重要大臣，宣布道：「我願意放棄函谷關以東的統治權，讓給肯和我合作共同來對抗項羽的人，你們認爲有誰可以成爲我們的重要夥伴呢？」

這便是楚漢相爭中，劉邦以聯盟方式與人共分天下的基本策略。鑒於項羽一向對有功者忌之，不願給予獎賞，劉邦這個分享天下的氣度和政策，正是和項羽爭霸的最有利武器。在這個基本策略的闡發下，劉邦的首席智囊張良提議道：「可以有效地協助我們對抗項羽的，有三個人特別重要。第一位，是九江王英布，他是項羽以外楚國的首席猛將，在滅秦戰役中，英布曾多次出任先鋒大將，出生入死，戰功顯赫，所以對只得到九江王之位，他心裡非常不滿，和項羽間已出現嚴重的貌合神離現象。第二位，是游擊王彭越，他的出身低，所以和項羽一向格格不入，分封時他和田榮一樣遭到刻意貶低，所以不久便加入齊國反叛陣營，目前已掌有大部分梁地。大王可速派急使和這兩人結盟，便足以讓項羽傷透腦筋了。至於大王陣營中，現在只有韓信可以獨當一面，應該讓他獨立掌握一個軍團。

若大王想和他人分享天下，聯合這三個人，即足以擊敗項羽了。」

從張良的這些話中可以看出，韓信肯定沒有參加這次高級軍事會議。此時他大概正在睢水南岸獨擋楚軍的壓力。韓信怎麼安排與授權，是內部事，這個問題應該很快就能解決。劉邦和彭越之間過去有過交往，只要劉邦肯付出大的代價，對他封官加爵，相信也不難收買。現在最難收買的是英布，雖然英布和項羽有過不愉快，但他到底仍是楚軍的首席大將，要游說他，可不是一件簡單的事，游說不好就會被他先砍了腦袋也說不准。但張良卻堅信，只要派個有勇有謀的人，曉以利害，收服英布也不是一件不可能的事。因爲英布和項羽之間的關係並非無懈能擊，仔細分析起來，便會發現，他們之間表面雖然和睦，其實內心早已矛盾深結了。

第一，當項羽要出兵攻打齊國田榮時，曾向英布徵兵，也希望英布本人參加。但英布卻稱病不往，只派個偏將率數千人隨行。

第二，劉邦攻入彭城時，英布卻袖手旁觀，項羽爲此很惱怒，他曾數度遣使者去瞭解英布爲何遲遲未出兵援助，但英布仍一再以重病在身爲由加以推託。另外，項羽回彭城後，又召英布前往會面，英布又託病不往。

從這幾點來看，英布和項羽之間的矛盾，不可謂不深矣。只要看清了這些，循循善誘，就有可能將猶豫不決的英布拉入劉邦陣營。這次高級軍事會議後，劉邦認爲在下邑待得太久，勢必會暴露形跡。因此，當得知漢軍大部分人馬已在睢水和韓信會合，劉邦便由下邑向南轉到碭縣，在這兒集結分散在各地的軍隊後，便前往虞縣暫時駐營。

然後，劉邦又聽從了張良的建議，準備在虞縣稍微休息後，就前往糧都滎陽堅守。原來，彭城大敗的消息傳到關中後，鎮守關中的蕭何便將關中守軍分出一個軍團去進占滎陽，以斷絕楚軍和其他諸侯軍對中原糧食的控制。隨後，蕭何又急速編組未滿二十歲的青年近衛軍和年紀較大的老年軍團去滎陽，由他們負責關中地區的防守事務及關中和滎陽間的聯絡和補給。

這樣，滎陽就成了防守陣容最堅固的一座堡壘。劉邦聽從了張良的建議，選擇固守滎陽作爲爭霸中原的大本營，正是看中了這點。劉邦進入滎陽後，迅速集結軍隊，加強了滎陽的防守能力。項羽時常從彭城派兵前來騷擾，漢軍也不甘示弱地在滎陽以南的京、索間叫陣，雙方互有勝負，一直呈膠著對峙狀態。項羽經常派機動靈活的騎兵部隊攻打劉邦的守軍，爲了對付項羽的騎兵，劉邦也緊急籌建騎兵部隊。大家公推秦國關中騎兵名將重泉人李必和駱甲爲騎兵總指揮，但兩人卻對劉邦說：「臣等是秦國舊部，恐軍中將領無法完全信任我們，反而會影響騎兵團的作戰能力，還是由漢軍大將中善騎者爲指揮官，我倆負責實際的訓練和領軍即可。」

劉邦覺得有理，於是拜灌嬰爲中大夫，領騎兵軍團司令，李必、駱甲爲左右校尉，並率領騎兵軍團與楚騎軍大戰於滎陽東方的平野上。北方人擅長騎射，騎兵軍團組建不久，就和楚軍的騎兵交了幾次鋒，每次都將楚軍騎兵打得大敗而歸。從此，楚軍便很難侵入滎陽以西了。於是漢軍在滎陽建立堅固基地，又築甬道將敖倉和滎陽接連，派軍堅守，完全掌握了敖倉一帶的糧食，準備和楚軍來個長期抗戰。不久，韓信在各處戰場捷報頻傳，大大打擊了項羽的勢力。隨後，劉邦派到九江王英布那兒的使者隨何也不辱使命，利用三寸不爛之舌，終於成功說服英布投奔了劉邦。

隨著劉邦聯盟管轄區域的增大，加之兵力分散，這就讓劉邦無法有效控制，爲此劉邦很苦惱。於是，酈食其便建議劉邦應恢復封建體制，將劉邦和諸侯間的關係密切聯繫起來。

酈食其說：「昔日商湯討伐夏桀，封夏桀之後代於杞；周武王伐殷紂王，封其後代於宋。但秦國卻不懂得這一道理，失德棄義，侵伐諸侯，滅其社稷，使諸侯的後代臣民均無立錐之地。陛下若能再立六國之後，其君臣、百姓必感激陛下之德行，絕對會自願歸屬於陛下。一旦德義已行，陛下便能南向稱霸成爲諸侯共主。」

劉邦聽了也覺得很有道理，便下令酈食其帶著六國印綬速去，集結諸侯舊勢力以共同對抗楚國的壓力。酈食其前去準備的時候，正好張良外出歸來。聽說張良回來，劉邦非常高興，迫不及待地召見張良。劉邦對張良說：「子房啊，剛剛有人向我提了一個對抗楚國力量的策略，你來替我評估一下它的可行性吧！」接著便將酈食其的建議，詳細告訴了張良。沒想到張良卻笑著說：「是誰爲陛下出的這個餿主意呢？按照這計畫去進行，陛下大勢去矣！」

劉邦傻眼了，說道：「是酈食其爲我策劃的。」張良笑道：「也只有酈食其能想出這個餿主意。」劉邦忙問：「請你說說，這是爲什麼呢？」張良說：「請借用桌前的筷子，我來爲陛下作個說明。昔日商湯、周武分封桀、紂後代，是因爲他們評估自己有足夠的力量控制這些後代的命運生死。如今大王自己估量能夠在這方面和項羽競爭嗎？此不可一也。周武王入殷京時，曾爲商容洗雪冤屈，釋放在監牢中的箕子，祭祀爲國忠誠、進諫紂王被殺的比干，這些有力的政治號召，陛下目前有沒有呢？此不可二也。武王進入殷京後，立刻散發巨橋穀倉的存糧，並以鹿臺的金錢財寶賑濟窮人。由於殷紂王的暴政，使周武王可以大量施恩於百姓，如今陛下可有這種機會？此不可三也。討伐殷紂王後，周武王之所以分封諸侯，是因爲天下業已太平，所以能收回干戈以示天下不再用兵，這點陛下能做到嗎？此其不可四也。周武王分封諸侯時，在華山之東設有馬場，表示天下無事，從此無爲而治，陛下也能夠做到嗎？此其不可五也。周武王並且放牛於桃村之西，以表示從此不用再運輸糧食，不用再征民於勞役，這點陛下能做到嗎？此其不可六也。如今天下游士離其親人，拋棄祖產，解放族人，跟隨陛下一起爭逐天下，無非想建立功勞，以獲得咫尺之封地，倘若陛下復立六國諸侯之後，天下游士必各歸其主、回到故里，陛下的人才將因而流散，還有誰願意和陛下共爭天下呢？此其不可七也。再者，楚國在軍事上仍爲當前強國，誰能保證新立的六國之後不會反過來唯其馬首是瞻，那時候陛下能得到誰的臣服？此其不可八也。有此八不利，陛下若用酈食其之建議，臣料想陛下之大勢去也。」

這下把劉邦聽得目瞪口呆，生氣地說：「這個豎儒專出餿主意，幾乎壞了老子的大事！」

於是，劉邦立刻下令取消酈食其的任務。

被困滎陽，詐降脫身

固守滎陽期間，劉邦不惜重金，全權委派陳平離間項羽和他手下幾位重要將領的關係，大獲成功。尤其是陳平運用離間計，將項羽的首席智囊亞父范增從項羽身邊離間出走，以致病死在旅途上，給項羽帶來的損失更是無可估量。

范增去世後，項羽後悔莫及，將一肚子惱怒宣洩到了劉邦身上，不但立即拒絕了劉邦的「和談」要求，還每天親自率領前鋒部隊突擊敖倉到滎陽的甬道。灌嬰全力反撲，可損傷仍十分慘重，運糧的工作於是逐漸陷入癱瘓狀態。滎陽若繼續缺糧，唯一的結局將是不戰自潰。於是，張良建議劉邦：放棄滎陽，退入關中，以圖東山再起。此建議雖然殘酷，但這已經是眼下唯一的出路了。劉邦縱使老大不情願，面對現實也只好無奈。不過這麼多人一起撤退，聲勢過大，項羽若乘機追擊，漢軍可能會再次重演彭城大戰時的潰散情形，一潰而不可收。於是，陳平建議劉邦先撤退，待劉邦安全撤退後，再讓項羽知道其已不在滎陽，便可藉此減輕滎陽的壓力，也可藉此機會重行部署大軍，以調整兵力過分集中在滎陽所造成的糧食嚴重匱乏問題。但如何讓項羽知道劉邦已經撤軍，又不致有被追擊的危險？

在劉邦的將領中，有一個長得很像劉邦的人，他叫紀信。陳平便找到紀信，動員紀信犧牲自己作劉邦的替身，以拯救劉邦及滎陽守軍。不知這個擅長「陰謀」的陳平是如何做動員工作的，總之，紀信沒多久便心甘情願地答應了陳平。

一天深夜，陳平故意組織了二千名婦孺隊，企圖從東門逃出。項羽覺得劉邦肯定藏在這群逃亡的人中，立刻下令由四面八方包圍攻擊，果然見到劉邦坐在漢王專用的車子裡，護衛漢王的衛士也頹喪地說：「滎陽糧食已盡，漢王向楚軍投降。」楚軍聞聽此言，頓時為之雀躍，全集結到東門外，爭相觀賞劉邦的出降儀式。肖似劉邦的紀信乘坐著漢王的車駕，楚國將領沒有識破，一下子將他團團圍住，等待項羽前來接受投降。這樣耽擱了很長一段時間，使漢軍有足夠的時間由西門火速撤走。

為了劉邦的安全，陳平先讓數十騎兵護送眞劉邦火速撤向成皋，然後由成皋進入關中。接著，大部分滎陽守軍分批向成皋撤退，準備和英布的守軍會合，而滎陽城中僅留下韓王信、魏王豹、和劉邦同鄉的大將周苛及樅公等人，由他們率領部分軍團準備堅守。項羽聞報也火速趕往前線，並在滎陽城外的臨時陣地準備納降劉邦。紀信出現在其眼前時，項羽知道受騙了，不禁大怒，立即下令在滎陽城外火燒了這個假劉邦。

因不知劉邦行蹤，楚軍仍將大軍包圍著滎陽。在城牆上的周苛判斷楚軍不會放棄滎陽，他擔心楚軍攻擊時滎陽內部若有人反叛，將造成重大禍害，因此向樅公提議道：「我等奉命守城，不論勝敗如何都應盡全力而爲之，但魏豹讓我感到非常不安。他一向傾心項王，如今因戰敗不得不向我軍投降，現在楚軍緊緊將我們圍住，萬一他利用這種局勢煽動城內一些人叛變，將會釀成大禍，因此應搶先下手，除掉這個禍患。」樅公覺得有理，便和韓王信商量後派人暗殺了魏豹。很快，項羽發現劉邦已逃出城，大怒，立即下令全力攻打滎陽。周苛等雖拚死防守，終因寡不敵眾，滎陽淪陷，樅公戰死，周苛及韓王信被俘。

項羽親自對周苛說：「周將軍，如果你能棄暗投明，加入楚軍陣營，我會拜你爲上將軍，享受三萬戶的食邑。」面對項羽的勸降，周苛罵道：「項王難道還看不出，你的力量已日漸薄弱了嗎？總有一天，楚軍會向漢軍投降的。」項羽大怒，立即烹殺了周苛。韓王信身爲諸侯，項羽不敢輕易殺害，遂將他軟禁起來。

劉邦之所以能夠順利地從滎陽城逃出去，主要是由他綜合運用了兩個計謀的緣故：一是紀信的李代桃僵之計，二是陳平的緩兵之計。

「李代桃僵」，語出西漢無名氏的一首古詩〈雞鳴篇〉：「兄弟四五人，皆爲侍中郎。五日一時來，觀者滿路傍。黃金絡馬頭，熲熲何煌煌。桃生露井上，李樹生桃傍。蟲來齧桃根，李樹代桃僵。樹木身相代，兄弟還相忘！」這首詩以比興的手法，藉樹木尙能共患難喻兄弟應當同甘苦的道理。此詩後來被收入宋朝郭茂倩所編的《樂府詩集》，而「李樹代桃僵」則簡化爲「李代桃僵」，並逐漸演化爲代人受過、爲人代勞或以局部利益爲代價換取全局利益的一種策略。

古代兵書《三十六計》將「李代桃僵」列爲書中第十一計，解語是：「勢必有損，損陰以益陽。」意思是說，當事情發展到必然會有所損失時，要捨得以局部的損失換取全局的勝利。劉邦被項羽困在滎陽城內，兵寡糧少，想要守住城池已不可能，想要全部突圍而走也不可能。擺在他們面前的路只有兩條：一是大家同歸於盡，與城池共存亡；二是捨卒保車，犧牲個別將領以掩護劉邦為首的漢集團核心人物安全突圍。他們選擇了後者，這是一種聰明的也是唯一正確的選擇。

這種策略，就叫做李代桃僵。李代桃僵一般有兩種情況，一種是主動的，另一種則是被動的。紀信甘心替劉邦去死，自然屬於第一種情況，但在古代戰場上，被動性的李代桃僵也並不少見。本來是主帥造成的困難局面，卻在部下不明眞相的情況下，將其獻出去代己受過，這就是人們常說的「替死鬼」和「代罪羔羊」現象，或曰「棄車保帥」現象。《三國演義》第十七回所描寫曹操藉糧官頂上人頭以息眾怒的故事，當屬於這種情況。

「緩兵之計」是一種拖延戰術，目的在於爭取時間。戰爭中，時間因素對於交戰雙方來說本來是公平的，但由於各自所處的地位不同、情況有別，其對時間的要求也各不相同。他們有的可能需要急，需要快，貴在神速；有的則可能需要慢，需要緩，貴在拖延。項羽利在急戰，而劉邦則利在拖延。拖延的時間越久，劉邦就可以逃得越遠，相對也就越安全。事情的結果也證實了這一點：正是由於漢軍巧妙地拖住了楚軍，自半夜一直拖到天明，才終於使劉邦成功地逃出了虎口。甚至可以這樣說，如果沒有陳平的緩兵之計，即使紀信甘心替死，恐怕也難保劉邦能安全地從滎陽脫身。由此可見，一項計畫的成功實施，有時需要綜合運用多個計謀，否則將很難產生預期效果。

引蛇出洞，陣前辱曹咎

項羽在成皋將劉邦和英布聯軍一舉擊潰後，劉邦只得逃到趙地去徵召韓信的兵馬，想以此再度南下阻擋項羽攻擊關中。這時，項羽後方的梁地又被彭越的游擊隊偷襲，睢陽、外黃等十七城池相繼失陷。為了確保後方糧草的安全，項羽便親率大軍東進，準備蕩平彭越的游擊隊。

東進前，項羽反覆叮囑鎮守成皋的大司馬曹咎，務必不要出城和劉邦對陣，等待他從梁地回來後再行出擊。曹咎原為秦王朝蘄縣獄掾，曾和司馬欣一起救過項羽的叔父項梁，憑藉著這份功勞，成為楚軍的重要將領。雖然他並沒有什麼軍事才幹，仍因忠誠可靠而被項羽任命為楚軍最高軍政指揮官——大司馬。因龍且此時已去救齊，項羽又對受陳平離間計所害的鍾離昧不信任，在沒有獨當一面的將領可用時，項羽只好起用了曹咎來負責成皋的防守工作，因擔心曹咎不能勝任，項羽還特意讓塞王司馬欣從旁協助守城。

司馬欣和曹咎是老朋友，又曾擔任過原秦國大將章邯的首席軍事顧問，作戰經驗豐富，由他來協助曹咎應該是萬無一失的了。項羽深知曹咎不是劉邦的對手，因此囑咐他只要堅守十五天即可。劉邦當然也接到項羽離開的消息，他判斷項羽此次來回約需十數天，這十數天是奪回成皋最好的時機。於是他派出偏將率隊到成皋城門前叫陣，以一副輕敵的模樣引誘曹咎出戰。

曹咎和司馬欣自然不敢隨意出擊。劉邦見曹咎和司馬欣不敢出城和他對陣，便決定用計謀引蛇出洞，然後再將守城軍隊擊潰，奪回成皋。劉邦知道，曹咎和司馬欣都是早年有恩於項梁而受到項羽重用的人，於是設法在城中的楚軍裡放出風聲，說這種靠恩情升官的將領，根本就不會作戰，因此才不敢和劉邦出城對陣。

曹咎面對劉邦的侮辱，憤怒異常。連著五、六天，曹咎被劉邦叫陣羞辱得再也受不住了，於是不顧司馬欣的苦苦勸阻，率軍出城去。劉邦親自領軍依氾水布陣。曹咎帶頭渡河，攻擊對岸的劉邦。見曹咎來勢洶洶，劉邦下令全軍後退，曹咎見狀更加緊渡河。誰知，當楚軍半渡時，劉邦立刻令漢軍回師，令弓弩手放箭攻擊河流中的楚軍，楚軍立刻陷入大亂。劉邦又命左右兩邊伏軍由河邊小樹林中衝出，向氾水中慌亂的楚軍展開大屠殺，曹咎奮力抵抗，仍不能敵。成皋城上的司馬欣見狀，立刻組織後備部隊出城援救曹咎。等到司馬欣進入氾水中拯救曹咎之際，埋伏在溫水東岸的漢軍悉數盡出，立刻截斷楚軍回城之路。

城外的楚軍見回城之路被斷絕，大為吃驚，紛紛向漢軍投降。曹咎和司馬欣眼見大勢已去，深悔未曾聽從項羽的交代，便在氾水上自刎而死。

劉邦於是渡河攻陷成皋，並在滎陽對面的廣武縣駐營，重新控制了敖倉的糧食和補給路線。

劉邦陣前辱曹咎一事，《史記》、《漢書》及《資治通鑑》均有記載。據《史記．項羽本紀》載：「是時，彭越復反，下梁地，絕楚糧。項王乃謂海春侯大司馬曹咎等曰：『謹守成皋，則漢欲挑戰，愼勿與戰，毋令得東而已。我十五日必誅彭越，定梁地，復從將軍。』乃東，行擊陳留、外黃。」「漢果數挑楚軍戰，楚軍不出。使人辱之，五六日，大司馬怒，渡兵氾水。士卒半渡，漢擊之，大破楚軍，盡得楚國貨賂。大司馬咎、長史翳、塞王欣皆自剄氾水上。」

劉邦之所以能引誘曹咎上當，在於其成功地運用了怒而撓之的計策。「怒而撓之」原出《孫子兵法》，為孫子「詭道十二法」之一。所謂「怒而撓之」，是指用挑釁辦法激怒敵人的意思。此舉目的在於使敵人失去理智，輕舉妄動，然後乘機將其消滅。這裡，「撓」是搔的意思。大凡人在理智時，頭腦多能保持清醒，做出的決定和採取的行動也較少錯誤；一旦失去理智，情況就大不相同了。所以，兩軍交戰時，聰明的將帥總是千方百計去激怒對手，以促使其失去理智。但是，內因是根據，外因是條件，外因必須透過內因而起作用。也就是說，想要激怒對手，對手必須是個易被激怒的人才行，否則只是徒勞無益。曹咎正是這樣一個頭腦簡單、脾氣暴躁的人，所以劉邦才一而再、再而三、日復一日地耐著性子設法去激怒他，終於達到了目的。這說明，劉邦是摸透了曹咎性格的。

一個人無論是做事還是爲人，易怒易忿都是一大缺點。不過，做爲普通人，易怒易忿所造成的危害總是有限，且往往是個人的，但做爲三軍統帥或其他方面的領導人來說，後果可就大不相同了。所以，無論古今，凡是明智的人，總是十分注意加強自己的修養。他們都懂得，爲了遠大目標，在一些特殊的場合下，必須善於控制憤怒。

【第六章】

垓下大捷，畢其功於一役

劉邦乃弱勢大贏家

項羽是部天生的戰爭機器，其作戰效率空前絕後，但在善於「鬥智」的劉邦面前，這種只知一味「鬥力」的匹夫之勇，就顯得愚蠢無比了。最後的失敗，也是可以預期到的，甚至是必然的結果，那句「天亡我也，非戰之罪」成為項羽留給後世最自欺欺人的笑柄。

若烹你父，請分我一杯羹

項羽在梁地前線與彭越交戰時，聽到成皋陷落的消息，立刻放棄梁地的作戰計畫而急速回防。此時項羽心中最擔心的，並不是成皋的失守或曹咎和司馬欣的安危，而是他的愛妃虞姬。

虞姬出生於今天的江蘇省宿遷市沭陽縣虞家溝，和項羽的家鄉下相（今天的江蘇省宿遷市城南）相距不到一百里。

項羽和劉邦完全相反，他生性不喜愛女色，終其一生，他都未正式冊立過王后。雖已二十七歲了，但項羽身邊從無喜歡的女性，直到一年前碰到虞姬為止。項羽對虞姬最初的暱稱是妙戈，將她冊封為「美人」後，項羽又將她暱稱為虞美人。不論是妙戈還是虞美人，從這些稱呼中，都可以看出項羽對自己一生唯一的這個女人，是多麼的喜愛了。

正因為喜愛，所以項羽在行軍作戰的時候，都要把虞姬帶在身邊，好能較方便地見到她。征討梁地因所需時間不多，項羽便把虞美人留在成皋營殿裡。如今成皋失守，項羽不禁憂心如焚。其實，項羽不知道，司馬欣出城營救曹咎時，便自知大勢已去，所以他命令虞美人的專職保鏢趕緊保護虞姬出城，投奔鎮守滎陽的鍾離昧軍營。聽到成皋失陷的消息，機智的鍾離昧便立刻將軍隊部署於滎陽東邊防線，以免使滎陽成為孤城。劉邦的大軍也很快包圍了鍾離昧，但楚軍防衛工事堅固，漢軍暫時對他束手無策。就在這個關鍵時刻，項羽趕回了滎陽戰場。

劉邦於是下令漢軍退守廣武險阻之地，項羽也立刻追到，雙方在廣武形成對峙局面。進入廣武山，是劉邦一個極其重要的戰略部署。廣武位於黃河南岸，地處滎陽和成皋之間，是個小臺地，因此通稱廣武山。在廣武山西麓的高地上，築有數個黃土大穴，這裡便是秦王朝重要穀倉——敖倉的所在地。只要屯兵在廣武高地，便可享有敖倉糧食，加上此地地勢險峻，由東麓山下要攻打廣武臺地非常不容易。而且攻打成皋之先，劉邦已令人在此築寨、鑿坑、設柵，擁有相當堅固的防禦工事。劉邦的營寨東面有條小河澗，通稱廣武澗，澗的對面是個較小的臺地，項羽便將楚軍營寨建構在這個地方。接下來的一年間，項羽和劉邦即在這裡長期對峙，因未解決好糧秣供應問題，楚軍的力量也在這一段時間急遽衰弱。

後人將劉邦陣地稱爲「漢城」，將楚軍營寨稱爲「楚寨」。項羽的軍隊除了廣武前線外，尚需供應滎陽城軍民的糧食補給，這是相當龐大的負擔，敖倉則在劉邦的控制中。漢城擁有大量糧食，楚軍的補給卻在急速消耗中，這對攻擊的一方是非常不利的。由於彭城方面的補給線長，運送困難，彭越的游擊隊又經常在梁地打劫，使楚軍糧秣供應更加困難。項羽作戰一向火急，又十分講求效率，因此他對糧食的規畫一直做得不好。倒不是他不懂得糧秣的重要，而是過去他從來不必爲這件事苦惱。這次他卻被劉邦拖住了，使糧食補給成了無法解決的大問題。這是項羽頭一遭爲糧食而感到苦惱，所以他也的確不知道該怎麼辦才好。

項羽希望盡快和劉邦決一死戰。他想到一個逼迫劉邦的好辦法，立刻下令部屬火速由彭城帶來劉邦的家屬。彭城大敗時，劉公和呂后等全都被項羽俘獲。項羽在楚寨前面做了一個大俎，將劉太公全身赤裸地綁在上面，準備烹殺他。劉邦聽到報告後，立刻趕往城上觀望。項羽派人大聲喊話：「漢王聽著，項王有令，如不盡快下來決一死戰，便烹殺你的父親劉太公。」劉邦見狀，心裡非常難過，不過他知道此事若不小心處理，可能會危及全軍的安全。雖然明知這是項羽的「陰謀」，可事關漢王的骨肉親情，張良和陳平等謀士也不敢提什麼建議，只有讓劉邦自己去決定了。劉邦見眾人都不說話，知道此事非同小可，現在只能靠自己了，誰也幫不了他。想到這裡，劉邦索性心一橫，扯起大嗓門在城牆上回答道：「我和你當年同時受命於楚懷王，並歃血為盟，結拜為兄弟，既是兄弟，我的父親不也就是你的父親嗎？如果你想烹殺自己的父親，也請分一杯羹給我喝吧，我倒真想嚐嚐是什麼味道呢！」

項羽見劉邦如此無賴，惱怒至極，立刻下令烹殺太公。這時候項伯也在跟前，他立刻勸阻項羽，說道：「天下事每人各有看法，殺害劉公對我們不見得有利，可能還會引發不必要的人身攻擊。爭奪天下的人，通常是無法顧及親人的，殺了他對我們也不會有什麼幫助，更何況殺人父母，可能會惹出意外的災禍！」項羽也覺得殺害無辜宿敵的長輩會破壞自身英雄形象，便接受了項伯的勸阻。項伯出面勸阻項羽，固然其中含有報答劉邦知遇之恩的因素，但也不能說他不是在為項羽著想，以楚人的習俗，殺害千萬敵人者為英雄，而謀害有地位又無力反抗的人則為懦夫。項羽之所以接受項伯的建議，大概也已經顧慮到了這些。

總之，劉邦以一副極其無賴的嘴臉說出那句「若烹你父，請分我一杯羹」後，項羽不得不中止了自己這個殘忍的行為，將劉太公又押回楚寨，令人嚴加看管住。劉邦的話，讓項羽陷入了尷尬。這需要智慧，也需要修養。與人展開爭論時，總是以採取冷靜態度為妙，這是你能取得勝利的保證。所以，一個人要想成功，就要學會耐得住攻擊並懂得有效的反駁。

其實，中國古代對此一計謀的運用，早已很普遍。宋朝時，交趾國向宋朝進貢一頭異獸，說是麒麟。大臣們認為誰也沒有見過麒麟，是真是假很難斷定。如果是真麒麟，這麒麟不是自己來的，並不是祥瑞；倘若是假麒麟當眞的留下了，必定被遠方的蠻夷所恥笑，希望朝廷厚賞來使，而把「麒麟」交還他帶回去。大臣們巧妙地抓住了「眞」與「假」的兩個面，一一給予否定，用智慧的思辯向朝廷說明無論交趾國的「貢麟」是眞是假，接受下來對朝廷都沒有好處，用「以其人之道還治其人之身」這個計謀，把「貢麟」交還給交趾國的來使。

我寧可鬥智，不願鬥力

越來越危急的糧秣問題，已經開始讓項羽叫苦連天。因此，與劉邦速戰速決，就成了解決這個問題的唯一辦法。爲了讓劉邦出陣和自己硬碰硬地決一死戰，項羽想了不少辦法，軟的、硬的，光明的與陰暗的，包括要烹殺他的父親，全試過了，但都因劉邦臉皮太厚，項羽總是拿他沒辦法。

項羽無奈，只好正面向劉邦發出挑戰。他派人到漢城向劉邦下戰書：「連續幾年來，天下一直動蕩不安且戰亂飢餓頻仍，原因都來自我們兩人的爭戰。因此我建議，我們兩人應依循楚人古代的尙武精神，單挑獨鬥以定勝負，不要讓天下無辜的黎民百姓爲我們遭受顚沛流離之苦！」

若眞的單挑獨鬥，面對面赤膊而戰，一百個劉邦也不是項羽的對手。對此，劉邦當然非常清楚，因此他絕不願中了項羽的「詭計」，只笑著請楚軍使者回去傳話：「我寧可鬥智，不願鬥力！」

與劉邦和項羽的對話簡直如出一轍的是，東漢末年，在討伐董卓之初，曹操和袁紹曾關於智謀問題有過一段精采的對話。袁紹問曹操：「如果討伐董卓不能成功，你打算到什麼地方去占地盤？」對袁紹的問話，曹操沒有直接回答，而是反問了一句：「你以爲我應該到哪兒呢？」

袁紹也沒有直接回答曹操的話，而是驕傲地說：「我南面據守黃河，北面依靠燕、代，再向南爭天下，這樣，大概就可能成功了！」聽了袁紹的這番話，曹操也毫不客氣地說：「我信任天下的智力，依情理而使用，讓人盡其材，就可以無往而不勝。」人盡其材，便可以無往而不勝！劉邦想要的，也是智，而不是力。

當然，項羽也不致眞的笨到相信劉邦會同意和他單挑獨鬥，他只想藉這個舉動來嘲諷劉邦的缺乏勇武精神而已。因此，項羽隨後又立刻派出敢死隊員，輕裝站到漢城前面向漢軍挑戰，並譏笑漢軍陣營是有其主必有其臣，都是一些酒囊飯袋、廢物、臭狗屎。

這一招，還眞的見了效，對漢軍的士氣影響甚大，將士們都爲此憤憤不平，摩拳擦掌地想出城決戰。爲了鼓舞士氣，劉邦特別派出一位來自樓煩的騎射手，三次以箭射殺楚營的敢死隊員。漢軍頓時爲之雀躍，楚軍頓時一片譁然。

樓煩屬塞外游牧民族，以擅長騎射而著稱，這位騎射手或許正是樓煩族的勇士。劉邦入關後，曾大量編組秦地戰士，大概也招募了樓煩族的兵團。項羽的攻心戰術，碰到了劉邦的硬釘子上。

項羽大怒，親自披甲持戟，站到漢城外向漢軍挑戰。樓煩勇士又急馳而出，欲射項羽。項羽哪裡把這個小卒放在眼裡，只見他怒目圓睜，一聲大吼，聲如巨雷，聞者無不失魂喪膽。樓煩勇士因而不敢瞄準項羽，雙手抖得連弓箭都拿不住了，只得火速退回城中，再也不敢出城挑戰。

剛才還在歡呼雀躍的漢軍，隨即變得鴉雀無聲，而楚軍陣營卻被項羽的蓋世氣概鼓噪起來，頓時一片叫好聲。劉邦見項羽隻身冒險來到陣前，竟一聲大吼便嚇退了他的神射手，也驚訝得半天說不出話來，暗暗慶幸自己沒有出去和項羽「鬥力」，如果是那樣可就慘透了，恐怕此時已經被這個「霸王」撕成了碎片。

中國古代戰爭中，雙方在對陣時，都會擂起戰鼓，聲音越高，士氣就越旺盛，士兵的鬥志也就越強。春秋時，魯國與齊國打仗，就先讓齊國擂鼓，開始時鼓聲驚天動地，齊軍士氣高昂。魯軍按兵不動，漸漸地，齊軍戰鼓聲越來越小，士氣也就漸漸地低落下去了。這時，魯軍猛擂戰鼓，一鼓作氣，將齊軍打敗。

在雙方對壘時，人的形體動作，也是增強信心的一種有力武器。俄國大作家屠格涅夫的散文名篇〈麻雀〉，描寫一隻老麻雀爲了救從樹上掉下來的小麻雀，衝到獵犬面前，展開全身的羽翅，惡狠狠地盯著想傷害它孩子的獵犬，最後竟把獵犬嚇傻了。

東漢末年，曹操準備攻打江東的孫權，便利用了威懾的力量，故意誇大水軍數量以此來恐嚇孫權，目的是讓孫權不戰而降。的確，當江東將領剛聽到曹操率領壯觀水陸大軍征討時，有不少人還眞被曹操的氣勢嚇住了，紛紛主張投降曹操，要不是孫權在周瑜勸諫下抗曹的態度堅決起來，說不定曹操的計謀就得逞了。

項羽射中了我的腳趾頭

雖然在糧食補給及戰略防守上，劉邦的漢軍占有絕對優勢，但楚軍是攻擊的一方，氣勢上比漢軍強得多。劉邦明白，若繼續讓項羽鬥勇逞強，漢軍的士氣便會隨之降低，而士氣對於軍隊來說，是相當重要的。

既然項羽敢親臨第一線，劉邦也不能太示弱，於是他決定也以牙還牙地到陣前去「活動活動」。這一次，劉邦表現得比項羽更勇敢，也更瀟灑，他居然跑到漢城外的高地，和全副武裝的項羽隔著廣武澗對峙著。劉邦大概曾作過估算，認為楚軍的弓箭絕對射不到他，所以他才這麼大膽，竟然一個人前赴廣武澗邊和項羽對峙。這樣一來，不僅漢軍對主帥的勇猛深感佩服，連楚軍也對劉邦的膽量大感驚訝。聽到漢營軍士的歡呼聲，一向愛熱鬧的劉邦膽子更大了。他慢慢地走到澗邊，背著雙手，向楚軍大聲喊話：「項羽聽著，像你這種殘忍無道的人，哪有資格和我單挑獨鬥呢？你有十大罪狀，我要代表天下人來控訴你！」

項羽聽了，氣得哇哇大叫。這下，劉邦更神氣了，他大聲喊話：「注意聽了——

第一、你違反楚懷王當初和我們的約定，把我貶到漢中，是你缺乏信用的罪狀。

第二、以自私的動機，謀殺卿子冠軍宋義，是以下犯上的罪狀。

第三、解除趙國邯鄲之圍，完成任務後卻不回報懷王，私自強迫諸侯軍隊攻入關中，這是蔑視君王、欺侮諸侯的罪狀。

第四、火燒秦國宮室，盜掘始皇墳塚，私自侵占公款，是不仁不義的罪狀。

第五、子嬰已經投降，卻又被你殺害，是你不顧禮法，違反天下公義的罪狀。

第六、以欺騙手段坑殺秦國子弟兵二十萬於新安，是你殘暴無信的罪狀。

第七、自己占有最好的領地，卻放逐各國故主，是你自私自利的罪狀。

第八、將義帝放逐到偏遠地區，又侵占韓王領地，私自占領梁、楚的精華區，是你違背公義的罪狀。

第九、派人暗中謀害義帝，更爲天理所不容。

第十、主宰天下爲政不公平，又不顧信用，爲天下人所不容，大逆無道，罪不可赦。

如今，我率領義兵，號召諸侯共同討伐你這個奸賊，像英布這種刑餘之人都痛心你的罪狀，公然征討你，你哪裡有資格向我挑戰呢？」

面對項羽的怒目而視，劉邦愈罵愈神氣。好像感覺自己能夠對抗項羽，的確很了不起，於是難免有點得意忘形了。再看到項羽氣得哇哇叫的樣子，劉邦不禁愈罵愈大聲，抑揚頓挫的聲音響徹整座山谷。項羽表面上似乎情緒反彈很大，其實他早囑咐好麾下的弓弩手，準備乘機偷襲劉邦。由於劉邦在一般弓箭射程之外，楚軍弓弩手決定採用弩來偷襲。

弩是一種必須由數名士兵同時操作的遠射武器，大多由銅製成，主體是個鑿於箭溝的臺座，長約六十公分。弓身前端有一個牙爲弦，弩手只要將弦用力後拉，置之於叫做「懸刀」的凸起物，然後將箭置於溝中，瞄準後再以懸刀的扳機作用引動箭身，箭便會立即飛出。這種弩射程較遠，而且箭頭上大多綁著石頭，用以打擊目標。此外，弩通常是藏在矮樹叢中發射，以讓對方在毫無準備下受到襲擊。由於廣武山屬樹叢很少的黃土高原區，劉邦壓根沒想到項羽會偷襲他，更由於距離遠，只用肉眼很難發現藏在矮樹叢中的弩。楚軍飛弩射至，劉邦應聲而倒。幸好距離夠遠，強弩之末只擊中劉邦的右胸，雖不致讓他命喪黃泉，但肋骨可能也斷了好幾根。起先劉邦眞是被嚇壞了，胸前重重的一擊使他昏了頭，他甚至不知發生了什麼事。但他很快地警覺過來，明白自己受了重傷，胸前痛入肺腑。這件事絕不能讓敵人察知，於是他使盡吃奶的力氣大叫：「項羽射中了我的腳趾頭。」

身後的護衛自然飛快將劉邦搶入城中。項羽則傻在當場，他看到劉邦倒下又站起，並大呼腳痛，心中不禁有點半信半疑。好不容易碰上這個千載難逢的機會，劉邦居然如此命大，讓他很難相信。項羽如此想著，悻悻地領著楚軍回寨了。處於緊急狀態中，能夠臨危不懼，閃現出智慧的火花，關鍵在於急中生智，方能轉危爲安，進而戰勝對方。智謀，是擺脫困境、化害爲利的契機。

漢朝的黃霸，受到夏侯勝事件的牽連入獄，不過他並沒有怨天尤人，反而以平靜的態度，在獄中請夏侯勝教授《書經》。南北朝時代，王景文正與客人下棋時，突然接到天子賜死的聖旨，但他並沒有慌張，只是等到那盤棋下完後，才從容自殺。從這幾個小例子，我們可以看出君子平時的修養到底是深是淺，到底是眞是假了。與此相反，那些自稱君子的人，在面對危難時常會表現出可笑的樣子來，成爲千古笑柄。

漢代揚雄因他人事件連坐受審，明明知道逃不掉，卻因一時驚慌，從閣樓上跳了下來，摔斷了腿。東晉的王坦之和謝安雖然同樣有名，但聽到桓溫叛變進攻京城的消息時，謝安鎭靜如常，王坦之卻嚇得連手笏拿反了都不知道。北魏大臣崔浩一向自比爲張良，精通歷史，有勇有謀，但後來犯了罪被送往刑場時，卻嚇得連屎都拉在了褲子裡。

那麼，面對無妄之災時，要採取哪些處理方式呢？韓愈給出了我們三個策略：

第一，把這個災難當作與自己無關，然後設法排除。這好比建築河堤防止河水暴漲一般，水來土擋，是一件很自然的事。

第二，接受這個災難，把它當作是命運的精心安排，消除心中的不滿、怨恨，這就好比河水流入大海，夏天冰雪融化的道理一樣，是老天早就安排好的。

第三，以平靜的心境，仔細品味這場災禍，將它以文字形式表現出來，這個原理就好比敲擊金石樂器以對抗蟬聲。總之，遇到災難時，一定要不慌不忙，否則效果將適得其反。

為穩軍心，劉邦帶傷巡營

漢王被項羽的弓弩手襲擊的消息，立即傳遍了整個漢城，漢軍議論紛紛，莫衷一是。最高統帥在全體將士面前受到襲擊，對士氣必會有嚴重打擊，甚至可以導致士氣全線崩潰。但劉邦的確痛得站不起身，軍醫自然很快就趕來醫治包裹，劉邦也火速召見張良共商對策。張良勸告劉邦強行起來，用木棒支撐著坐在馬上，到各營巡視一番，以事實證明自己「根本沒事」。

劉邦當然也知道這件事的重要性，於是不顧醫生反對而接受張良的建議，穿著沉重的盔甲坐在馬上，滿臉笑容，到漢城各營寨去走了一趟。

劉邦強忍著疼痛，面帶微笑地接受全體軍士的歡呼，然而他內心卻覺得自己這次可能活不下去了，因此只有盡全力而爲吧！楚軍密探果然很快將劉邦「根本沒事」的消息報告給了項羽，項羽也只好放棄乘勝攻打漢城的計畫。但劉邦傷勢實在太嚴重了，張良等人害怕走漏眞實消息，特意安排劉邦出外視察各戰線情況，然後就將劉邦急速送往成皋以接受較好的照顧和醫療，同時，去成皋也避免了讓別人看見劉邦的傷勢。這段期間，韓信正在攻打齊國，齊王向楚軍求救，項羽急著到處調遣兵馬，讓龍且率領大軍以救齊國，對劉邦在漢營的情形也就無暇顧及了。

在成皋恢復了身體後，爲鼓舞士氣，並消除關中盛傳劉邦傷重的傳言，劉邦決定返回關中一趟。爲避免楚軍起疑，劉邦在進入原塞王的首都櫟陽後，故意高掛著司馬欣的首級示眾，這或許是蕭何爲安撫關中軍民之心所作的特別安排吧！其實劉邦此時還是不得休息，廣武前線戰場仍處於緊張對峙狀態中，隨時會有情況發生。因此他在關中只待了四天，便又趕回漢城指揮部，以準備應付下一輪的對抗。

取得優勢，主動求和

楚漢在廣武對峙，打的是糧秣戰。糧秣供應充足的，便能贏得主動權，而糧秣供應不充足的，便要被動了。對於劉邦來說，他要把項羽的主力拖垮，而項羽主力垮掉，便意味著他將畢其功於一役，徹底地將項羽打敗。項羽將其全部資本押在和劉邦對峙，而劉邦的資本投入到廣武的，只是他所有資本中的一部分，甚至是最弱的那一部分。

此時，韓信在各處戰場，捷報頻傳，把天下諸侯和項羽的軍團打得落花流水。只待時機成熟，韓信便要乘勝而至，將項羽漸漸削弱的軍團一舉擊潰。

關於糧秣戰，《史記·項羽本紀》中就曾記載：「是時，漢兵盛食多，項王兵罷食絕。」種種跡象都表明，劉邦擊敗項羽乃指日可待。項羽表面上仍顯得很強，但事實上已相當虛弱，而劉邦表面上顯得很弱，事實上已相當強盛。在戰略部署上，劉邦四處開花、四處結果，為了讓這種果實結得更多，劉邦採取封官加爵的策略，封英布為淮南王，讓他一俟時機成熟，便切斷項羽的退路。另一方面，為了顯示天下歸心，劉邦陸續有一連串的大動作。他要求燕人派騎兵部隊加入漢營，向天下人正式表明劉邦已完全統有漢中、關中、趙、魏、代、齊、燕，並決心進攻淮南。

而項羽，此時只剩下了楚地。爲了示恩於天下人，劉邦還接受智囊的建議，令官吏將所有在這數年中戰死的己方軍士進行衣衾棺斂，並轉送給家屬以作祭祀。這使漢軍士氣大振，個個感激漢王仁政，無不全心效忠。

《資治通鑑》曾就此寫道：「四方歸心焉！」這表明，劉邦已取得絕對優勢了。韓信也在齊國集結軍力，準備攻擊楚國大本營彭城。眼見項羽軍將腹背受敵、危機四伏了。然而卻在這個節骨眼上，劉邦向項羽提出了和談的要求。

《史記》記載，劉邦先後派出了陸賈和侯生兩位說客，去游說項羽和談。陸賈是楚人，以能言善辯而出名。和一般楚人的矮小身材不同，陸賈高大雄偉、頗有威儀，加上他學問好、口才佳，因此常代表劉邦到各諸侯國爲外交使者。但陸賈在名義上是劉邦的客卿而非部屬，其立場較爲超然。他非常自信地接受劉邦的委派，帶著三寸不爛之舌前往楚營拯救劉太公和呂氏。雖然項羽因念及楚人的情誼而接見了他，臉上的表情卻相當冷淡。陸賈可一點也不氣餒，他自認博學多聞，當場鼓起如簧巧舌，滔滔不絕地雄辯著。

首先，他認同項羽先前曾提出的主張，認爲天下百姓苦於戰亂已久，是到了該結束紛爭的時候了。楚漢相爭其實也不一定非有勝負不可，劉邦原本也是楚人，早年兩人更曾共同並肩作戰，兄弟鬩牆實不需非致對方於死不可，所以彼此和談是可能，也是必然的。目前，兩人雖然平分秋色，但楚軍屬遠征部隊，糧食補給不易，堅持下去不見得有利。劉邦顧及父親和妻子安危，也願意談判了事。這對雙方都有利，對天下人亦有利。現在是需要認眞考慮和平的時候了。

陸賈的論點顯得相當誠懇，也相當有道理。楚國的重臣們大多都認同了陸賈的意見，唯獨項羽不以爲然。在理性上，項羽深刻瞭解自己的危機，但在潛意識中，他認爲自己絕不應輸給劉邦。他深信只要進行決戰，一定可以徹底擊潰劉邦。他瞪著陸賈，朗聲說：「你認爲漢王有資格和我平起平坐、共治天下了？」陸賈很想說「是」，但他看出項羽情緒上的不滿，便不敢明白表示了，只狼狽地想爲劉邦辯解：「漢王眞的有誠意！」

「你不用說了！」項羽壓抑住怒火，仍很有風度地說：「要結束戰爭不難！回去告訴漢王，他若眞爲天下蒼生著想，就與我徹底決一死戰，使天下歸於一統吧！」陸賈只好無功而返，悻悻地回到漢城，向劉邦交差去了。

陸賈的游說失敗，劉邦仍不死心。很快，他派出了另外一位賓客侯公，再度去和項羽談判。侯公出身不詳，是個瘦瘦的高個子。他年歲已大，平日又不修邊幅，看起來一點也不體面。劉邦一向最喜歡這種人，尤其他深知侯公智慧過人，是個泰山崩於眼前而面色不改的角色。和陸賈相同，侯公只是劉邦的賓客而非部屬。

侯公出發前，曾向劉邦建議，楚漢雙方不妨以鴻溝爲界；鴻溝是流經滎陽附近的運河，由滎陽東方引黃河之水注入淮河。侯公認爲和項羽談判時，策略要清楚而具體，一次便要成功，否則將來會有麻煩。以鴻溝爲界，以西歸劉邦、以東歸項羽，這種分界雖略顯粗糙，但在緊急情況下卻不愧爲好方法。

侯公到楚營後，根本沒有擺出一副來談判的架勢，只以私人身分表示是來看看項王的，並且笑嘻嘻地說：「我大概可能要在這兒待一陣子！」

這個請求，表示他並不急著談判也不急著趕路，只有在項羽想談時再說，絕不勉強。項羽對侯公的這種態度有些驚訝，便派人送來酒食，並打聽侯公的來意。但侯公對接待人員絕口不提公事，反而大講養生長壽之道，傳授些道家導引術的祕訣。這下子可讓項羽傻眼了。就當時情勢而言，項羽比劉邦更急於和談。終於，也許是按捺不住心中的好奇，項羽主動召見了侯公。

項羽問侯公：「漢王要你來，最主要的目的是什麼？」

侯公回答道：「漢王說的事，沒有什麼特別重要的！」

項羽見侯公心不在焉，不著邊際，便想把氣氛調節一下，又問：「聽說，你是道家信徒？」

談到修身養性，侯公興趣又來了，直把個項羽說得兩眼發直，禁不住又問道：「漢王要你來，最主要的目的是什麼？先生能否在此透露一二？」

侯公這才想起什麼似的，正色說：「漢王不是我的主人，我侯公是世間人的代言人。漢王的意見不重要，重要的是，您們兩位能不能達成共識！」

項羽對侯公的話，竟相當感興趣。於是，他說：「如果爲了天下蒼生而維持永久和平，我是可以和漢王坐下來，好好談一談的！」

侯公立刻擺出一副天下公證人的模樣，主張以鴻溝爲界。他並且表示兩軍僵持在此，便應以之爲和平緩衝線，這樣才算公平。項羽聽得頻頻點頭，顯然他完全同意侯公的建議。

項羽是楚國貴族，這種出身的人較好面子、講氣派，侯公深諳此中奧妙，所以他才絕口不提劉邦。他甚至在項羽面前公開承認：「我不是漢王的部屬，不必效忠於他。」

或許便是因爲這句話，讓項羽對侯公那副天下爲公的氣勢頗爲激賞，才會答應接受和談的條件。雙方很快地約定了撤軍的日期和方法。侯公也立刻回去向劉邦報告了在項羽陣營中發生的種種。

九月，項羽釋放劉太公和呂氏，派人將他們送回劉邦身邊。漢軍將士，大呼萬歲。對比一下前後兩位說客，我們可以發現，侯公的成功，是因爲他以高深莫測的姿態引起了項羽的好奇心，然後又引誘著項羽不知不覺地鑽入了他的圈套。

兵不厭詐，漢軍襲楚

和談成功後，劉邦見父親劉太公和妻子呂雉都安全歸來，便要下令讓隊伍西歸，張良、陳平卻說：「大王不想統一天下嗎？爲什麼要西歸呢？」劉邦說：「現在雙方已修訂和約，劃定界線，我還留在這裡做什麼呢？」張良、陳平異口同聲地說：「議和無非是爲了太公、呂后。現在他們回來了，正好和項羽再戰，連最後一點顧慮都沒有了。天意亡楚，現在項羽已兵疲食盡，眾叛親離，不趁此滅楚，豈不是放虎歸山，後患無窮嗎？」

於是，劉邦便聽從了張良和陳平的建議，將部隊假裝撤出停火線，等項羽一撤兵，他便率軍尾隨而至，準備突襲楚軍。楚軍太缺乏糧秣了，因此和談的條約一簽訂，項羽便立即下令大軍火速返回彭城，以補充糧秣。

從滎陽到彭城，其間必須經過彭越游擊隊出沒最頻繁的地方。以昌邑爲根據地的彭越，雖經項羽親自追剿過，但他那敵進我退、敵退我打的策略卻使其實力絲毫不損，並且已有效截斷項羽西征軍的補給體系。如果硬是闖過彭越出沒的梁地，雖然距離彭城較近，但勢必會遭到不少麻煩。這對飢餓的楚軍來說，極有可能會造成心理的恐慌，楚軍的軍事參謀人員因而不斷向項羽表示他們的憂慮。項羽接受了這些建議，於是決定先往南退入陳國，再行繞回彭城，這段路稍遠了些，卻安全許多。由此可見，項羽此時已完全喪失了往日的霸氣。飢餓成了楚軍最大的敵人，已將昔日所向無敵的楚軍徹底打垮了。

當楚軍到達陳城西北的固陵時，項羽接到了劉邦撕毀和談條約、正指揮大軍越過鴻溝前來追擊的情報。聽到這個消息，項羽怒不可遏，下令全軍在固陵部署，準備給予劉邦迎頭痛擊。

在後面追擊的劉邦，聽說楚軍停了下來，也不敢冒進，就在固陵北方的陽夏城附近紮下營寨。這些地方全屬無險可守的平原，雙方可能在此發生會戰。早在下令揮軍追擊楚軍的同時，劉邦便派特使分馳韓信及彭越陣營，要求兩人出兵共擊項羽。然而當他到達固陵戰場時，卻見不到韓信和彭越的軍隊。

雖然韓信和彭越沒有如約助戰，劉邦覺得自己也絕不能逃避，況且這一戰不論輸贏，都可以消耗楚軍的戰鬥力，對漢軍來說未嘗不是一件好事。

由彭城送來的少量援糧，正好讓飢餓的楚軍先飽餐一頓，以便和漢軍一戰。能和劉邦決戰，一直是項羽夢寐以求的願望。憤怒加上興奮，楚軍展現了驚人的攻擊力。項羽身先士卒，在前面衝鋒，漢軍前鋒很快崩潰。幸好周勃的軍團全力阻擋，劉邦的中軍主力才得以安全退入陽夏城內。劉邦下令守城，並深築防禦工事，然後就閉城不出。項羽雖率軍猛攻，但一時也奈何不了劉邦，眼見彭城運來的糧食又要消耗盡了。如果項羽能夠在這時候下令緊急退回彭城，不要管劉邦的態度，或許還有讓楚軍東山再起的機會。但項羽恨透了劉邦，發誓非親手割下劉邦的首級不可，因此不顧士兵的飢餓，仍下令猛攻陽夏。

調兵遣將，大封諸侯王

楚軍攻勢猛烈，幸有周勃軍團沉著應戰，這樣陽夏防線短期內才不致有太大危險。劉邦開始著急，於是便和張良商議：「我已通知了韓信和彭越，可他們顯然不打算來幫助我，怎麼辦呢？」

張良沉思片刻，建議劉邦：「此時楚軍已到了強弩之末，但漢王您卻從未表示如何和他們倆平分疆土，他們才會不願前來。漢王若能表明將和他們共分天下，相信他們很快便會率軍來援的。韓信被封爲齊王是他自己主動請求的，並非漢王的本意，所以連韓信自己都不認爲他的齊王的位置已相當穩定，想必心裡尚有很大的不安。彭越目前幾乎控制了梁地，但早年漢王以魏豹爲梁王，以彭越爲相國；如今魏豹已死，彭越希望成爲梁王，漢王您卻一直未正式任命他，所以他心裡難免不平。如今，宜將睢陽以北至穀城等梁國疆土全部封賜給彭越，將從陳以東到海之地及韓國原有疆土封給韓信。而且韓信是楚人，他也很想衣錦還鄉，君王若能和他們均分天下，並要求他們率領自己的軍團去攻擊項王，則楚軍很快便會被擊潰的。」聽了張良的提議，劉邦立刻派遣特使帶著封疆的地圖，大封諸侯王，然後火速請韓信及彭越出兵助陣。

韓非說，官爵可以使人富貴，「富貴至則衣食美」，而「人莫不欲富貴全壽」。吃好、穿好、身分高貴、長命百歲，是人的正常欲望。對地位和財富的追求，儒家也從不拒絕，孔子說：「富而可求也，雖執鞭之士，吾亦從之。」孔子這句話的意思是，若能求得財富，即使是手執皮鞭看守市場大門的低賤職位我也願意做。用加官進職和封王封侯來收買人心，不僅是劉邦的拿手好戲，後世的曹操也是一位頂尖高手。

建安十二年（西元二〇七年），曹操在大封功臣的〈封功臣令〉中說：「從我起義兵討伐叛亂，到現在已經有十九年了。每戰必勝，難道是我個人的功勞嗎？這是文武官員獻策出力的結果啊！天下還沒有完全平定，我還要和文武官員一起去平定；若獨自占有這些功勞，我怎能安心呢？現在要趕快給大家評定功勞，進行封賞。」

隨著權力的日益加大，人才漸多，曹操也更加不吝惜官爵。建安二十年九月，曹操獲得了「承制封拜諸侯守相」的大權，可以用獻帝的名義直接封侯、任命郡守國相。十月，曹操專門設置六等七十級爵位獎賞立功的將吏：名號侯十八級，關中侯十七級，皆金印紫綬；關外侯十六級，銅印龜紐墨綬；五大夫十五級，銅印環紐墨綬，皆不食租；原爲列侯的縣、鄉、亭三級；關內侯。這樣，幾乎所有從軍從政的人都有機會得到與其功績相應的爵位和食邑。

曹操授官封爵的活動是經常進行的，規模較大的就有四次：建安十二年「大封功臣二十餘人，皆爲列侯，其餘各以次受封」；建安十三年九月，「論荊州服從之功，侯者十五人」；建安二十年九月，封杜濩、朴胡爲列侯；建安二十年十一月，封張魯等人爲列侯。

曹操透過「賣官爵」這個策略，使「賢人不愛其謀，群士不遺其力」，效果十分顯著。他「失去」的是官位爵祿，得到的是政權、土地和人口，而政權的鞏固和統治區域的擴大，又可提供更多的官爵，吸引更多渴求富貴名利的賢才爲之效力，推動統一大業的完全實現。

腹背受敵，楚軍逃亡垓下

果然，受封後不久，韓信便親率大軍由臨淄南下。彭越也由昌邑出發，企圖從後面截斷項羽返回彭城的退路。同時，劉邦又派遣劉賈的特遣部隊渡過淮水攻擊壽春，並派人引誘楚國大司馬周殷以舒城的兵隊叛楚，重新擁立英布。英布於是以劉邦盟友的淮南王身分，重新統轄了九江地區，並和劉賈軍共同北上至城父，準備由南方夾擊截斷項羽的退路。項羽接獲各地不利的情報後，心中大為恐慌，便火速向東撤軍，於十二月左右進入垓下。由於彭城的後退之路已為彭越截斷，楚軍能退到垓下，而不在中途受襲擊，已屬不幸中之大幸。

垓下在今日的安徽省淮水北岸，有不少河川流經該地，形成了不少河溝及岩壁，十分有利於建構防禦工事。項羽這時不得不靠地利來防守了。一向擅長會戰的項羽，這次竟然主動放棄大會戰的機會，而採取了防守策略，看來項羽的確已走到窮途末路了。垓下雖有少許糧秣，但根本撐不了多久，與彭城間的交通又完全斷絕，因此項羽的主力部隊已成了被重重圍困、完全沒有外援的孤軍。由於糧食嚴重匱乏，周邊的楚軍逐漸潰敗，許多士卒因為難忍飢餓，便向漢軍投降了。

項羽已到了一觸即潰的邊緣。

四面楚歌，霸王別姬

西元前二〇二年十二月，漢軍主力和各諸侯部隊全部到達垓下。韓信親率齊軍三十萬，為先遣部隊，蓼侯孔熙在左、費侯陳賀在右，劉邦也率主力部隊緊隨其後，周勃和柴武將軍則追隨在劉邦之後。大軍旗幟招展，號角連天，浩浩蕩蕩，直奔垓下。

項羽親率主力部隊十萬兵馬，準備出城給漢軍一個迎頭痛擊。這場會戰，漢軍陣營由韓信親任總指揮。這是兩位當代軍事奇才，首度也是最後一次的面對面決戰。項羽仍展現他野獸般的勇猛，親率騎兵隊在前方衝刺。韓信則仍以智略見稱，他的戰場都是經過精心設計的，像演一齣戲一樣，將戰場部署得密不透風。剛接觸不久，韓信便下令撤退，他不願軍士在楚軍死戰下損傷太多。項羽仍採猛烈攻勢，以打擊漢軍士氣。但孔熙和陳賀軍隊由兩側絕斷楚軍退路，讓楚軍陷入前後夾擊之中。項羽剛剛反身迎戰左右兩軍，韓信主力卻又回頭再擊楚軍，項羽只得在腹背受敵的情況下疲於奔命。雙方混戰了半日，楚軍因飢餓而不耐久戰，加上敵眾我寡、死傷慘重，項羽只得再度退入垓下，閉城堅守。劉邦率諸侯大軍，將垓下團團圍住。經過一天苦戰，項羽身心俱疲，不及解下盔甲便倒在營帳中小憩，美人虞姬則在身旁照顧。一覺醒來，已是深夜，萬籟俱寂。遠處卻忽然傳來楚人的歌聲，漸漸地四方都回應了起來。

垓下城中的楚軍，都跑到外面來聽這熟悉的歌聲。這不正是楚地的歌謠嗎？楚軍紛紛勾起了懷鄉情結，想到自己或許即將孤獨地客死他鄉，更念及家中的父母妻兒，不禁悲從中來，掩面而泣。驚醒後的項羽睡意全消，立刻起身喃喃自語道：「難道漢軍已經完全占領楚國了嗎？爲何漢營中會有這麼多楚人呢？」嘆息中，項羽堅強的意志慢慢地消沉了。這便是歷史上著名的「四面楚歌」！

在四面楚歌聲中，不少楚軍因爲陷入深深的思鄉之情中，疏於防患，被劉邦的士卒擒獲。更有許多人，覺得大勢已去，不如投入漢王陣營，早日結束這場無奈的戰爭，早日見到爹娘和妻兒，就主動投降了劉邦。這些，顯然都是劉邦的「陰謀」。劉邦讓漢營軍隊和諸侯部隊練唱楚歌，利用大合唱的聲勢，徹底打擊垓下守軍的士氣。這一招，非常成功，連主帥項羽都已被這如泣如訴的楚地歌謠感染得思鄉心起，漸漸地喪失了爭鬥的意志。

但項羽畢竟是位蓋世英雄，末日將至，就是死也要死得像個英雄。於是，項羽起身穿上全副武裝，下令在營帳內設酒宴，並讓人將他的坐騎烏騅馬也牽到帳營前，然後又鄭重其事地將自己心愛的女人虞姬也請了出來，讓她陪自己飲下這最後一杯酒。這是最後的酒宴。酒宴一結束，由軍中精選出的八百敢死騎兵隊，就要隨項羽冒死突圍。項羽囑咐部屬，他突圍而出後將展開壯烈的生死決戰，其後垓下的楚軍便可向漢軍投降，以免不必要的死傷。項羽相信，劉邦和韓信都是楚人，應不致給楚人太大的難堪。說罷，項羽起身，拿起鼓棰，擊起鼓來，邊擊邊慷慨放歌：

力拔山兮氣蓋世
時不利兮騅不逝
騅不逝兮可奈何
虞兮虞兮奈若何

項羽放歌方畢，虞姬也起身相和。據《楚漢春秋》記載，虞姬的對歌如下：

漢兵已略地

四方楚歌聲
大王意氣盡
賤妾何聊生

《史記》和《資治通鑑》等史籍都沒有記載虞姬的下落，但依此歌詞之意來看，虞姬其實已清楚表示，自己將要殉身以明志。《史記．項羽本紀》中記載：

「歌數闋，美人和之，項王泣數行下，左右皆泣，莫能仰視。」

這一場最後的酒宴，就在悲歌與淚水中落幕了。

項羽兵敗，烏江自刎

項羽率領著由八百人組成的騎兵敢死隊，在夜色掩護下由小道突圍而出，然後如烈火般突襲漢營守衛，全隊向南奔馳而去。天將明時，漢軍的巡邏隊發現項羽已突圍，立刻向劉邦報告，劉邦命灌嬰率五千騎兵從後面追擊。

因夜裡看不清路，項羽的不少騎兵敢死隊員在途中走失或跌落深谷，到天亮時能跟得上的只剩百餘騎而已。項羽下令剩下的騎兵在陰陵做一次集結，由於這個地方屬沼澤地帶，若對道路不熟，將很容易陷入絕境。在前引導的斥候於是向農夫問路，農夫見是楚軍，大概他曾經吃過楚軍的苦頭，竟將一條絕路指引給了楚軍，使得全軍陷入沼澤中。隨後漢軍的前鋒部隊追及，楚軍死戰以保護項羽，項羽得以突圍到達東城。

這個地方是平原，是決戰的好地方，不過楚軍此時只剩下了二十八騎，而後面即將追到的灌嬰騎兵部隊，卻至少有數千騎。敵眾我寡，懸殊太大境況下，項羽仍決定在此進行最後奮戰。他慷慨激昂地對最後這二十八名騎兵說：「我項羽自跟隨叔父起兵抗秦，至今已經有八年了，親身參與及指揮的戰事多達七十餘次，幾乎每戰必勝，沒有不被我擊潰的敵人，因而能夠稱霸於天下。然而今天卻逢此困境，這是上天有意滅亡我，而不是我的作戰能力有何過錯啊！現在我準備展開最後奮戰，爲你們殺開一條血路。我設定三個目標：潰圍、斬將、刈旗，讓諸君來爲我評估，到底是我的天運不足，還是我的能力不夠！」隨即，項羽將剩餘的楚軍二十八騎分置在四個方向，漢軍也由四面將項羽和楚軍重重包圍著。項羽遙指一漢軍將領，對部下說：「我將親手斬殺那位將領，各位可以看看我是否做得到！」

他下令楚軍由四面衝刺，並到前面再做集結。然後，項羽大聲喝斥，領先衝向他指定的那名漢將。擋在中間的漢軍在項羽衝殺下都紛紛散開，項羽便火速馳到該名漢將前面，舉刀將他斬殺於馬下。這時候，漢軍的前軍指揮爲郎中騎楊喜，他親自向前欲向項羽挑戰，項羽怒目大聲喝斥，楊喜因坐騎遭到驚嚇而無法坐穩，竟倒退數里之遠。

項羽和餘騎分成三處會合，漢軍因無法判斷項羽在哪個地方，只好分兵三處包圍。項羽見漢軍分散，便返身再度衝殺，當場又斬殺一位漢軍都尉，漢軍士卒也死傷數百人。項羽集合剩餘楚軍，發現只折損兩人而已，於是便對剩下的二十六騎楚兵說：「你們評估一下我們這次的戰果如何呢？」剩下的楚軍，全都感動地說：「眞是如同大王先前所說的啊！」項羽率剩餘楚軍再往南撤退到烏江，如能順利過河，便可回到他的故鄉會稽。烏江北岸的烏江浦設有楚國的亭長，這位亭長一向欽佩項羽的武勇，早已備好渡河船隻欲送項羽返回江東，亭上人員也將死戰以確保項羽安全。烏江亭長眞誠地對項羽說：「大王請快上船吧！這是此地僅有的船隻，追兵想要渡河必須要花費一番工夫和時間，大王的安全將沒有問題！」

項羽卻只是搖頭。烏江亭長見項王遲疑不定，又說：「江東雖小，但地方尚有千里，民眾也有近百萬，仍可擁地爲一方諸侯王，何況我們也還有東山再起的機會啊！」項羽想到自己率八千江東子弟兵征戰數載，最後卻落得如此下場，如今他即使渡過江去，怕也難以逃過漢軍的追緝，反而只會把戰火延伸到故鄉，徒增屈辱和悲劇罷了。感嘆之餘，項羽對烏江亭長說：「我的天運已盡，即使暫時渡河逃難也沒有什麼用的。況且當年我項籍率領江東子弟八千人渡過烏江，西向爭霸天下，如今盡無一人生還。縱使江東父老憐惜我，再度擁我爲諸侯王，我又有什麼顏面接受他們的愛戴呢？就算他們都不出言批評，我項籍難道就能不感到慚愧嗎？」

烏江亭長聽了這些話，不禁悲從中來，不由得放聲大哭。楚軍也無不感嘆而泣。此時項羽已恢復了平靜，他囑咐亭長道：「我深知您的確是位可敬的長者。這匹馬我已騎了五年，曾經日行千里、所向無敵，是匹少見的名駒，我不忍牠死在漢軍的刀下，現在就贈送給您，希望您好好地對待牠。」說完，項羽下令剩餘楚軍全部下馬，徒步繼續和漢軍對抗，他一個人竟在片刻之間砍殺漢軍數百人。此時，跟隨的楚國敢死隊已傷亡殆盡，項羽也身受數處創傷，筋疲力盡之下已無法再戰。

項羽看到漢軍的騎兵司馬呂馬童也在包圍他的陣列中，便大聲喊道：「我們曾經見過一面，你還認識我吧！」呂馬童於是對旁邊的漢將王翳說：「這個人便是項王！」項羽微笑著說：「我聽說漢王懸賞萬金，想得到我的首級，這個功勞就記在你的頭上吧！」由於無人敢再接近項羽，項羽大聲朗笑後，便舉劍自刎而死。王翳領先衝上去，割下項羽首級。圍在旁邊的漢營將領也爭先恐後地前來爭奪項羽屍體，竟發生了嚴重衝突，最後甚至舉刀相向，互砍而死者達數十人。最後由郎中騎楊喜、騎兵司馬呂馬童、郎中呂勝、楊武各得身體的一部分，加上王翳所割下的首級，項羽已被分屍數塊。戰後，劉邦封呂馬童爲中水侯，封王翳爲杜衍侯，封楊喜爲赤泉侯，封楊武爲吳防侯，封呂勝爲涅陽侯。這五個人都是得項王屍體大塊的，因而得此大獎，另外一些人得到的只是零星小塊，也被一一封賞。

一代軍事奇才、天下霸主竟落了個如此下場，可嘆可悲！爲期四年的楚漢爭霸，至此落下了帷幕。這是西元前二〇二年發生的事。項羽死時，年僅三十一歲。

項羽和叔父項梁剛擁立楚懷王時，曾被楚懷王封爲魯公，這也是他的第一個封地，第一個正式官職。項羽去世後，楚國各部落都紛紛向劉邦投降，只有魯地拒絕接受招撫，因此漢營將領們均主張引天下諸侯軍隊將魯地夷爲平地。劉邦對此卻表示反對，他認爲天下已平定，像魯地這種爲主死節、遵守禮儀的情操是最值得推崇的，因此特別派遣特使持項羽首級，依禮節到魯地舉行祭祀，並進行招撫行動。

魯地民眾見劉邦如此曉之以理，便打開城門，向劉邦投降。劉邦下令以魯公之禮，厚葬項羽於穀城，並親自前往弔祭。他感嘆著兩人由同志而成宿敵，爲爭霸天下而至決生死，但項羽仍是他心中最尊重的敵人。感嘆至此，劉邦不禁悲從中來，飲泣不已。項氏家族全數被劉邦赦免，並保留原來地位。張良的故交、曾在鴻門宴上保護過劉邦的項伯，被封爲射陽侯，其餘重要長老則分別封爲桃侯、平皋侯、玄武侯，並賜劉姓，以表王室恩寵。

誠如項羽生前所言，劉邦是楚人，所以不會給楚國長老太大的難堪。司馬遷以項羽重瞳子又長得高大，因而懷疑他是舜帝後裔。舜屬鳥圖騰族，在今山東一帶活動。項羽傳說是楚名將項燕嫡長孫，項燕雖是楚人，但長年經營楚國東北與齊國之邊界地區，若項燕長子娶齊國貴族之女，依當時國際婚姻制度是相當有可能的。項羽的身材高大雄壯，不同於矮小的楚人，或許是承襲自母方的血統。項羽是天生的戰爭機器，作戰效率堪稱空前絕後，但他絕不是位優秀的謀略家，所以他最後的慘敗，其實也是可以預料得到的，甚至是必然的。

我們倒不是堅持以成敗論英雄，不過成敗絕非偶然，必有其道理和原因的。項羽誠然是英雄人物，其言行舉止令人追思，他最後的悲劇結局也頗能令人感嘆。但他所犯的錯誤實在太多了，他的失敗非僅武運不濟、天運不足所能自圓其說。

項羽最後留給後世的那句「天亡我也，非戰之罪」，其實是一種自欺欺人的說法。對此，司馬遷在《史記・項羽本紀》中曾予以評論：「欲以力征經營天下，五年卒亡其國，身死東城，尚不覺寤而不自責，過矣！乃引『天亡我，非用兵之罪也』，豈不謬哉！」司馬遷所言，極是。

【第七章】

治大國若烹小鮮

劉邦治國之方

陸賈的《新經》，使劉邦茅塞頓開。劉邦終於明白，就制度而言，必須「漢承秦制」，就思想而言，則必須堅決的改弦易轍。劉邦這一治國思想，奠定了百餘年的「文景之治」及隨後更加輝煌的「漢武盛世」。

治理國家比統一國家更難，劉邦以黃老之術使「治大國若烹小鮮」，讓大漢帝國享有四百年多年的福祿，其中對中華民族做出的承上啟下之貢獻，是歷代帝王都無法比擬的。

巧奪兵權，穩固根基

霸王項羽烏江自刎後，天下復歸一統。西元前二〇二年春正月，劉邦爲了遵守平分天下的承諾，正式晉封韓信爲楚王，統轄淮北地區，建都於下邳城。同時晉封原魏國相國、大盜出身的彭越爲梁王，統轄魏國故地，建都於定陶。隨後，劉邦下令大赦天下。

這時，劉邦已正式成爲全國的軍政領袖。但除了韓信、彭越、張耳、英布等大軍團領袖外，劉邦並未立即進行分封天下的工作，以免落入當年項羽「爲天下宰，不平」的同樣情形。各諸侯和功臣因名分未定，緊張異常，而劉邦以天下局勢未穩，一切還須從長計議等爲由，拒絕再行分封諸侯。爲了讓政權迅速穩定下來，眾諸侯及各軍團將領聯名共請劉邦晉位爲皇帝。劉邦卻再三推讓：「我聽說皇帝之位應由天下最賢能之人擁有，否則只是空言虛語，得不到大家誠心支持，根本無法建立穩定的政權，反有害天下和平，所以我實在不敢負擔這個責任。」

群臣則稱頌道：「大王出身於民間，起義抗暴秦，平定四海，還有誰能比您更賢能？而且天下有功的人都蒙您裂地封王，不正表示您是王中之王嗎？如果大王不尊帝號，如何讓天下百姓有安穩的信心？爲了天下和平，我們願意誓死追隨您、支持您。」

劉邦乃依古禮，客氣地表示謙讓，眾大臣則執意支持。當然這只是表示劉邦德行的樣板戲而已，他心中其實早就巴不得趕快登上皇帝大位。戲演完了，劉邦顯得有些不好意思地對群臣說：「諸君若認爲一定要如此，爲天下百姓的利益，我也只好勉爲其難了。」二月，劉邦在濟陰縣的汜水北岸設壇，正式「不好意思」地登上了皇帝的寶座。王后呂氏改稱皇后，太子改稱皇太子，並追尊已去世的母親爲昭靈夫人。

除楚王韓信、梁王彭越、淮南王英布、趙王張耳外，正式晉封韓王信爲韓王，都陽翟；衡山王吳芮遷徙爲長沙王，都臨湘；並正式承認中立的燕王臧荼的諸侯地位，粵王無諸也改稱閩粵王，統轄閩中地。劉邦正式遷都雒陽（洛陽故城），並將被虜的臨江王共尉斬首。臨江王共敖死後，由其子共尉繼任。共尉不向劉邦投降，劉邦便派盧綰和劉賈率軍攻擊，共尉兵敗被俘。項羽當年所分封的諸侯，除燕王臧荼一向保持中立外，其餘的不是滅亡便是向劉邦投降了，只有這個共尉屬頑固派，誓死都不願降劉邦，所以劉邦一進雒陽，便將其斬首示眾。五月，劉邦以恢復民生爲由，下令各諸侯及軍團進行大裁軍，讓裁減下來的大批漢軍回到原籍，參加農業生產建設。

做完這一切之後，劉邦便開始謀劃再次削奪韓信的兵權了。第一次削奪韓信兵權，是在垓下大戰剛結束不久。垓下大戰時，劉邦的主戰軍團，是韓信的三十萬齊國部隊。項羽滅亡後，最讓劉邦擔心的，就是韓信的這股力量。幸好，韓信軍團中的兩大團隊——騎兵團司令灌嬰、步兵團司令曹參，都是劉邦嫡系班底。特別是灌嬰的騎兵團，在垓下之役中功勞最大。獲得項羽屍首的五大將領，均屬灌嬰軍團。戰爭結束後，劉邦下令各諸侯先返回自己封地，等候進一步評定功勞和分封事宜，因此大家都在極愉快的氣氛下，班師凱旋回到封國。張良建議劉邦以禁衛隊伺機奪取韓信三十萬部隊的兵權，以免日後增生禍患。反正在灌嬰、曹參的協助下，只要劉邦親臨軍團中，要制住韓信並不困難。劉邦得知韓信總部在返回齊地前，準備先到齊國西南巡視，並暫駐營於定陶城中。於是劉邦率禁衛軍直奔定陶，假借勞軍而直入韓信大本營，奪其三十萬大軍令旗。由於灌嬰、曹參均支持劉邦，韓信也不敢抗議，只保留直屬兵團指揮權，其餘的全很坦然地交付劉邦。劉邦承諾以韓信爲楚王，齊地則將另有分派。楚地本來便遠大於齊，韓信又是楚人，所以韓信也很樂意地接受了。

由於劉邦宣稱，這次行動只在確立劉邦在聯盟陣營中的領導地位，並不傷害韓信權益，反而給韓信幅員更闊的楚地，所以並未引起諸侯們的恐慌。他們大多認爲劉邦的奪權行爲是善意的，而且也的確有其必要。

不久，又來了一個機會。劉邦又藉此機會，將韓信從楚王貶成了淮陰侯。原來，項羽左右大將之一的龍且，死於濰水之戰，但另一位大將鍾離昧在垓下之圍後便失去行蹤。鍾離昧曾數敗劉邦軍隊，劉邦對他痛恨不已。鍾離昧和韓信卻英雄惺惺相惜，尤其韓信對鍾離昧的智謀和勇略頗爲欣賞，因此在劉邦的追緝下，鍾離昧暗中依附韓信。沒多久，劉邦知道這個消息，他下令逮捕鍾離昧，解送至京城審判，但韓信卻置之不從。

十月，負責追緝鍾離昧的官員正式向朝廷提呈，韓信庇護朝廷重犯，有造反的意圖。劉邦召開陣前會議，詢問軍團將領們的意見。將領們均主張採取強硬態度，以大軍壓境，擒捕韓信和鍾離昧，劉邦卻低頭不語。陳平在旁邊說：「對韓信的控訴，韓信是否知道？」劉邦：「還不知道！」陳平：「陛下的軍隊，在作戰力方面和韓信的軍隊相比如何？」劉邦：「不如韓信。」陳平：「在座諸將領在指揮作戰的才氣上，和韓信比較，如何呢？」劉邦：「不如韓信。」陳平：「陛下的軍隊作戰力不如韓信，陛下的將軍指揮能力更不及韓信，在這種條件下卻出兵打仗，我很替陛下擔心啊！」劉邦：「那麼該怎麼辦呢？」陳平回說：「自古以來天子常有巡狩、會諸侯的禮儀，以顯示關心地方民情。如今陛下可假裝將赴雲夢地區巡狩，並會諸侯於陳、楚之西界。韓信接到天子巡狩會諸侯的消息，會依禮儀以非武裝的姿態前來會盟，只要韓信沒有決戰的準備，陛下便可輕易地將他擒獲，這只要一個力士便可以做到了。」

劉邦很贊同陳平的計謀，便下令通知附近諸侯，將到雲夢地區巡狩，並會諸侯於陳地。接著劉邦便率禁衛軍團出發。隨行的將領也都率其軍團跟隨出巡。韓信聞訊，半驚半疑，調查鍾離眛事尚未有結果，劉邦卻率諸侯巡狩，並要自己會盟於陳地，到底其中有何陰謀？如果在這時舉兵反叛，勢必遭到圍剿，雖然勝敗尚未可知，但這一直不是韓信的本意，因而感到遲疑不定。有賓客向韓信建議：「只要殺死鍾離眛向皇上表示忠順，皇上心喜便不會有禍患了。」韓信覺得有道理，只得和鍾離眛商量。鍾離眛雖不認爲如此便能解決韓信的危難，但也不忍牽連韓信及楚國軍民，只得自殺身亡。

十二月，劉邦會諸侯於陳地，韓信持鍾離眛首級前往謁見。豈料劉邦仍下令武士逮捕韓信。韓信自認無罪，向劉邦抗議。劉邦將調查官員的控訴書，宣示給韓信和眾諸侯。韓信不禁當場嘆息道：「果然如同別人一再向我警告的：『狡兔死，走狗烹；高鳥盡，良弓藏；敵國破，謀臣亡。』天下已完全平定，我這個替皇上打天下的功臣必將遭烹殺啊！」劉邦便下令以械繫住韓信，載於軍隊後，返回洛陽。

回長安後，主管諸侯和朝廷關係事務的官員田肯向劉邦建言道：「陛下制伏了最具威脅的楚王韓信，如今又在關中建立京城穩定漢王朝的威權。關中一向有形勝之國的美譽，險河峻山，易守難攻，居高臨下，掌握東邊的中原地區各諸侯，對政權的穩固非常有幫助。但在東方靠海地方的齊地，自從韓信調離後，一直未有完善的安排。齊地東有琅琊和即墨等富饒的地方，南有泰山爲屏障，西有黃河孟津的險要，北則有渤海的水產和貿易之利；地方有二千里之廣，能集結的兵力高達百萬以上，和關中遙遙相對，以前便有東、西帝之稱。像這樣的地方，晉封給任何一位諸侯，都會對皇權構成重大威脅，因此臣建議除非親子弟，切莫晉封爲齊王，以穩定大漢王權的發展。」

劉邦深表同意，特賜金五百斤，作爲田肯爲國事提出有創見議論的獎賞。由於長安的宮殿均在建設中，重要的朝議仍在洛陽舉行。械繫韓信後，劉邦非常注意楚地韓信軍團的態度，將韓信留於身旁多少便有人質的作用。劉邦堂兄劉賈這幾年在楚地駐營上頗有功績，劉邦便派劉賈暫駐楚地，代理韓信，韓信本人則必須先到朝廷接受調查。到達洛陽後，劉邦立刻赦免韓信罪名，但也正式削除他楚王之位，改封淮陰侯。這顯示劉邦本身不怎相信韓信有造反之虞，爲著只是削除韓信兵權，以化解他對朝廷的長期威脅而已。韓信深感劉邦對自己能力的憂懼，也稱病不上朝，心裡卻憤恨不平，更公開表示不願與周勃、灌嬰等將領同列。將領中有人同情韓信，有人則公然排斥，韓信消極抵抗的態度，也使大漢皇朝軍中高級將領中呈現一股緊張對峙的局面。和劉邦有生死之交的猛將樊噲，便十分同情韓信，樊噲出身雖低，但娶呂后之妹爲妻，和劉邦關係密切。樊噲個性開朗，一向勇悍又重義氣，他對韓信的軍事才華一向推崇，對劉邦左右親近大臣的排擠韓信憤恨不平，因此在這段期間，常刻意表明對韓信的親近和友誼。

有次韓信到樊噲府上拜訪，樊噲親自跪拜送迎，完全依諸侯王禮節相對，並以臣自稱，韓信深爲感動，對外公開說：「我這一輩子願與樊噲等人爲同志，也不願爭名奪權於高級將領間。」劉邦也深知韓信心中的不平，但爲國家百年安穩，犧牲韓信也是萬不得已之事。因此他常在別宮召見韓信，想以私下交誼來撫慰韓信內心的不滿。劉邦二次貶韓信，都取得了成功。這樣一來，他的心裡就踏實多了，因爲劉邦再清楚不過，現在天下除了韓信，剩下的那些將領，已無人可以眞正對他構成致命威脅了。劉邦以僞遊雲夢，成功地將韓信擒住，是運用了調虎離山之計。

在《三十六計》中，調虎離山之計被列爲第十五計，其解語是：「待天以困之，用人以誘之。往蹇來返。」意思是，等時機對敵人不利時，再去圍困他；用人爲的假象去誘騙他；我方主動進攻有危險，就想辦法調動敵人主動攻我。此計的要害在一個「調」字上，想要使「虎」離「山」，關鍵是要善於巧妙地製造各種假象，或誘之，或脅之，以造成「虎」的錯覺，然後因勢利導，將其引下「山」來，讓他掉到預先設計好的圈套或陷阱中。

俗話說：「虎落平川遭犬欺。」老虎所以能夠出沒無常，威風八面，是由於牠有深山險谷爲依託，有密林荒草作掩護。一旦脫離了這種環境，其本事就要大打折扣，弄得不好，家犬、野狼亦可不把牠放在眼裡。其實，人也一樣，軍隊也一樣。一個人若是有了良好的環境，如自己多年經營的地盤或控制的部門等，別人的確拿他沒辦法。而一支軍隊若是有了良好的陣地，如牆高壕深的城池或險要難攻的要塞，的確是很難對付的。這時，唯一的辦法就是調虎離山，即引誘、調動其脫離原來的環境和陣地，然後再設法加以翦除。

上述故事中的韓信，胸有良謀，極善用兵，當時朝中諸將沒有能超過他的，的確好比是一隻猛虎。而韓信的封地楚國，地廣人眾，兵精糧足，又好像是一座大山。讓這兩者結合在一起，其能量是無法估量的。所以，難怪劉邦在諸將聲稱要舉兵擒拿韓信的時候默不作聲。然而，這隻「猛虎」一旦離「山」，就變得無能爲力了，一、二個武士即可輕而易舉地將其制伏。由此可見陳平的調虎離山之計，的確是妙不可言。

上述故事中，田肯進賀劉邦的那一番話，聽來沒什麼，實則意味深長。田肯進賀畢，群臣在一邊聽著，都以爲劉邦將很快下令封自己的子弟爲齊王。不料，封王的詔書未下，赦免韓信的諭旨卻先傳了出來。大家這時才明白，田肯所說的眞意並不是只請劉邦分封子弟，這裡面還寓有爲韓信脫罪的意思。原來，韓信功勞雖多，卻以還定三秦和平齊最爲卓著。這一點，田肯不便明說，只好先將韓信提出，再把秦、齊形勝略說一遍，叫劉邦自己去細細品味。劉邦是個聰明絕頂的人，自然隨口稱善，想那韓信畢竟功多過少，反形未露，如果把他下獄論刑，定會引起眾議，故決意予以赦免，只是將其降爲淮陰侯作罷。

這個故事，在《史記》、《漢書》、《資治通鑑》中均有記載。據《史記・高祖本紀》載，劉邦在捕獲韓信的當天，即「大赦天下」。田肯因而稱賀。從有關記載的字裡行間可以看出，韓信所以能很快即獲得赦免，似乎確與田肯進賀有關。田肯進賀，首先將韓信明確點出，然而卻又不說是「陛下擒韓信」，偏說是「陛下得韓信」，實屬一語雙關，目的是在提醒劉邦，漢之得天下，就在於得到像韓信這般傑出人才的輔佐。其次，田肯在點出韓信之後，又著實把關中和齊地形勝稱讚了一番，這又似乎是在提醒劉邦，漢之江山，實際上主要是由韓信打下來的。這是因爲，韓信替劉邦爭奪天下，基本上是起於還定三秦而終於攻占齊地。且不說這期間還包括有破魏、滅代、亡趙和下燕，單是還定三秦和攻占齊地這兩樁功勞，就已經是遠遠超出眾人之上了。

田肯之所以能打動劉邦，促使其及時赦免了韓信，關鍵在於他巧妙地運用了辯謀中的暗示法。人們所以有時要以這種方法表達自己的意見，原因可能主要有兩種：一是直接說出來恐怕聽話人難以接受；二是自己的意見不便於讓在場第三者知道。例如，在上述故事中，韓信是剛剛被以謀反罪名加以逮捕的，而謀反是不能赦免的大逆不道之罪，此時田肯若是直接爲韓信申辯，請求劉邦將他赦免，就等於是在否定韓信有罪而指責劉邦製造冤假錯案。如此，則劉邦勢將無法接受，不僅救不了韓信，且有可能把自己也牽連進去。所以，在這種情況下，他只能來一點微言大義，透過旁敲側擊和襯托、影射來進諫了。

田肯所以再三稱讚齊地形勝，可能還有更深一層的意思，即韓信攻下齊地後，曾經受封於齊王。其時，他地廣人眾，兵精糧足，「爲漢則漢勝，與楚則楚勝」，武涉、蒯徹都曾先後勸他背漢自立，三分天下。然而，他都一一拒絕了。這似乎是在提醒劉邦，韓信不反於據齊稱王之時，豈能反於天下既定之後？以謀反罪逮捕韓信，不僅證據不足，而且也難以服天下人之心。

非劉氏而王者天下共擊之

劉邦當了皇帝後，一次在洛陽的南宮設酒宴款待功臣時，突然向功臣們提出了這樣一個問題：「眾愛卿，相信你們都不會故意隱瞞我，我也很想聽聽大家心裡的眞實想法。我想請大家來討論一下，今天我能夠贏得天下，而項羽卻失掉天下的主要原因在哪裡呢？」

劉邦的話音剛落，王陵便立即說：「坦白地講，陛下在部屬的面前一向比較隨便，讓人有不被尊重的感覺，相反地，項羽較講禮節，對部屬也常刻意表現他的愛護。以這點來講，陛下本來是較不利的。」劉邦聽了，點了點頭，表示他能接受王陵的看法。

王陵繼續說道：「但是陛下賞罰分明而乾脆，沒有自私心，這卻是項羽所無法做到的。」

「哦，這又怎麼講？」劉邦問。

「陛下派出部屬攻城掠地時，所得的戰果皆歸屬於有功者，此顯示陛下大公無私，與天下同利。

項羽卻妒賢嫉能，害怕別人的功勞大，所以表現傑出的人反常遭疑忌。戰勝的人，不給功勞，獲得土地者，全歸項羽自己管理，有功不賞，此其所以無法得到別人支持，而喪失天下的主要原因啊！」

劉邦聽了，卻搖了搖頭說：「你講的只算對了一部分，還有更重要的原因，你卻疏忽了。以運籌於帷帳之中，決勝於千里之外，我並不如張子房（張良）。掌握國家資源，安撫百姓，供應餉饋，作戰時不讓我們缺乏糧食方面的能力，我不如蕭何。集結百萬雄師，戰必勝，攻必克，指揮戰爭的能力，我也不如韓信。這三個人都是世間少見的奇才，我雖不如他們，卻能夠用他們為我效勞，這便是我所以取天下的地方。項羽只有一位范增，卻不能用，所以才會被我擊敗的！」劉邦這種講法，自然也頗能得到在座將領及諸侯的認同。

興漢三傑固然重要，誠如王陵所言，劉邦經常以「與人共分天下」的策略來爭取支持，的確是楚漢相爭之中劉邦奪勝最主要的關鍵因素。彭城戰役失敗後，劉邦起死回生的關鍵，便在爭取彭越和英布的偏向漢營，這雖是張良出的點子，但實際的棋子仍是彭越和英布這兩位大盜諸侯的起義來歸。既是盜賊出身，自然較不在乎人情、道義，最關鍵的是利害，而劉邦當時承諾他倆的便是「共分天下」的概念。

以策略的殺傷力而言，陳平的計謀更甚於張良。張良倒眞的多少為理念而賣命，陳平的野心則傾向自我的實際利益。因此劉邦的分享概念，也為他得到不少能夠發揮力量的才幹。王陵是講中了要點，但劉邦卻硬不承認，最主要是時局變了，天下太平了，皇權也統一了，這個時候自然不能再來談與人共有天下、分享政權了。

就算過去不得已答應的，也要想辦法收回，因此必須說出一個光明正大的理由來。張良、蕭何、韓信三人固然傑出，但世上就只有這三個人，這種因素是無可替代的，劉邦運氣好，天命所歸，所以這三個人會來協助他，此是別人想模仿也沒有用的。

劉邦一向擅長於演出，掩飾自己的弱點，創造讓人相信的局勢。所以我們看《史記》上的記載，從他一登場，沒有一句話不是在唬人的。這段他對自己成功原因的說詞，表面上雖頗有道理，其實間接表明「共有天下」的概念已過時了，希望別人不要再有任何想擁有天下的投機心理。

西元前一九六年元月，淮陰侯韓信被呂后設計誅殺於未央宮；同年三月，梁王彭越被呂后誅殺；同年七月，淮南王英布起兵叛漢……

楚漢爭霸時，為了能讓韓信和彭越到垓下助戰，劉邦曾答應三人平分天下，項羽被擊潰後，劉邦雖將韓信封為楚王、彭越封為梁王，但這些離三分天下還遠得很。也就是說，當初劉邦的諾言「平分天下」並沒有眞正兌現，雖然如此，楚王韓信和梁王彭越已相當滿足了。韓信和彭越感到滿足，但劉邦卻不滿足了。不知他都使了什麼手段，三兩下就將韓信貶成了小小的淮陰侯。這還不算，此後不久，蕭何又受呂后指使，將韓信騙至未央宮，以莫須有的罪名當即擒殺，並誅滅韓信三族。事後，劉邦對此事沒有任何表示，也就是說，劉邦等同默許了呂后的行為。兔死狐悲，從此，彭越也開始提高警惕，對劉邦不再完全相信了。

前一年九月，陳豨造反時，劉邦御駕親征，希望彭越能親自出戰征剿陳豨，彭越卻以年老多病為藉口，只派遣部將率兵前去邯鄲會師。因此事，劉邦非常生氣地派使節到梁王府埋怨了一番。彭越擔心劉邦懷疑其忠誠，準備親往謝罪，遭部將扈輒強烈反對。他向彭越進言道：「君王剛開始既不派兵表示支持，如今皇上指責了，你才勉強過去，勢必會被皇上逮捕的，不如乘此機會舉兵造反。皇上這時正忙於邯鄲戰場，對我們也無可奈何，或許有成功的機會。」彭越自然不會答應，但也因而未曾趕往邯鄲。梁國的太僕得知扈輒教唆彭越叛變，便逃亡到關中向劉邦告密。劉邦緊急赴洛陽，指揮逮捕彭越的工作。由於梁國太僕的失蹤未被發覺，彭越絲毫沒有準備，劉邦軍隊於是火速攻入梁國，逮捕了彭越和扈輒。

因是扈輒教唆造反，劉邦下令判扈輒死罪；彭越知情不報，廢爲庶人，並流放到蜀地的青衣縣。彭越被押往蜀地時，經過了鄭縣，正巧碰到呂后從長安來。彭越哭著向呂后辯解自己是清白的，根本無心造反，希望呂后能在劉邦面前說情，讓他告老還鄉，回到故鄉昌邑。

呂后滿口答應，然後偕同彭越再回洛陽。誰知呂后在覲見劉邦時卻說：「彭越是一名壯士，可以由盜賊到諸侯王，有其過人的能力。流放到蜀國，只會讓他有報復的機會，不如將他殺掉，以絕後患！」劉邦覺得有理，於是重新審判彭越。呂后暗中教唆彭越的舍人假造證據，證明彭越確有造反舉動，最後由廷尉王恬開奏請誅殺彭越，立即得到了劉邦的批准。

彭越三族全部遭受逮捕，並在三月與彭越同時赴死。爲了強調彭越罪不可赦，劉邦下令將彭越首級掛在洛陽城上展示，然後又下詔令：「有敢收彭越屍身者，逮捕治罪。」彭越被誅後的同年七月，大漢王朝再度發生了一件震撼天下的大事：唯一僅存的異姓王——淮南王英布舉兵造反。

英布和彭越相同，都是盜賊出身，但彭越以打游擊戰出名，並未成爲正規的將領。英布則以其過人的猛勇爲項羽所欣賞，成爲楚軍先鋒軍團大將，作戰之勇敢被公認僅次於項羽，即使龍且都尚遜他一籌。英布和楚王韓信、梁王彭越同時受封，且三人皆以軍功聞名，因此三人一直都有著一種英雄相惜之感。韓信在未央宮被害事件，對英布是個非常沉重的打擊，從此他便很少參加中央的慶典。陳豨造反時，英布也只派部屬前往，但劉邦以其距離較遠，並未怪罪。

英布造反的導火線，則是彭越被殺事件。韓信造反罪證不足，雖被殺，但總算留得全屍。彭越就慘了，他的罪證完全是呂后捏造的，爲了證明這些罪證的可靠，彭越必須完全依照造反者的處罰執行，除了斬首示眾外，他的身體還被分屍後醢成肉醬，分送給各地諸侯食用。使者送彭越的醢肉到淮南時，英布正在外狩獵，見到醢肉，又恐懼又噁心，立刻暗中令人集結部隊，注意鄰郡有什麼緊急的反應。恰好這時英布有位非常寵愛的妃子生病就醫，中大夫賁赫想透過妃子討好英布，因而以厚禮邀請妃子到家中飲宴。英布接到消息，懷疑賁赫勾引自己的妃子，便下令逮捕賁赫。賁赫不知怎麼知道了英布要逮捕他的消息，便立即逃往長安，決定先下手爲強，向劉邦誣布英布謀反。

劉邦見事關重大，不好作出判斷，便將此事告訴了蕭何，想看看他的態度。蕭何說：「英布應不至於謀反，恐是仇家誣告，請先查證賁赫，再派人到英布處徵驗。」

英布見賁赫逃往長安，便懷疑他會密告國中許多不可見人之事，又見朝廷派使節來，害怕自己步韓信及彭越被騙上京的後塵，遂殺害賁赫全家，舉兵造反。造反消息傳至長安，劉邦便赦免了賁赫，並以之爲將軍，自己則親率大軍征剿英布。不久，英布即被劉邦擊潰，在逃亡的路上死於亂民之手。大漢王朝的最後一位異姓王，就這樣逝去了。

除掉了所有異姓王後，爲了能讓大漢王朝江山永遠牢牢地掌握在劉氏子孫的手中，劉邦在臨死之前進行了殫精竭慮的思索，後來終於想出了一個方法。這時候，他的病情已相當嚴重了，還是撐著從床上爬起來，在宮殿上對大臣們說：「如今的江山是朕帶著諸位歷盡艱險取得的，眞是來之不易呀！現在朕已病入膏肓，無藥可救，這是天意。古人說『打江山容易、守江山難』，在朕還清醒的時候，今天就與諸位舉行歃血為盟之儀。」

說完，劉邦讓人將一匹雪白駿馬拉上殿來，然後高喊道：「刑殺白馬！」

劉邦的話音剛落，一個禮官手持利劍先拜叩了天地，站起身猛地向縛住四肢的白馬頸間刺去。頓時，白馬一陣悲鳴，鮮紅的血柱噴下來，落在下面一只銀盆裡。須臾，禮官指揮侍衛官將各位大臣面前的碗斟滿酒，又一一加進幾滴馬血。

劉邦雙手捧著一碗血酒，對眾人說：「諸位舉酒。」大臣們一起跪倒在地，舉起血酒。

「從今以後，非劉氏而王，非有功而侯，天下共擊之！」

接著，劉邦率眾人將碗中的血酒一飲而盡。「白馬之盟」不久後，劉邦就去世了，但他這個舉動對後世的影響是非常重要的。一直到東漢末年狼煙四起的時候，這個「緊箍咒」還將一些想造反稱王的人緊緊地套住，不敢越雷池一步。

納諫如流，劉邦遷都關中

婁敬是齊國人，後來因功被劉邦賜以劉姓，故又稱為劉敬。劉邦即帝位時，婁敬在隴西一帶駐守，負責和異族的貿易工作，因此對邊疆防務及外交事宜頗有心得。他從邊疆到達洛陽（時雒陽已正式改稱洛陽），經齊國人虞將軍的引薦而拜見劉邦。婁敬穿著簡單的塞外羊皮衣，虞將軍要求他換件華美的朝服入宮。婁敬卻不願換裝，還說：「臣衣帛，便以衣帛覲見，衣褐，便以衣褐覲見，保持我本來面貌，不願欺瞞天子！」

虞將軍只好將此言轉告劉邦。劉邦一向也不喜歡虛僞的人，因此覺得婁敬很有意思，便召見了他。婁敬一見劉邦，就說：「小臣聽說，陛下以洛陽爲京城，是有意要追隨周王朝的興隆。」

劉邦也坦言相告：「是的，的確如此。」

婁敬便說：「陛下這種想法，其實是相當危險的。」

劉邦來了興趣，便笑著說：「是麼，你的意思是……」

婁敬朗聲說道：「陛下取得的天下，其實和周王朝有很大的區別。周王朝在建立以前，其領袖后稷受封於邰，積累恩德及力量，長達十餘世，至太王、王季、文王、武王時，力量已十分雄厚，所以才能乘殷商混亂時，攻滅殷紂王而成爲天子，但他們的京城仍設於關中的鎬京。一直到成王即位，周公爲宰相，才有經營洛陽之議，以洛陽位於天下之中，諸侯由四面八方納貢或入京述職，距離相當，交通方便之故也。

但經營洛陽最危險的是，得到支持很容易成爲王，不受支持時則很容易遭到亡國。以周王朝強盛時，天下和洽，諸侯、四夷莫不賓服，貢禮及述職都做得非常努力。等到周王朝衰頹後，天下諸侯不再朝貢，周王朝也無法要求他們，這並非周天子德行不厚，而是形勢力量太弱了。今陛下起義豐、沛，以蜀、漢爲基地，平定三秦，和項羽大戰於滎陽、成皋間，大戰七十、小戰四十，使天下之民肝腦塗地，父子暴屍骨於原野中者不可勝數，哭泣之聲不絕於耳，人民的傷害似未療癒，卻要模仿周王朝的盛世而定都洛陽，臣竊以爲不可。另外，秦國的關中地帶，有峻山險河爲屛障，四方關塞穩若磐石，有急難時，關中的戶口也可很快集結百萬雄兵。

秦國當年便因其獨有的地利和豐富的生產力，而達到空前的強盛境界，因此有「天府」美譽。

陛下若入關中以為京都，即使山東（指函谷關之東）地區混亂，關中仍可保持安泰的。夫與人相鬥，最有利的是扼其喉嚨、壓住其背部，對方便無法抵抗了。如今陛下如能掌握關中，無疑是得到扼天下之喉、壓服天下之背的優勢。」

劉邦認為婁敬的話極有道理，只是牽涉範圍太廣而無法決定，遂請來群臣商議。

劉邦陣營的大臣及將領，大多屬函谷關以東人士，因而不願定都關中，他們的理由是：「周王朝有數百年的福祥，而秦到二世便亡國了，關中的地利無法真正守住政權。而且洛陽東有成皋之險，西有殽山、澠池之峻嶺，背有黃河，面向伊水及洛水，地利上也算足夠了。」劉邦無法決斷，便私下請教張良。張良笑著對劉邦說：「洛陽雖也有地利，但其中心腹地不過百里，而且生產力薄弱，四面平原，容易受到包圍，的確不是用武之國。關中左邊有殽谷及函谷關，右邊有隴上、蜀中，沃野千里，南有生產豐富的巴地、蜀地，北有可以畜牧作貿易的胡人國境，三面有阻擋可謂易守難攻，向東一面又可居高臨下，東制諸侯。諸侯安定時，可以利用黃河及渭水運輸便利，將天下財貨、貢品供給京師；諸侯有變，順河而下，又可方便供應討逆軍糧秣（蕭何便在這種條件下，讓劉邦有足以對抗項羽的資源），此所謂金城千里，天府之國。因此，臣覺得婁敬的看法是十分有道理的。」

劉邦一向非常信任張良，見張良又說得如此有理，便下令即日駕車西入關中，並決定以長安為京都，開始進行有計畫的建設。婁敬因遷都之功被拜為郎中，號奉春君，賜姓劉氏，從此改稱為劉敬。《史記‧劉敬列傳》中，對這一段故事有詳細的記載。

七國之亂，西元前一五四年以西漢同姓王劉濞為首發動、有七個諸侯國參加的一次政治性軍事叛亂。當時，吳王劉濞親率大軍二十萬，從廣陵（今江蘇省揚州市）出發，西渡淮河，會合楚國軍隊，併力攻梁，而以膠西、膠東、濟南、趙等國的軍隊分南、東、北三路合擊關中，攻取長安。漢景帝派太尉周亞夫率三十六將軍迎擊吳、楚軍，另以酈寄擊趙，以欒布擊齊，以竇嬰據戰略要地滎陽作爲機動力量。周亞夫率主力祕密走藍田，出武關，達洛陽，迅速進至昌邑（今山東金鄉西北），與睢陽（今河南商丘南）的梁國守軍成犄角之勢。

然後，他命令部隊深溝高壘，堅壁不出，以避叛軍鋒芒，暗中則以輕騎迂迴到吳、楚軍背後，斷其糧道。吳、楚軍久攻梁都睢陽不下，欲尋漢軍主力決戰而不得，糧道又被截斷，後援不繼，士卒多餓死或叛散。漢軍因有強大的關中地區爲後方，人力、物力有保障，得以養精蓄銳，待機而動。相持數月後，叛軍支援不住，只好撤兵退走。周亞夫立即出兵追擊，叛軍大敗，吳王劉濞僅率壯士數千乘夜逃走，楚王劉戊自殺。漢軍乘勝急追，吳王東走越地，被東越人誘斬。不久，膠西、膠東、濟南、趙等五國也相繼敗亡，七國之亂歷時僅三個月即被平定。

假如當年漢王朝建都洛陽，而以關中地區分封諸侯王，那麼，這次諸侯王叛亂就極有可能形成四方皆叛、京城孤危的險惡局面。所以，在西漢王朝的建都問題上，婁敬（劉敬）充分表現了他過人的政治才幹和戰略遠見。當然，劉邦不以人廢言，能夠擇善而從，也表現出一個大政治家的恢宏氣度。

遷徙豪門，分封劉氏子弟

婁敬以微末小吏之職，竟說動了劉邦將京都遷往長安，因此大功，婁敬被拜爲郎中，賜姓劉氏，改稱劉敬。從此，劉敬便可以常常待在劉邦身邊，幫他出謀劃策，頗得劉邦的賞識和信任。一次，劉敬又向劉邦建議：「匈奴在黃河南邊的白羊和樓煩等王部落，離我們的京城長安不過七百里不到，如果以輕騎兵的腳程，大約一天便可以攻到了。關中自秦王室滅亡以來，居民減少很多，但這裡土地肥沃、生產力強，其實擁有養活大量人口的實力。任何一個國家，能夠強大興盛，主要都在於足夠的人力。因此，微臣建議陛下應該先將六國王室後代及其豪族遷徙到關中來。國內無事時，這是一股用以抵禦外族堅強的力量，萬一諸侯有變，又可以有足夠的兵力進行東伐，這才是強本弱末的最佳策略啊！」劉邦聽了非常激動，立即採納了劉敬的建議，帶領群臣著手規劃充實關中人口的計畫。十二月，劉邦將齊國及楚國的大族——昭氏、屈氏、景氏、懷氏、田氏等五大族和六國豪門遷到了關中，並大興農田水利、住宅，一下子就讓京都長安的人口增添了十餘萬之眾。

劉邦採納劉敬的建議，遷徙六國後裔及豪門入關中一事，在《史記》、《漢書》、《資治通鑑》等史籍中均有記載。據《史記．劉敬列傳》載：「劉敬從匈奴來，因言『匈奴河南白羊、樓煩王，去長安近者七百里，輕騎一日一夜可以至秦中。秦中新破，少民，地肥饒，可益實。夫諸侯初起時，非齊諸田，楚昭、屈、景莫能興。今陛下雖都關中，實少人。北近胡寇，東有六國之族，宗彊，一日有變，陛下亦未得高枕而臥也。臣願陛下徙齊諸田，楚昭、屈、景，燕、趙、韓、魏後，及豪桀名家居關中。無事，可以備胡；諸侯有變，亦足率以東伐。此彊本弱末之術也。』上曰：『善。』迺使劉敬徙所言關中十餘萬口。」

強本弱末之術，是古代統治者所常用的一種控御術。所謂「本」，即「根本」，原意為草木的根或莖幹，也指基礎性的東西，這裡指京師所在地。「強本」也就是加強京師力量、鞏固京師所在地的意思。所謂「末」，本意是樹梢，也指不重要的事情，這裡指遠離京師所在地以外的地區，「弱末」

也就是減弱這些地區的力量，使其易於控制的意思。應當說，強本弱末之術是劉敬爲西漢政權所提出頗具戰略眼光的宏謀大計。

劉敬的強本弱末之術，正是針對這種現實情況提出來的。可以想見，假如劉邦沒有採納劉敬的這一建議，讓六國舊貴族繼續在關東各自的舊地居住，很難保證他們日後不乘七國之亂向西漢政權發難。所以說，劉敬的這一建議是非常重要的。它的實施，在很大程度上消除了一大動亂隱患。再說，關中地區由於戰爭的影響，田地荒蕪，人口銳減，既不利於經濟發展，也不利於兵員徵集。而將六國舊貴族後裔和有勢力的豪門貴族遷徙到那裡，則既可充實那裡的人力物力，以防備北方的邊患，又可以加快這一地區的經濟發展，還可就近控制他們，在東方有變亂時挾持他們東伐。所以，對於西漢政權來說，這實是一舉多得的明智之舉。

秦王朝採取中央集權的郡縣制度，導致嬴氏一族均無實力，天下一亂，便沒有眞正可以勤王的力量了。鑒於此，劉邦當了皇帝後就想以封建制度來確立劉氏皇權的根基。劉邦共有八個兒子，庶長子劉肥，母氏不明，是劉邦布衣時代和沒有名分之妻子所生，現爲齊王；次子也就是嫡長子劉盈，呂后所生，繼位爲皇帝，諡惠帝；次嫡子劉如意，戚夫人生，現爲趙王；再次爲庶子劉恆，薄夫人生，現爲代王，即日後的漢文帝；再次爲劉恢，現爲梁王，日後徙爲趙王；再次爲劉友，後也晉封爲趙王；再次爲淮南王劉長；最小爲燕王劉建。

劉邦將代理楚王（韓信已被貶爲淮陰侯）的堂兄劉賈，改封爲荊王，擁有淮河以東五十三縣地區。將堂弟劉交封爲楚王，統有楚國原精華的彭郡、薛城、東海等三十六縣。趙國北區原代國的雲中、鴈門、代郡等五十三縣，分封其兄劉善爲代王。以膠東、膠西、臨淄、濟北、博陽、城陽等七十三縣的齊地，分封其長子劉肥爲齊王。劉肥是劉邦娶呂氏爲妻前，在外面與他人的私生子，日後認養爲庶長子。由呂氏所生的長子劉盈擁有法定繼承權，劉肥雖屬長男，卻必須臣屬於劉盈，爲了補償劉肥，特封給他最廣大也最富庶的齊國。

梁王彭越被呂后設計誅殺後，劉邦以梁國位處中原重心，不宜勢力太大，乃將其土地分裂爲二，東北仍爲梁國，由皇子劉恢出任梁王，西南爲淮陽國，由皇子劉友出任淮陽王。

論功行賞，功犬不若功人

劉邦得天下不久，因害怕落入當年項羽「爲天下宰，不平」的現象，故只將早已承諾過的韓信、彭越等人封爲諸侯王外，其餘各諸侯和功臣均未分封。後來，待政權穩定，劉邦便開始全面分封事宜，經過幾個月的緊張投入，分封工作總算順利完成。接下來的工作，是評定「元功」，也就是評定功勞的排行榜。當時分封是以爵位及食邑爲主，和職務及官祿無關，而「元功」主要在榮譽方面，此外自然也附帶獎賞，如同現代的記功、嘉獎和獎金。

被提入競爭排行榜的共有十八人，包括蕭何、曹參、張敖（張耳子，繼承其父之功勞）、周勃、樊噲、酈商、奚涓、夏侯嬰、灌嬰、傅寬、靳歙、王陵、陳武、王吸、薛歐、周昌、丁復、蟲達等人。

大部分將領認爲晉封時曹參食邑最多，理應獲得排行第一，因而均提議：「平陽侯曹參，身受七十餘傷，攻城掠地，計功簿上功勞最多，理應排行第一。」劉邦聽了只微微笑著，不表示任何意見。關內侯鄂千秋獨排眾議，主張蕭何排名第一。劉邦問其故，鄂千秋答道：「曹參雖有野戰攻城掠地的功勞，但這一切只能算一時的功勞。蕭何的功勞，卻是長期的，影響上自然更大於曹參。想想看，陛下和楚軍相峙五年之久，損傷無數軍隊，有幾次甚至被逼得不得不撤退逃逸，蕭何卻不斷仍由關中爲陛下補充軍力，常達數萬之多，讓我們能重振軍威，屢敗屢戰。有好幾次陛下糧食斷絕，全軍處於飢餓狀態，隨時有崩潰的危險，蕭何立刻由關中轉運糧食，永不休止的提供，保持我們的戰鬥力。陛下數次敗亡於山東（指中原）地區，蕭何卻以全關中爲陛下作後盾，此乃萬世之功也。今日，即使沒有曹參數百次的功勞，漢軍仍可擊敗楚軍，但沒有蕭何，情況可能完全不一樣了，怎麼可以拿曹參的一時之功，和蕭何的萬世之功相比呢？依照臣下的意見，蕭何第一，曹參次之。」

劉邦非常稱許鄂千秋的看法，於是以蕭何的元功爲排行榜首位，特賜蕭何可以帶劍上殿、入朝不必快等特殊恩寵。然後，劉邦又以「推薦賢臣的人更值得受上賞，蕭何雖有大功，但如果沒有鄂君的推薦，功勞也無法如此彰明」爲由，追加鄂千秋的食邑，並將他封爲安平侯。

爲彰顯蕭何的功勞天下第一，劉邦在當天下令加封蕭何父子兄弟十餘人，皆有食邑，並追加蕭何食邑二千戶，和曹參、張良並列爲萬戶侯。

對蕭何的恩寵，仍有許多人表示不能接受，於是紛紛上奏劉邦：「臣等披堅執銳，在前線拚戰，多者百餘戰，少者也有數十戰，犧牲血汗，才搏得功勞。蕭何未曾有汗馬之勞，只負責執筆的文書工作，功勞卻反而在我們之上，我們無法理解陛下的想法！」

對此，劉邦曾多次耐心地解釋說：「我相信諸位都曾打過獵，我這就以打獵來作個比喻：狩獵的時候，追殺野獸、兔子的是獵犬，但指揮獵犬；使之能有效抓到獵物的卻是獵人。諸位的功勞，有如獵犬；至於蕭何，他在幕後指揮並提供補給，讓諸將能有效建立功勞，便有如獵人。所以你們只是功犬，蕭何則是功人，你們想想，是功犬的功勞大，還是功人的功勞大呢？」

劉邦以淺顯易懂的「功犬」與「功人」的道理，一下子就將眾人說服了，於是大家便慢慢地都接受了蕭何第一的排名。與劉邦形成鮮明對照的，是東漢末年曹操在用人上的策略。曹操在用人封賞上，從不受別人的用人觀點所左右，不偏重某一類人才。別人沒有重用的，他可以同樣給予重用。衝鋒陷陣、立有戰功的武士有賞，出謀劃策，以筆為刀的文士照樣封侯。曹操說過幾句深有見地的話：「謀為賞本」、「功未必皆野戰也」，皆是此用意。

賞不勝賞，先封最討厭的人為侯

有一天，劉邦和張良在洛陽南宮散步閒談，看見遠處有不少將領坐在沙地上比手劃腳，不知在議論些什麼。

劉邦好奇地問張良：「他們在討論些什麼呢？」

張良半認真、半開玩笑地回說：「陛下真的不知道嗎？他們在討論如何謀反的事啊！」

劉邦知道這是張良在開玩笑，便也笑著說：「天下剛剛安定，他們幹麼又要謀反？」

張良解釋說：「陛下出身布衣，就是靠著這些部屬才奪得天下的啊！如今陛下貴為天子，而到目前為止，所有得到封賞的都是親密部屬和陛下所喜愛的人，平生有仇怨的也都遭到誅殺。若真的依照這幾年軍吏呈上的計功簿，天下的土地和財物是無法平分封賞給有功部屬的，這些將領一方面害怕陛下無法全部給予封賞，更擔心平日的過失可能成爲被誅殺的藉口，因而相聚討論如何謀反啊！」

劉邦聽了覺得的確有道理，張良雖是開玩笑，但封賞之事若不早點解決，的確是會出事的。於是，劉邦便請教張良：「那現在該怎麼辦才好？」

張良回應說：「陛下平生最討厭的，而且大家也都知道的，是哪一位？」

劉邦說：「誰都知道，我最討厭雍齒，這傢伙早年曾背叛過我，又經常故意侮辱我，惹我生氣。好幾次，我都想殺掉他，但又捨不得他的才幹，再說他也爲我建立了不少功勞，所以才一再原諒，不忍心處罰他。」

張良便說：「那現在就趕快先封賞雍齒吧，封了他後，這些部屬便能夠放心了！」

劉邦遂立刻舉辦了一場酒宴，在酒宴上宣布晉封雍齒爲什方侯，並當場囑咐宰相、御史等，盡快評審每個人的功勞，以爲晉封的依據。酒宴結束後，群臣都高興地說：「連皇上最討厭的雍齒都被封爲侯了，我們還會有什麼問題呢？」於是，群臣開始卸下心防，耐心地等著被封王封侯的那一天了。

漢末時的曹操，就常用「雍齒封侯」的策略，來穩定人心。官渡之戰剛剛結束，曹軍正在清點戰利品的時候，一位士兵抱著一大捆信件，急忙忙地來向曹操報告：袁紹倉皇逃走，扔下不少東西，其中有一批書信，是京城許都和曹營中的一些人暗地裡寫給袁紹的。曹操接過信，翻了一下，這些信大多是吹捧袁紹的，有的乾脆表示要離開曹操投奔袁紹。

曹操的親信得知這些信的內容，都很生氣，紛紛說：「吃裡扒外，這還了得，應該把他們都抓起來殺掉！」曹操笑了笑，說：「把這些信統統燒了！」曹操的這個舉動，讓所有的人都嚇住了。曹操用一種「糊塗」的方式，便化解了一場大規模的株連。

宋太宗假醉赦大臣的故事，也是運用了這個策略。一天，宋太宗在北苑與兩個大臣宴飲，孔守正喝得大醉，和王榮在皇帝面前爭論邊功，憤怒之下，失去了禮節，侍臣奏請太宗將孔、王二人交給有關部門問罪，太宗沒有同意。第二天，孔守正、王榮都到金鑾殿請罪。太宗說道：「朕也喝得大醉，記不清有這件事了。」

天下最奇特的賞罰方式

（一）赦季布

楚人季布，是項羽手下的大將，在楚漢戰爭中，曾數次逼得劉邦顚沛流離、惶惶如喪家之犬。因此，劉邦對季布特別仇恨。楚漢戰爭結束後，身爲敗軍之將的季布，只得亡命天涯。劉邦對季布恨之入骨，便懸賞千金追緝，並聲明有敢於藏匿季布者，罪誅三族。爲了逃避劉邦的通緝，季布便剪掉頭髮，裝扮成奴僕的模樣，賣身於魯國的朱家府上當奴隸。

朱家是魯國的豪門，一向很講義氣，爲遠近人所尊重，而且膽識大，常解人危難，因此聲名遠播。季布自賣爲奴後，因氣質非凡，難以掩飾自己的英雄本色，便很快被朱家認出，但朱家認出季布後，卻不動聲色，將他分派到田野工作，以避人耳目。聽說劉邦近臣中，以夏侯嬰最講義氣，朱家便到雒陽拜見當時已被封爲滕公的夏侯嬰。朱家見到夏侯嬰，便請求他：「季布到底犯了什麼罪呢？當時他是項王的將領，職責上本應盡力而爲。陛下統有天下，更不可以殺盡項氏的大臣，這些人原本都是人才，且皇上以天下之尊，卻求私怨於一人，那就顯得太沒有度量了。季布是難得的賢才，如果緝捕他太急了，他可能會向北投降胡人，或向南避難於百越，這不是將壯士趕去資助敵人的愚蠢行爲嗎？當年伍子胥所以掘楚平王之墓鞭其屍，不也是如此這般滋生的禍端嗎？公既爲陛下親信大臣，何不將這件事向陛下進諫，以免引起重大的錯誤！」

夏侯嬰認爲朱家講得有理，便爽快地答應了下來。由於夏侯嬰和劉邦交情很深，所以常有單獨陪侍劉邦的機會，他坦然地將朱家所講的話向劉邦報告，並表示朱家已自首藏匿季布之事。劉邦對朱家的義氣頗爲感動，當場下令赦免季布，並拜之爲郎中。當劉邦想召見朱家時，朱家已棄家避走，從此不再見其蹤跡。

（二）誅丁公

季布母親的弟弟丁公，即季布的舅舅，也曾在項羽手下爲將。彭城之戰時，丁公在彭城西邊包圍劉邦，雙方短兵相接，劉邦在生死關頭，勸說丁公看在昔日同爲項羽同僚的份上，放他一馬，丁公於是便故意放跑了被圍的劉邦。丁公放跑劉邦的情節，《史記·季布列傳》中是這樣記載的：「季布母弟丁公，爲楚將。丁公爲項羽逐窘高祖彭城西，短兵接，高祖急，顧丁公曰：『兩賢豈相戹哉！』於是丁公引兵而還，漢王遂解去。」項羽滅亡後，丁公覺得自己有恩於劉邦，便主動向劉邦投降，但卻被劉邦關進了監獄。

劉邦將丁公拿作戰犯，交給了軍事法庭審判，並特別囑咐軍事法庭：「丁公爲項羽臣屬時，辦事不忠，致使項羽喪失天下，建議處以斬刑！」於是，軍事法庭判處丁公死刑。

（三）赦蒯徹

呂后趁劉邦不在長安時，讓蕭何將韓信騙到未央宮，以莫須有的罪名將其斬殺。劉邦回來後，得知韓信已死，便問呂后：「韓信臨死前，可有什麼遺言？」呂后說：「有，只有一句。他說，悔恨自己當初不聽蒯徹之言，才落此下場。」劉邦說：「蒯徹是齊國有名的辯士。」顯然是他教唆韓信造反的，於是，劉邦當即下令，要求齊地政府緝拿蒯徹。蒯徹聽到消息，自知難逃，便立刻向官府自首，隨即被押送到長安，由劉邦直接審問。劉邦問：「是你教唆韓信造反的吧？」

蒯徹坦然答道：「是，的確是我教他的，可惜那傢伙沒有用我的謀略，才會落到今天被殺的地步！如果當初他肯聽我的建議，陛下怎麼又能夠殺得了他呢？」

劉邦大怒，下令烹殺蒯徹。蒯徹大呼冤枉。劉邦見蒯徹喊冤，便問：「是你教唆韓信的，罪該萬死，還有什麼冤枉呢？」蒯徹回答道：「當年，秦王朝喪失政權，天下群雄共逐之，有才能、動作快的便可能捷足先登，每個人都有機會啊！如同古時蹠之狗向帝堯猛吠，倒不是帝堯不仁，而是狗對不是他主人的人便會吠叫啊！當時臣是韓信的部屬，只能對韓信效忠，而不知尚有陛下啊！況且天下各股力量，當時想要爭奪天下的，數不勝數，只是力量不足罷了，難道這些人也都有罪，必須烹殺殆盡嗎？」劉邦覺得有理，就赦免了蒯徹。

（四）赦欒布

梁國大夫欒布，在彭越還是平民百姓時，就和他是好朋友。欒布家徒四壁，年輕時曾在齊國爲人做奴僕，後又做過釀酒工。彭越在巨野爲盜時，欒布被賣到燕國爲奴隸，不久欒布因替主人報仇，義名震動燕國京城，燕國將軍臧荼仰慕其名，便提拔他爲都尉，臧荼爲燕王後，欒布又被提拔爲將軍。

劉邦統一天下後，臧荼造反，被劉邦擊敗。欒布因是臧荼的部下，也遭到逮捕，家人無奈之下只得求彭越相助，彭越向劉邦說情後，將欒布贖出，又將他任命爲梁國大夫。

後來，彭越被呂后誅殺，首級懸掛在城上示眾。欒布聞訊便立即從齊國趕到洛陽，跪在彭越首級下，以祭品拜祭彭越。看守彭越首級的士兵，立刻將欒布逮捕，並將他送到劉邦跟前詢問。劉邦罵道：「你是彭越的同黨吧，我已明令禁止任何人替彭越收屍，違者將被視作同黨，你卻敢去祭祀，明明是造反的同夥，立刻給我烹殺了！」

於是，衛兵立即將欒布推出，準備放入湯鑊中烹殺。

欒布目視劉邦，大聲說道：「我還有話要說，請允許我把話說完再死！」

劉邦假裝大度地說：「快死的人了，有什麼要說的，就儘管說好了！」

欒布便跪下來，對劉邦說道：「當時陛下困於彭城，敗於滎陽、成皋間，項王所以無法西向進逼，以彭王居於梁地，和漢軍共同干擾楚軍。當時，彭王若心向楚則漢破，心向漢則楚破，具有舉足輕重的地位啊！而且垓下之戰，如果不是彭王出兵助漢，項王也不會那麼容易被打敗的。天下已定，彭王以功勞晉封爲諸侯，亦欲以此傳萬代，爲陛下之屛藩。如今陛下只爲了曾徵兵於梁，而彭王因病不行，便懷疑彭王造反，沒有確鑿的反叛證據，卻硬以小事誅滅，臣恐今後功臣將人人自危，對陛下也不再有信心了。今彭王已死，臣生受其恩，義當追隨地下，請立刻將我烹殺吧！」

這幾句話的確說中了劉邦的心事，誅殺彭越並非劉邦本意，心裡還是有點過意不去。劉邦個性一向寬容，至此便不忍心再處死欒布了，乃當場赦免其罪，拜爲都尉，並同時答應，若他不願做都尉，可任他自由離去。

劉邦赦免了與他爲敵的季布、蒯徹、欒布，而獨獨誅殺了有恩於他的丁公，看來於情於理皆不合，其實是大有一番深意的。赦季布、蒯徹、欒布，且還要給他們官做，這是一種籠絡和收買。反之，他不僅不報丁公的救命之恩，還將其處死，則完全是一種懲戒。表面上看，劉邦這是在表彰季布等人對他們主人的忠誠，懲罰丁公對主人的背叛，而實質上，劉邦是藉此告誡群臣：爲劉邦之臣，只能學季布、蒯徹、欒布，不能學丁公。

劉邦就曾對別人親口解釋說：「我這樣做，是在使以後爲人臣者切勿仿效丁公啊！」從謀略學角度看，劉邦殺丁公以儆效尤的做法，實際意在敲山震虎，這是古代統治階級常用的統御之術。在上述故事中，對於劉邦來說，項羽敗亡之後，外部的敵人暫時不存在了，而內部的麻煩卻又成了他的心病。首先是群將因大多出身平民而粗魯無禮，爭功不休，不知恭順；其次是大亂之後，人心不穩，難保群臣中沒有覬覦帝位的，然而恰在這個時候，項羽的貳臣丁公主動送上門來了。於是，劉邦便順手牽羊，借了丁公的頭顱來殺雞儆猴。

其實，仔細想一下，會發現劉邦這樣做有個破綻：不忠於項羽的人並非丁公一個，至少還有項伯，爲什麼劉邦獨獨殺掉丁公而不加罪項伯等人呢？這可能有兩個原因：一是，丁公對劉邦雖有一時的救命之恩，但與劉邦並沒有深厚交情，這一點與項伯是根本無法相比的；二是，丁公與季布，同是楚將，又有血緣關係，但他們一個對項羽有貳心，一個始終忠於項羽，將他們殺一個、赦一個，可以形成鮮明對比並收到更爲強烈的震懾效果。

司馬光在《資治通鑑》中也對此評論道：「漢高祖自從在豐、沛起義以來，網羅各地豪傑，招納亡命徒眾，其中背德棄法者不知有多少。在即帝位後，卻只有丁公為不忠之罪，遭受誅殺，這到底是什麼道理呢？因為進取天下和保持太平，其間有很大的差異。當群雄角逐天下之際，每個人都沒有固定主人，只要來投奔的便接納之，有容乃大，自己的努力才能擴充。但如今貴為天子，四海之內，無一不是他的臣民，若不要求臣民遵守禮義，則人人心存二心，投機僥倖，國家便很難保持永久的和平了。是以，必斷然以大義示之，使天下臣民皆知道身為臣屬之道理，不忠於職責的天地不容，懷私結恩的，即使對自己有利，仍是違反公義。殺一人而千萬人為之驚懼，這樣的決策必經過審慎思慮，眼光何其遠大，子孫能享有四百多年的天祿，也是有其道理的。」

田橫盡節，劉邦感慨

劉邦統一天下後，齊國的田橫因怕劉邦追緝他，便率殘部五百餘人逃亡到了東海的一座小島上。劉邦知道田橫在齊國時聲望極高，加上其兄田榮在齊國的聲望，不少齊國知名長老對田橫都很敬重，如果任由他在島上活動，恐怕會造成東方海域日後的禍患。於是，劉邦便派特使赦免田橫，並要召他到京都雒陽來。

對劉邦的招撫，田橫卻辭謝說：「臣曾烹殺陛下的特使酈食其，如今酈先生的弟弟酈商在朝中為重臣，臣若上京城，恐將遭到報復，因此不敢奉詔。請將臣等廢為庶人，守於海島中。」特使將田橫的話如實向劉邦作了報告，劉邦立刻召見酈商，對他說：「齊王田橫將入京向朝廷表示恭順，你和他雖有宿怨，但爲國家大事著想，你的人馬或酈氏從屬有敢乘機報復者，將判以滅族之罪。」

劉邦再命特使持此詔令出示田橫，以表招撫的誠意，並傳口頭詔令：「田橫進京，大者爲王，小者封侯，若不來，將令大軍前往征剿。」田橫擔心島上因他的緣故而遭逢戰亂，只得和兩位使者乘坐傳旨驛車，前往雒陽拜見劉邦。在距雒陽城三十里處，田橫對劉邦的使者說：「人臣見天子，應先洗沐，以表尊重。」於是，使者便答應田橫在這兒的驛站待上半天，讓他有時間洗沐一番。洗沐完畢，田橫又對兩位使者說：「田橫原本和漢王同爲諸侯領袖，平起平坐。如今漢王貴爲皇帝，田橫卻爲亡國之虜，必須北面臣事，這種恥辱實在相當難堪。而且我烹殺酈商之兄，卻要與酈將軍成爲同事，並肩站在朝廷上，縱使有皇帝詔令，他們不會對我怎麼樣，但我天天在朝中面對酈將軍，心裡難道不感到慚愧嗎？況且陛下召見我，不過想看到我的面貌罷了，現在請斬下我的首級，由此急馳入京只三十里，相信形貌尚不致有太大的改變，還可辨識得很清楚！」

田橫這番話的意思是，劉邦想控制的只是他本人而已，只要證明自己死了，就不必向島上的軍民施加武力了。說完，田橫便拔劍自刎。使者沒有來得及阻攔，只好取下田橫首級，用木匣妥爲放置，火速急馳雒陽奉送首級，向劉邦稟報。劉邦對田橫的這種做法，頗有感觸，傷感地說：「田氏兄弟三人（田橫、田榮、田儋）皆起自民間，而先後稱王，頗得齊民擁護，實在稱得上是賢能的人啊！」

於是，劉邦拜跟隨田橫而來的兩位隨從爲都尉，由他們出面，組織了一個二千人的喪葬隊，以王侯等級禮儀爲田橫出喪。葬禮結束後，田橫的兩位隨從跪在田橫墓旁，也自刎而死，以此表示他們對主人的效忠。劉邦聞報，更加感歎不已，認爲田橫的部屬都堪稱賢士，便令人持節前往島上報噩耗，並召見其餘五百人。

不料，五百部屬聽說田橫因保護他們而死，都痛哭失聲，隨後便集體自殺，以此表達他們對主人的無限忠誠。消息傳到雒陽，劉邦震驚得半天說不出話來。

攘外安內，進擊冒頓

劉邦和項羽對峙滎陽之際，中原內部疲於內戰，根本無暇顧及邊防，這讓北方的冒頓的勢力得以迅速擴張，掌握的游牧騎兵軍團多達三十餘萬，北方諸國均被納入其管轄下。大漢王朝建國後，韓王信受命進入晉陽，並在馬邑建立新治所的同時，冒頓也率大軍南下，包圍住馬邑的韓王信治所。冒頓的騎兵團來無影去無蹤，兇悍無比，韓王信無法抵禦，只好派遣使者去和冒頓談判，尋求和解。

劉邦在聽到馬邑危急的消息後，立刻派軍前往協助，因此韓王信有心歸向匈奴的情報也為漢援軍截獲。無法判斷韓王信是否有心投降，劉邦以前線主將存有二心將危及國家為慮，正式派欽差指責並警告韓王信。韓王信害怕劉邦追究責任，只好率軍向冒頓投降。冒頓也隨即率軍南下，攻陷了句注及太原，並包圍韓國首邑晉陽。冒頓單于以驕兵之計麻痺東胡並乘機將其擊滅的故事，載於《史記·匈奴列傳》：

「冒頓既立，是時東胡彊盛，聞冒頓殺父自立，乃使使謂冒頓，欲得頭曼時有千里馬。冒頓問群臣，群臣皆曰：『千里馬，匈奴寶馬也，勿與。』冒頓曰：『奈何與人鄰國而愛一馬乎？』遂與之千里馬。居頃之，東胡以為冒頓畏之，乃使使謂冒頓，欲得單于一閼氏。冒頓復問左右，左右皆怒曰：『東胡無道，乃求閼氏！請擊之。』冒頓曰：『奈何與人鄰國愛一女子乎？』遂取所愛閼氏予東胡。

東胡王愈益驕，西侵。與匈奴閒，中有棄地，莫居，千餘里，各居其邊爲甌脫。東胡使使謂冒頓曰：『匈奴所與我界甌脫外棄地，匈奴非能至也，吾欲有之。』冒頓問群臣，群臣或曰：『此棄地，予之亦可，勿予亦可。』於是冒頓大怒曰：『地者，國之本也，奈何予之！』諸言予之者，皆斬之。冒頓上馬，令國中有後者斬，遂東襲擊東胡。東胡初輕冒頓，不爲備。及冒頓以兵至，擊，大破滅東胡王，而虜其民人及畜產。既歸，西擊走月氏，南并樓煩、白羊河南王，侵燕代。悉復收秦所使蒙恬所奪匈奴地者，與漢關故河南塞，至朝那（今甘肅固原東南）、膚施（上郡郡治，在今陝西榆林南），遂侵燕、代。是時漢兵與項羽相距，中國罷於兵革，以故冒頓得自彊，控弦之士三十餘萬。」

爲了確保大漢帝國的領土完整，劉邦決定御駕親征，以樊噲軍團爲先鋒，北上攻擊匈奴及投敵的韓王信軍隊。韓王信自恃猛勇，和樊噲會戰於銅鞮。劉邦親自赴前線指揮，漢軍士氣旺盛，韓軍不敵，主將王喜陣亡，韓王信敗走匈奴。原屬趙國的白土人曼丘臣和王黃等人，擁立趙王室苗裔趙利爲王，並收編韓王信殘餘兵馬，和韓王信及匈奴暗中聯合攻打遠征的漢軍。冒頓單于令左、右賢王各率領萬餘騎兵，屯於廣武以南，回應王黃等號召，並向晉陽附近進擊。樊噲率軍猛擊，匈奴敗走，但很快又再集結。樊噲下令北擊，不料卻碰到大寒流來襲，雪片鵝毛般落下，天寒地凍，士兵被凍得連兵器都拿不起來，樊噲只好下令休戰，駐屯於晉陽。

劉邦也在晉陽坐鎭，指揮大局，等待氣溫回升再發動北伐戰爭。冒頓亦趕往前線，駐屯於代谷。這時，劉邦派出密探，前往探查冒頓的布防。冒頓有所警覺，故意將勇士及肥壯的牛馬藏起來，只將那些老弱殘兵和瘦弱畜牲不露痕跡地展示給劉邦的密探看。漢軍密探將匈奴的情況向劉邦回報，劉邦爲了愼重起見，又派出十餘批人馬去刺探，所得的情報全都一樣，證明現在匈奴十分虛弱。劉敬（原名婁敬，因建議遷都之功，被賜姓劉）因曾在邊疆和匈奴做過貿易，對匈奴的瞭解較多，便自請出使冒頓營寨，以探虛實。不久，天氣轉暖，但劉敬還未歸來。據情報分析，冒頓畏懼漢軍北上，有意撤營。御前軍事會議中，諸將均稱匈奴可擊，如果等劉敬回報，必喪失時機。劉邦於是親率三十二萬大軍北上，到達北方軍事重鎭句注時，恰好碰到了急速返回的劉敬。

劉敬向劉邦勸諫說：「兩國相互爭戰，依常理應盡量掩飾弱點，展現優勢。但臣前往冒頓營，果然只看到老弱殘兵，這必然是匈奴有意暴露自己的弱勢，引誘我們深入敵境，再以伏兵出奇不意突擊我們，所以我判定現在不是攻擊匈奴的時機。」劉邦對劉敬的話不以爲然，便斥責他：「你這傢伙光會靠那張嘴巴，現在又胡說八道，擾亂軍心！」於是下令拿住劉敬，送往廣武監禁。由於三十餘萬大軍人數太多，爲配合糧食補給方便，必須分由數條大道北上。劉邦下令各軍在平城集結，便自率主力軍急速北上。劉邦主力走的那條路路況最佳，很快便到達平城，等候其他軍團一到，便要對冒頓營寨發動攻擊。

爲盡快掌握敵情，劉邦偕同陳平與樊噲先鋒軍團，到平城東南十餘里的白登山登高鳥瞰。冒頓見誘敵計成功，便立刻發動匈奴各部落游牧騎兵四十餘萬，將白登山團團圍住，並派遣部隊切斷了平城方面的馳援。雖然有樊噲軍拚命死戰防禦，匈奴軍暫時無法攻陷白登防寨，但倉促間進軍，糧食攜帶有限，沒過幾天，劉邦的主力部隊就陷入了斷糧的困境。周邊的部隊完全遭到阻斷，更不用說運糧的後勤部隊了，劉邦主力部隊已處在被匈奴大軍團團包圍的境地之中。

冒頓圍困劉邦於白登山的故事，在《史記・高祖本紀》、《韓王信列傳》、《劉敬列傳》及《匈奴列傳》中均有記載。據《劉敬列傳》載：

「漢七年（西元前二〇〇年），韓王信反，高帝自往擊之。至晉陽（今山西太原西南晉源鎮），聞信與匈奴欲共擊漢，上大怒，使人使匈奴。匈奴匿其壯士肥牛馬，但見老弱及羸畜。使者十輩來，皆言匈奴可擊。上使劉敬復往使匈奴，還報曰：『兩國相擊，此宜夸矜見所長。今臣往，徒見羸瘠老弱，此必欲見短，伏奇兵以爭利。愚以爲匈奴不可擊也。』是時漢兵已踰句注（今山西朔縣東南），二十餘萬兵已業行。上怒，罵劉敬曰：『齊虜！以口舌得官，今迺妄言沮吾軍。』械繫敬廣武（山西原平北約百里）。遂往，至平城（今山西大同東北），匈奴果出奇兵圍高帝白登（山名，在今山西大同東北），七日然後得解。」

匈奴引誘劉邦深入白登，用的是強而示弱之計。這個計謀見《孫子兵法．計篇》，原作「能而示之不能」，爲著名的「詭道十二法」之一，意思是本來能打卻故意裝作不能打。明代兵書《百戰奇法》，對此計作了進一步的闡述，其〈強戰〉篇載：

「凡與敵戰，若我眾強，可僞示怯弱以誘之，敵必輕來與我戰，吾以銳卒擊之，其軍必敗。法曰：『能而示之不能。』」

這也就是說，強而示弱之計，是在我方強大而敵方弱小的情況下應當採用的計謀。強而示弱，至少有三個好處：一是使敵人誤認爲自己強大我方弱小而輕易出戰，不致於被我方的強大嚇得縮回去；二是使敵人因誤以爲自己強大、我方弱小而失去戒懼，驕傲輕敵，從而在事實上變得更加虛弱，不堪重擊；三是可以誘敵深入，使之陷入我方預先設置的埋伏之中，在最大的限度內予以敵人殲滅性打擊。在白登之戰中，匈奴兵力爲四十萬，漢軍號稱三十二萬，其實只有二十餘萬；匈奴兵全部爲騎兵，漢軍只有十萬爲騎兵，其餘爲步兵；匈奴兵生長在北方，精於騎射，能耐嚴寒，而漢軍生長在南方，步戰爲長，騎射爲短，且不習慣嚴寒氣候。所以，無論從哪個方面來看，匈奴都要遠比漢軍強大。當時冒頓如果不用強而示弱之計，而是直接與漢軍拚實力，即使能夠戰勝，至多也只能打成擊潰戰，而不可能將漢軍的前鋒部隊連同他們的皇帝及重要謀臣武將一下子全包圍在白登山上。

從另一方面講，強的一方之所以能使弱的一方上當中計，也與弱的一方盲目驕傲有密切關係。否則，此計也很難發揮作用。劉邦所以中了冒頓單于的強而示弱之計，關鍵在於他犯了數勝而驕的錯誤。在劉邦看來，強大如項羽，尚且敗在他的手裡，匈奴又算得了什麼？所以，他視劉敬的忠告爲沮軍之「妄言」，不僅置若罔聞，不加採納，且將劉敬繫於獄中，欲治其罪。這實際上再次驗證了驕兵必敗這一鐵的戰爭規律。

冒頓所運用這種故意示弱的計謀，在中國古代戰爭史上，舉不勝舉。這裡舉兩個最著名的例子，一個是孫臏減灶敗龐涓，一個是虞詡增灶敗羌軍。同樣利用灶這樣道具，一個減，一個卻增，收到的效果卻是一樣的。

魏國的龐涓率軍進攻韓國，齊國的田忌率軍去解救韓國，直奔大梁。龐涓聽說後，放棄韓國撲向田忌，可是齊國的軍隊已通過大梁向西而去了。孫臏對田忌說：「他們那三晉之兵，一向驍勇善戰而輕視齊國，但是善於用兵的人卻能因其勢而利導，將計就計。兵法上說，奔波百里而圖利的，上將顚仆；五十里而圖利者，軍半至。」使齊國的軍隊進入魏國，第一天做十萬個灶，第二天減爲五萬個灶，第三天減爲三萬個灶。龐涓追擊齊國軍隊三天後，大喜道：「我本來就知道齊國的軍隊膽小，進入我國土地三天，士卒已逃亡過半了。」於是龐涓丢下步軍，率精銳的輕騎兵兼程追趕齊軍。孫臏估測龐涓的行軍速度，傍晚應該到達馬陵。馬陵道路狹窄，而兩旁又多險阻，可以設伏兵，於是命士卒砍一棵大樹，砍出平面露白，上寫道：「龐涓死在此樹之下。」在馬陵道兩旁命令齊軍中善於射箭的士卒共一萬人，埋伏在馬陵道兩旁，等到傍晚見及火光始萬箭齊發。龐涓果在夜晚趕至馬陵道，來到那棵被砍的樹下，見樹上有白字，便鑽木取火點燃蠟燭照著，以便看清是什麼字。龐涓還沒讀完，齊兵萬箭齊發，魏軍大亂，以慘敗告終。龐涓自刎而死。

羌軍羌人進犯武都，朝廷任虞詡做武都太守，羌人率幾千人馬，在陳倉殽谷阻擋虞詡。虞詡所率之軍停車不前，揚言要上書朝廷請求派救兵來，救兵到才繼續向前進發。羌軍聽說後，便分出兵力去進攻別的縣。虞詡見羌人兵力已分散，便日夜趕路，連續行走了百餘里。虞詡命令士卒各做兩個灶，每天增加一倍，這樣羌人就不敢追擊了。有人問道：「孫臏減灶而你卻增灶，兵法上說，日行軍不超過三十里，而現在我們又走了二百里了，這是爲什麼？」虞詡說：「敵眾我寡，我軍若慢走，就容易被敵人追上；如果行軍速度快，敵人就不知道我們到底有多少兵。他們見到我軍的灶每天都在成倍增加，必然以爲郡中的兵來迎接我們，兵多行軍快，因此必然不敢繼續追擊我們。孫臏減灶，是故意向敵人顯示兵力弱，我今天增灶，是故意向敵人顯示強大，今天的情況與當年孫臏的情況不相同啊。」已經到了郡中，兵力不足三千，而羌軍多達萬人。羌軍圍困赤亭數十天。虞詡命令軍中將士，使用強弩的先不要動，而暗發小弩。羌人以爲虞詡軍中弓箭力量太弱，射不遠，合兵發起急攻。這時虞詡命所有強弩手，每二十人共同射一人，箭無虛發。羌人大爲震驚，退了下去。這時，虞詡率兵出城，奮力擊殺，羌軍死傷慘重。第二天，虞詡將所有將士列隊，命令全軍從東城門出來，從北城門進去；進城後，這些將士馬上另換衣服，來回走了好多回。羌軍不知道虞詡到底有多少兵馬，更加感到恐懼。虞詡料定羌軍一定會退去，便暗派五百多士卒，淺水設伏，等候在羌軍的退路，結果羌軍果然大舉退兵，這時伏兵衝殺過去，大敗羌軍。

強而示弱又弱而示強，虛虛實實又眞假難辨，這種虛實相濟的戰術，在現代戰爭中也經常運用到。

陳平解圍，計退匈奴

劉邦被匈奴四十萬大軍圍困在白登山，心裡十分後悔當初沒有聽劉敬的話，以致中了匈奴的誘敵計。正在又急又悔之際，擅長「陰謀」的陳平覲見劉邦，說他已經想出了退敵之計。陳平的退敵之計，是從三十六計之一的「圍魏救趙」中受到啓發的。

原來，遭圍之時日，隨著漢軍糧草越來越少，傷亡的將士不斷增加，劉邦急得像熱鍋上的螞蟻，坐立不安。跟隨劉邦的陳平無時不在苦思冥想著突圍之計。這天，他正在山上觀察敵營的動靜，看見山下敵軍中有一男一女指揮著匈奴兵，一打聽才知道這一男一女是匈奴王冒頓單于和他的夫人閼氏（漢時匈奴王嫡妻）。陳平靈機一動，從閼氏身上找到了解圍的突破口。陳平派一名使者，帶著金銀珠寶和一幅圖畫祕密地去見閼氏。使者送上厚禮又獻上一幅圖畫，上面畫的是一位嬌美無比的美女，使者聲稱是獻給匈奴王的中原女子。閼氏害怕丈夫得了這麼漂亮的女子後冷落自己，於是便勸說丈夫，即使奪得漢地亦不宜久居，不如賣個人情，將來和劉邦也好和睦相處。

匈奴王經過反覆考慮，終於同意了夫人的建議。後來，雙方的代表經過多次談判，達成了停戰協定。女人的威力往往在出其不意的地方顯示出來。大將軍在人前八面威風，可是回到家裡還是要聽老婆的。男人之所以要聽老婆的話，並沒有什麼原則可循，大概只是怕老婆吃醋，怕她嘮叨，怕她撒潑。抓住了男人的這個弱點，陳平運用「圍魏救趙」的戰略計謀，從匈奴王的老婆那兒入手，給她製造了威脅（送美女給匈奴王），迫使她去勸說丈夫撤兵。利用這個計謀，陳平不費一兵一卒就把匈奴王的包圍解除了，眞是妙不可言。

冒頓判斷敵我勢均力敵，劉邦天運尚在，不可擊，下令撤軍北還。劉邦碰到這次嚴重挫折，也無心再戰，只下令樊噲駐屯代地防範匈奴軍再度南侵，自己則率軍回朝了。回軍到廣武，劉邦立刻下令赦免劉敬。劉邦對劉敬致歉道：「不聽先生的話，果然在平城受困。」於是，劉邦封賞劉敬二千戶，爲關內侯，號稱建信侯。劉邦南還時，經過中山國的曲逆縣，見這裡山河明媚，不禁贊道：「這個地方眞壯麗，我到過天下不少地方，只有這裡可以和洛陽相比美！」爲感謝陳平奇計脫險的功勞，劉邦又封陳平爲曲逆侯，享有這裡所有的食邑。白登一役，漢軍究竟如何突圍脫險，史籍所載極爲簡略。據《史記·陳丞相世家》載，陳平「以護軍中尉從攻反者韓王信於代。卒至平城，爲匈奴所圍，七日不得食。高祖用陳平奇計，使單于閼氏，圍以得開。高帝既出，其計祕，世莫得聞」。

《史記·匈奴列傳》又載：「高帝先至平城，步兵未盡到，冒頓縱精兵四十萬騎圍高帝於白登，七日，漢兵中外不得相救餉。」「高帝乃使使閒，厚遺閼氏，閼氏乃謂冒頓曰：『兩主不相困。今得漢地，而單于終非能居之也。且漢王亦有神，單于察之。』冒頓與韓王信之將王黃、趙利期，而黃、利兵又不來，疑其與漢有謀，亦取閼氏之言。乃解圍之一角。於是高帝令士皆持滿傅矢外鄉，從解角直出，竟與大軍合，而冒頓遂引兵而去。」

從這些記載來看，劉邦當時的確是用了陳平的奇計才得以脫身，但陳平的奇計究竟是一條什麼樣的計謀，史籍中缺乏具體記載，只是說其「使閒（間）厚遺閼氏」而已。由此可知，上述所寫陳平以美人圖進呈匈奴閼氏，讓其向冒頓轉達漢欲獻美女求和的情節，當爲後人的杜撰。不過，這種虛構也並非毫無根據憑空道來的，而是借鑒了桓譚《新論》中的某些內容。據《新論》載：「或云：『陳平爲高帝解平城之圍，則言其事祕，世莫得而聞也。此以工妙踔善，故藏隱不傳焉。子能權知斯事否？』吾應之曰：『此策乃反薄陋拙惡，故隱而不泄。高帝見圍七日，而陳平往說閼氏，閼氏言於單于而出之，以是知其所用說之事矣。彼陳平必言漢有好麗美女，爲道其容貌天下無有，今困急，已馳使歸迎取，欲進與單于，單于見此人必大好愛之，愛之則閼氏日以遠疏，不如及其未到，令漢得脱去，去，亦不持女來矣。閼氏婦女，有妒媢之性，必憎惡而事去之。此說簡而要，及得其用，則欲使神怪，故隱匿不泄也。』劉子駿聞吾言乃立稱善焉。」此外，應劭的《漢書音義》也言及此事，內容與《新論》大體相同。

若照史籍記載來看，在白登一役中，陳平所用的計謀是比較簡單的，既談不上奇，也說不上祕，不過是常見的賄賂之術罷了。

用和親政策解決匈奴危機

劉邦親自出馬征剿匈奴失敗後，從前線回到洛陽，當即召見諸侯，共商抵抗匈奴大計。淮南王英布、梁王彭越、趙王張敖、楚王劉交等人都來了，但沒有人敢接下征剿匈奴這項重任，因爲誰都知道，匈奴實在是太強悍了，弄不好就要全軍覆沒。此時天下唯一能擊敗匈奴的，大概只有韓信了。

劉邦卻不願再度起用已被貶爲淮陰侯的韓信，起用韓信雖可以打敗匈奴，但如果韓信打敗匈奴後再調轉槍口對準劉邦的話，大漢王朝的末日也就不遠了。

見滿朝文武竟然沒有人能提出有效的防禦策略，劉邦突然想到了劉敬，於是馬上召見劉敬，詢問他有什麼辦法可以解決匈奴問題。劉敬對劉邦說：「天下剛剛統一，士卒需要長期的休息，才能蓄積起足夠的戰鬥力來對付匈奴，因此輕易使用武力將是很危險的。冒頓兇殘無比，連自己的父親都敢殺害，父親的妃子也都被他占爲己有。對這種人只能講實力，若向他曉以仁義之道，無異於對牛談琴。不過，我倒有一個計策，將可產生較長期的結果，只怕陛下不願採用！」

劉邦問：「有什麼好方法，不妨說來聽聽！」

劉敬回答：「陛下如捨得將皇后所生的長公主嫁給冒頓爲妻，再饋贈以重禮爲嫁奩，冒頓一定非常高興，並會立之爲閼氏。閼氏生下來的孩子，將成爲冒頓的繼承人。日後，經常送他些中原的名貴特產，讓冒頓放鬆警戒心，再教以中華的文化禮節，慢慢地，他們便可以被我們同化了。冒頓在的時候是陛下的女婿，死了以後更可以由陛下的孫子當單于，焉有外孫會和外祖父對抗的道理。這樣久而久之，不用戰爭也可使匈奴臣服於我們。依我對匈奴人的認識，如果陛下捨不得長公主，只肯以庶公主或宮女代替，冒頓會感覺不夠尊貴，而不肯親近。這樣，策略就無法成功了！」

劉邦聽了不禁擊掌叫好，唯此時魯元公主已許配給趙王張敖，雖未過門，但已經訂下了婚約，身爲皇帝怎好退親。爲了國家的安寧，劉邦最後還是決定退了趙王張敖的親事。呂后知道了這件事後，堅決反對，並日夜哭鬧，不肯讓魯元公主嫁到蠻荒之地受苦，劉邦拗不過呂后，只好作罷。事情到了這兒，便沒有辦法可想了。但劉邦畢竟善於謀劃，最後，他竟想出了一條妙計：從庶公主中（妃子所生的女兒），挑選了一位姿色和氣質較佳的，讓她假冒成長公主，由劉敬護送前往匈奴，和冒頓進行和親談判。因匈奴國度和漢朝相距遙遠，根本不可能見過深居宮中的長公主，所以這件事情很快便辦成了。

對於劉邦採納劉敬的和親之計，後世多有不同的評價。有人認爲，冒頓既然不知敬事自己的父親，怎麼會知道尊敬岳父呢？因此這樣的計策，實在不值得一提。丁晏也說，司馬遷「言婁敬之智，其言都關中及匈奴不可擊，具見碩畫，至請以公主妻單于，開千古和親之釁，此則罪之大者，匪直謀之不臧也」，認爲司馬遷只贊「其建都之安而不及他事，可云特識」。

其實，這些議論都有其偏頗之處。中國統一的專制政權建立之後，劉敬是第一個提出和親政策的人。從本意上講，他並非出於誠心，且未能從根本上解決漢匈之間的民族衝突，不能不說這一計策有其局限性，但似也不能因此將其全盤否定。

首先，這一計策是基於當時的實際情況提出來的，因而具有一定的現實性與合理性。漢初，匈奴正當崛起，其精銳騎兵三四十萬，勢力十分強大，漢政權由於連年戰爭的影響，經濟困頓，國力衰弱，根本不具備與之進行全面軍事對抗的能力。這時，要想穩定社會，發展經濟，就必須有一個相對和平的環境。所以，和親作爲一種權宜策略，不僅是需要的，也是必要的。

其次，這一計策在當時確是收到了一定成效。在漢匈和親之後的數十年中，匈奴未再大規模地騷擾西漢邊境，西漢王朝得以休養生息，發展生產，恢復國力。再次，和親之計在客觀上促成了漢民族與其他民族之間的文化交流，增進了民族之間的瞭解，在一定程度上避免了大規模戰爭對社會經濟文化的進一步破壞。從上述意義上講，和親之計是具有正面效果的。也正是由於上述原因，劉敬的和親之計自漢以後逐漸演變成了一種政策，在歷史上產生了重要而深遠的影響。

從謀略學的角度看，和親之計實爲透過聯姻辦法而對對手加以羈縻、籠絡的策略。這種策略多是由於對手過於強大，一時無法以武力將其打垮、出於不得已而採用的，故確如劉敬自己所說，也屬於不戰而屈人之兵的具體手段之一。

和親政策成功解決危機後，劉邦便將注意力轉移至南方。於是，劉邦派遣陸賈爲使節，以璽綬拜原秦國的南海尉趙佗爲南越王，並令其在南方管轄少數民族的百越人，南方遂告安定。

馬上得天下，不可馬上治之

這段時間，政治比較安定，一切沒事，勞碌慣了的劉邦卻生了場小病。心情鬱悶使他不想見人，常躺臥在禁中休息，並告訴侍從的太監，誰也不准進來。有時一連好幾天，也都不上朝，周勃、灌嬰等有事稟告，也不接見。樊噲聽到這種現象，立刻要求覲見劉邦。劉邦自然拒絕接見，樊噲直闖禁中，用手推開侍從直入，大臣們立刻跟隨其後進去，卻見劉邦正睡在一位宦官膝上。

樊噲等跪下流涕勸道：「昔日，陛下和臣等在豐、沛起義，逐定天下時，是何其雄壯啊！如今天下剛定，您怎就變得如此疲憊。而且陛下重病，微臣等多麼的擔心啊！陛下不願和臣等共計國家大事，卻寧可和一個宦者獨自在此嗎？陛下難道不見趙高亡秦之事乎？」劉邦不好意思，大笑而起，立刻上朝議事。

劉邦因自己帶頭疏於禮節，所以群臣在宮裡也就隨便起來，上朝時衣冠不整的、打呵欠的、響亮殿禮節。

放屁的臣子，隨處可見。蕭何每次見了都要皺眉頭，先前蕭何便把魯國儒者叔孫通請來，讓他規劃宮殿禮節。

在覲見劉邦時，叔孫通說：「儒者在進取方面的力量較不足，不合於亂世，卻頗有利於守成，對和平時期力量的凝結有很大幫助。蒙皇上准許，微臣將徵調魯國儒者，配合微臣的弟子們，共同來起擬朝廷禮儀。」劉邦打了個呵欠，懶洋洋地問：「這會不會太難啊？」叔孫通說：「五帝和夏商周三王在禮樂儀式上，都有很大不同，因時世和人情的需要，有簡單也有繁雜的，微臣認爲不妨採用較簡單的古禮，與秦國的禮儀參雜而成。」

劉邦說：「是可以試試看，但要盡量的簡單，要考慮我能夠做得到的啊！」叔孫通於是徵調魯國的儒者三十餘人，配合數位富於經驗的朝廷禮儀專家，再加上弟子百餘位，西入關中，先在野外設營寨，專門研究新訂的朝廷儀式。一個多月後，叔孫通便向劉邦報告說，可以先觀摩試演了。

劉邦看完後，也親自下場操練一番，便高興地對叔孫通說：「這個程度，我還可以接受。」說完下令所有官吏，同叔孫通共同操練學習。三個月後，正好是新年度開始，新建築的長樂宮也完成了，諸侯和群臣舉辦朝賀的儀式。

這正是試行新訂朝儀最好的機會。所有諸侯、大臣、將領都先在宮殿門外等待。

由宮廷的侍從人員，依照事先安排好的位置，依次序引入宮殿門，並分東、西兩邊朝列。郎中執戟侍衛，分陣排列，林立於廷中。他們全副武裝，並持兵器，旗幟鮮明，由殿門到皇帝主殿間，共有數百人，氣氛嚴肅。功臣、列侯、諸將軍、軍吏依次排於西方，面向東。文官由丞相率領，依官職高低排列於東邊，面向西。接著才宣告皇帝輦車出房，百官持職、傳警，引諸侯王以下至六百石官吏，依次序逐一奉賀。此時，每一個人都爲禮儀之莊嚴感到震恐不已。

朝禮畢，置酒宴，依禮節，不得飲至酒醉。諸侯百官坐殿上，先低頭敬禮，再仰頭行祝酒禮，依尊卑次序，一個接一個向皇帝敬酒並祝健康。

每人飲九杯後，侍從官便宣布罷酒。這時，御史舉法爲評判，如有動作不合禮法者，便喝令離去。君臣置酒終日，無人敢失禮嘩亂，與往常的鬧酒喧嘩完全不同。劉邦大爲感慨，當即說：「我到今天才眞正知道身爲皇帝的尊貴啊！」於是拜叔孫通爲奉常，掌宗廟儀禮，並賜金五百斤。

叔孫通曾事奉過二世皇帝，後投奔項梁，項梁死後歸項羽，劉邦攻入彭城後，投降劉邦。劉邦兵敗西歸時，叔孫通仍跟隨劉邦進入滎陽。叔孫通常著儒服，劉邦頗爲嫌厭，叔孫通便改穿楚制短衣。劉邦以其深悟變通之道，和一般儒生不同，因此特別喜歡他。

叔孫通有弟子百餘人，但他從未向劉邦舉薦，每有引進人員都是些做過強盜或勇武好戰之輩。弟子們因而在背後大發牢騷：「跟隨老師數年，如今好不容易在漢王手下工作，他卻又從不引薦弟子，專推薦一些不學無術的狡猾之輩，眞不知道這位老師是做什麼的？」叔孫通聽到了，一點也不生氣，他笑著說：「漢王現在正拚著命打天下，你們這些儒生眞的能爲他戰鬥嗎？我優先推薦的自然是那些能斬將刈旗的勇士了。你們其實也不用氣餒，稍有耐心等待些時刻吧！我是不會忘掉你們的。」

等到長樂宮的朝禮初演完畢後，叔孫通才向劉邦建言道：「諸弟子跟隨我很久了，對禮儀相當熟悉，這次儀典也有不少是他們共同設計的，願陛下賜予他們官職。」劉邦於是將所有儒生均封爲郎官，負責朝廷禮儀。叔孫通以劉邦所賜的五百斤金，盡分授諸儒生，儒生至此方對叔孫通大爲讚賞地說：「叔孫先生眞是聖人，能知當世之要務，是値得跟隨的大人物啊！」

西元前二〇〇年，在蕭何的主持下，劉邦在長安城興建未央宮。西元前一九八年，未央宮建成。未央宮在長安城西南隅，周邊長達二十八里，和東南的長樂宮並立。宮殿南向，但上書、奏事、謁見者均由北闕進入（闕是一種觀門，高三十丈），而且公車、司馬等皇帝御用交通工具亦停留在北闕附近，是以北闕成爲正門；只有東闕，可聯繫丞相府。北闕名爲玄武，東闕名爲蒼龍，都十分壯觀華麗。前殿（皇帝辦公位置）、武庫（武器儲存室）、太倉（糧儲存室）亦極豪華。

未央宮建了大半時，蕭何曾領著劉邦去參觀，劉邦看了埋怨蕭何：「連續數年的戰亂，臣民均陷入痛苦的生活中。爲何要花費這麼多錢財，來蓋這麼豪華的宮殿呢？」

蕭何從容答道：「就是因爲天下未定，皇權未穩，更需要以宮殿來象徵權威。天子是以四海爲家，統治權廣被天下，非如此壯麗無法代表其尊貴和力量。而且，皇帝的宮殿最好一次就把規模定好，以免後代還要增建。」劉邦聽了，也覺得有道理，才高高興興接受未央宮的規畫。爲了加強朝廷統理天下的能力，劉邦將中央政府的宰相蕭何提升爲相國，以象徵其地位及權力更高於各諸侯宰相。

未央宮建成後，劉邦置酒宴於前殿，親自舉杯向太上皇（劉太公）祝壽，並開玩笑說：「以前您老人家常以我爲無賴，不能治產業，將來一定不如二哥劉仲，今天看看我的事業和劉仲相比如何呢？」殿上群臣聽了，都忍不住笑了起來。劉邦也覺得好笑，想想自己從一個平民成長爲一代帝王，心裡感慨萬千。

廢立太子，理智戰勝情感

在劉邦晚年，最讓他感到苦惱的，除了匈奴威脅、異姓王叛變外，就數繼承人的問題了。

呂后所生的嫡長子劉盈，是合法繼承人，早在漢王時代便以之爲太子了。但劉盈生性仁慈軟弱，除了長相高大英俊外，一點也不像劉邦和呂雉。而劉邦的另一個兒子，即劉邦最寵愛的戚姬所生的如意，既聰慧又可愛，年紀雖小，卻頗爲懂事，反應又快。劉邦認爲如意比較像自己，便有心廢劉盈，改立如意爲太子。

雖然爲了讓自己的兒子能當上太子，戚姬也拉攏了不少支持如意的臣子，不過元老大臣都比較同情個性仁愛又沒犯大錯的劉盈，所以每次討論這件事情的時候，劉邦總是被孤立，使這件繼承人的大事遲遲未有進展。對廢立太子一事最擔心的莫過於劉盈生母呂后。長年的患難和孤獨使呂后變得相當地敏感而不安，對別人有極端不信任傾向；經常的忍耐，也將她磨練得堅強而好勝。如果太子劉盈被廢，自己未來的權勢將隨之而去，一生的心血也付諸東流。

很多人向呂后建議：張良深爲劉邦所信任，若能得到張良的支持，事情就好辦多了。呂后便讓其兄建成侯呂澤設法取得張良的幫助，恰好張良也十分反對廢立太子，他認爲一動不如一靜，任何人爲刻意的變化皆只會造成未來的混亂。於是，張良向呂澤建議道：「這件事，光靠講道理是說服不了皇上的，即使皇上覺得我的話再有道理，也不可能聽我的。然我有一個辦法，不用說任何話就能讓皇上改變主意，讓他不再提廢立太子的事。大家都知道，皇上一直想邀請四位高人爲其幕僚，但這四人年歲已大，皆以皇上爲人傲慢輕侮，所以相偕逃匿在山中，義不爲漢臣，雖然如此，皇上還是非常尊重這四位高人。現在你們倘能不吝金玉璧帛，請太子親自寫一封書信，用最謙卑的態度，準備最舒適的馬車，並派去最會講話的辯士來邀請這四位高人，我相信他們是會接受太子邀請的。如果他們能來，便聘之爲賓客，經常故意和他們一起上朝廷，讓皇上看到，皇上必會驚問如何請到這四位高人。只要皇上知道這四人已爲太子謀策，對太子便是最大的助益了。」

張良說到的這四位高人，由於年紀都非常大，有「商山四皓」之稱，分別爲東園公，姓庾字宣明，居園中，因以爲號；夏黃公，姓崔名廣，字少通，齊國人，隱居夏里修道，故號夏黃公；角里先生，河內軹人，吳太伯之後，姓周名術，字元道，號日角里先生；另一名綺里季，背景不詳。於是呂后命呂澤使人奉太子劉盈親筆書，卑辭厚禮去聘請此四人，四位果然接受，並住於呂澤家，作太子的賓客。

一次，劉邦又主動和大臣商議廢立太子之事，想取得群臣的支持。時任太子太傅的叔孫通，極力爲太子劉盈辯護說：「昔日，晉獻公以驪姬之故，廢太子申生，立奚齊，造成晉國混亂數十年，成爲天下笑話。秦始皇不早定扶蘇爲繼承人，讓趙高得以有機會詐立胡亥，造成亡國，此爲陛下所親見啊！今太子爲人仁孝，天下皆知也，這也是陛下和呂后辛苦教養的功勞，怎能輕易的背棄呢？陛下如果欲廢長立少，臣願先伏誅，以頭血汗此地。」

叔孫通慷慨陳辭，一副殺身成仁的模樣。劉邦見狀只好說：「老先生可以去休息了，我只是開個玩笑罷了，看把你急成這樣！」看到叔孫通欲捨命護主，群臣也頗感動，紛紛上言支持太子劉盈。

劉邦見群臣不支持趙王如意，只好暫時擱置此議。朝議罷，劉邦大宴群臣，太子劉盈也奉命陪侍。

劉邦突然看見在太子侍從的賓客席上，有四位看來皆八十餘歲的老翁，鬚眉皓白，衣冠甚偉，心裡似有所感，乃派人趨前請教四位老者的姓名，回答竟是東園公、角里先生、綺里季和夏黃公。

劉邦大驚道：「我曾派人尋求公等四人，您們都迴避不肯見面，現在爲何又成了我兒子的賓客呢？」四位老翁回答道：「陛下一向看不慣讀書人，常加謾罵，我等義不受辱，故而逃匿。但聽說太子爲人仁厚，恭敬愛士，天下讀書人無不延頸願爲太子效死，所以臣等才出來輔佐太子的啊！」

酒宴散後，劉邦回到後宮，立刻召見如意的母親戚姬，傷感地對她說：「我本來想廢立太子，但有此四老輔佐，可見太子羽翼已成，不容易更動了。」戚姬當場痛哭，劉邦也傷感不已。從此以後，劉邦就不在群臣面前談論廢立太子的事了，而繼續以劉盈爲太子。劉盈，即後來的漢惠帝。

張良教給呂后的計謀其實很簡單，那就是用事實說話。劉邦見「太子羽翼已成」，當然不會再想著要廢掉他了。

黃老之治，開創百年盛世

劉邦對儒生一向輕蔑，所以其身邊的儒生都不敢接近他。一次，儒生陸賈故意在劉邦面前談論詩書等雅致的話題，結果被劉邦臭罵了一通。劉邦說：「老子是在馬上得天下的，爲什麼要談論那些無聊的詩書呢？」陸賈於是便乘機說：「天下是可以在馬上得之，但能夠在馬上治理嗎？商湯、周武得天下是用武力，可也要用典章制度來守成。文武並用，才是長久之術。以前吳王夫差、智伯、秦始皇都是因過度依賴武力而導致滅亡的，如果秦朝在統一天下後，能夠效法先聖實行仁義，陛下安得有天下乎？」

劉邦聽了，也自覺不好意思，便說：「請試著爲我講一些秦所以失天下、我所以得天下，以及古今成敗的道理吧！」陸賈便簡單地記載此些存亡的關鍵原因，共有十二篇，每篇整理完後，便向劉邦奏上，劉邦都點頭稱許，左右同呼萬歲，並稱陸賈所整理出的奏篇爲《新語》。

陸賈的《新語》成爲西漢前期四朝統治指導思想的理論基礎，根據《新語》的思想，朝廷一改秦朝崇尚法家刑名之術的傳統，改爲以黃老學說作爲統治思想。「黃」，指傳說中的黃帝；「老」指道家思想鼻祖老子。黃老學說是戰國後期形成的一種以道家思想爲主、兼收百家學說的思想流派，陸賈的《新語》，就是以黃老學說爲基礎。黃老學說的核心，是主張不要「用刑太極」，要「文武並用」，並說這是「長久之術」，尚「無爲而治」。用現在的話說，就是不要過於迷信武力的鎮壓作用，而應該文治、武功並重，對政治上盡可能減少干預，對經濟上盡可能順其自然，這才是長治久安的治國之道。應該說，陸賈的思想符合當時的實際，從漢初近百年的實踐來看，基本上是正確的。陸賈提出的命題有重要意義，因爲它所涉及的，是一個時代的整體統治思想。統治思想是根本指導思想，一切具體的指導思想都要從中產生。統治思想不明確，治國安邦就沒有方向。漢朝之所以能避免秦朝的短命下場，與陸賈提出選擇正確統治思想的命題，存有密切關係。

這樣，「黃老」、無爲、清靜、薄賦、除苛等一連串施政措施，在漢初實行了近百年。在一連串措施下，糧倉慢慢充盈了，府庫漸漸殷實了；「文景之治」的富足令人回味，令人陶醉。無爲和放任，當然也有不盡人意之處，人們已覺察諸侯王的劍拔弩張，感到富豪們武斷於鄉里，看到匈奴人的騷擾。然而，這一切和強大起來的綜合國力相比，又算得上什麼呢？

蕭規曹隨，選好身後接班人

對晚年的劉邦而言，盧綰的造反，是他最痛心的一件事。幾個異姓王，相繼造反，也相繼被劉邦或以武力、或以計謀除掉了。但在劉邦想來，任何人都可以造反，就是盧綰絕對不可以。誰都知道，劉邦和盧綰是同年同月同日同鄉裡生的超級摯友，如果連盧綰這樣的生死至交都造了反，那麼劉邦的失敗就什麼話也說不出來了。

盧綰造反，對劉邦來說眞是致命的打擊。據說，當別人把盧綰造反的消息稟報給劉邦時，劉邦一句話也沒有說，對這件事保持了一種絕對沉默的姿態。

因盧綰事件，劉邦的病情越來越糟。在征討英布時，劉邦曾親自到前線，被流矢所中。盧綰造反事件使其舊疾復發，讓他病情終於惡化到了難以醫治的地步。

御醫冒著掉腦袋的危險悄悄告訴呂后，劉邦的病沒治了。呂后不死心，還是到處探訪良醫，經人推薦，呂后召來一位治療金瘡頗有名氣的醫師，他替劉邦診斷後表示還可以治，呂后也立刻把這個好消息轉告劉邦。劉邦卻罵道：「江湖郎中，我以平民身分靠三尺寶劍而取天下，這都是天命啊！如今我天命已盡，就算扁鵲再生也沒有救了！」於是不准此醫師治病，賜金五十斤，讓他離去。

呂后見劉邦這樣，也不好強求，便問道：「陛下百年以後，蕭相國年歲也已大了，他死後，可由誰代爲相國？」

劉邦說：「蕭何之後，可用曹參！」

呂后又問：「曹參之後呢？」

劉邦說：「曹參之後，可用王陵。只是王陵這個人較憨直，可用陳平作其副手。陳平足智多謀，但意志不夠堅定，難以單獨負責。周勃個性堅強，文采上則較弱，不過可用之爲一股安定的力量，命之爲太尉（最高軍政長官）。」

呂后再問：「接下來呢？」

劉邦笑道：「接下來的事，妳也不用知道了。」

這是劉邦最後的遺言，也是他在《史記》上留下來最誠摯也最有遠見的話。

從這些遺言中，可以發現劉邦其實是大智若愚，他對每位部屬觀察得細緻入微，分析上也很有道理。這或許便是韓信所說的，劉邦善於將將的天才吧。

劉邦去世後的這段期間，是新建之漢王朝生死存亡的最關鍵時刻。他去世時，繼任的劉盈是位不到二十歲、個性溫和軟弱的人，難怪身爲母親的呂后要大爲緊張，甚至準備動用御林軍襲擊建國諸功臣將領的軍團以求自保，其內心的強烈不安表露無遺。如果不是審食其和酈商的勸諫，大漢王朝很可能會引發一場內部相互殘殺的大混亂。

悲劇雖然沒有發生，危機卻並未消失。呂后對內必須和劉邦寵愛的戚夫人和趙王如意對抗，以穩固自己的地位；對外則必須和新建立的劉氏諸侯相抗爭。這些非己出的兒子，也一一成爲自己的潛在敵人。爲了加強自己的力量，呂后只能相信呂氏的兄弟和親自己的大臣，和這些享有軍權和地位的元老重臣間，關係也變得尷尬而緊張。不論哪一步，稍微不小心，都可能引發武裝衝突，使這個新建的漢王朝陷入分崩離析的地步。

就在這樣一個特殊的歷史環境下，劉邦以他深不可測的眼光，選擇了負責掌握國家大舵的前後兩位宰相——蕭何和曹參，成功地演出了歷史上有名的「蕭規曹隨」大戲。「蕭規曹隨」的決策，不但讓大漢王朝度過了空前大危機，更爲中國歷史上最清明的文景之治以及最雄偉的漢武帝國際化大政策，奠下了良好的基礎。劉邦去世後，政治立刻陷入動蕩不安之中。這些動蕩都是不可避免的，可以說是歷史的必然。

繼任的皇帝年少軟弱，呂后又殘忍擅權，新成立的漢王朝立刻陷入風雨飄搖中。這段期間，日子最難過的是相國蕭何，他一方面要用盡各種方法，阻止呂后過分傷害劉氏政權，避免呂氏勢力擴大；一方面又要疏導功臣們對呂后的不滿，避免強烈內爭，造成王朝崩潰。

蕭何個性溫和審慎，加上在關中地區聲望甚高，呂后再強悍，於朝廷政事上仍不得不尊重蕭何。呂氏一黨雖受呂后支持及指使而全力奪權，但在蕭何的掌舵下，擴張程度尚有限。可是兩年下來，年老的蕭何健康情形更壞了，憂煩過度使他看來比實際年齡老了十多歲。劉盈也深知蕭何的重要性，因此在蕭何病情惡化後，親自到相國府請教後事。劉盈開口問：「君相百歲以後，有誰可以繼任您的職位？」蕭何答：「知臣莫如主啊！」劉盈問：「曹參如何？」蕭何說：「陛下得到勝任的人才，臣雖死也無遺憾了！」

其實，曹參接續蕭何的職務，早在劉邦的遺言中已確定。只要蕭何去世時，曹參仍在，便具有合法的繼承權，又何必劉盈和蕭何再作確定呢？

可見這時候呂后一黨的奪權意向已很高，如不再強化曹參的合法性，仍有可能產生變故。一個是皇帝，一個是現任相國，雙方決定的事，在法律上和習俗禮節上自然不用向呂后報備了。隔月，蕭何便去世了。蕭何對漢皇朝最大的貢獻應數內政、財政和經濟方面，他將創業時期必有的財務困難，作了甚有前瞻性的安排。初入關中時，搶到秦國文書紀錄，讓他得以正確掌握全國的生產實力及分布狀況，在開源和節流的合理規畫下，漢王朝初期的財務處理是非常成功的。但蕭何本人並不富有，除了英布造反時，爲降低自己在關中的聲望曾故意強購民產外，他在理財上可謂保守。他每購置田產必找窮鄉僻壤的劣地，以免傷及農人的生產力，可雖然規劃興建豪華宮室，自己家卻窄小簡陋，一點也不像相國府。

很多人勸他至少要爲子孫準備點像樣的家產。蕭何卻笑著說：「我的後世若賢能，必能師法我的儉樸；後世若不賢，也不會有太多家產被人奪走。」再回過頭來談談蕭何。功勞第一，食邑最多，但蕭何終其一生，恭儉勤勞，從未放任享受，輕賦薄稅，藏富於民，漢皇朝日後的富強，蕭何所培養的廉潔風氣貢獻最大。

劉邦選定的蕭何接班人曹參，是個勇猛的大將，常在前線指揮，因此據說他全身受創達七十餘處。在論功行賞時，曹參功勞僅次於蕭何，排名第二。

其實更重要的是，在朝廷大臣和將領眼中，曹參功勞更甚於蕭何。在封爵時，曹參不但最早被封，且食邑萬戶，高於蕭何起初的八千戶。張良雖也封爲萬戶，但時間仍在曹參之後。如果不是劉邦以全方位精神，判定蕭何功勞第一，再追加兩千戶食邑，曹參卓越的軍功和勇猛的表現，在大家眼中仍是第一。

不過這件事卻也造成曹參和蕭何的心結，從建國後到蕭何去世的八年多內，雙方似乎沒有什麼交往，劉邦甚至還刻意將曹參調往東方的齊國爲相國。

雖然如此，劉邦晚年的兩大軍事戰役——討平陳豨和英布的戰爭中，劉邦仍徵召曹參率齊國軍隊過來馳援。可見劉邦對曹參在軍事上的依賴，猶高於身旁的大將周勃、樊噲和灌嬰。據《史記》記載，曹參的功勞計有攻陷諸侯國二個、郡縣多達一百二十餘個。俘虜的績效，則包括諸侯王兩名，宰相三人，將軍六人，大莫敖（楚國之上卿）、郡守、司馬、侯、御史各一人。但在奉命爲齊王劉肥的宰相（惠帝元年，廢諸侯相國法，相國改稱宰相）後曹參在作風上卻有一百八十度大轉變。他一反軍人的強勢作風，改採審愼弱勢的黃老之治，一切順其自然，不做刻意努力去追求政治績效。這是十分不容易，也是非常了不起的改變。

由於劉肥年歲尚輕，曹參便召集齊國的長老和儒生，開會討論如何讓一向複雜又動亂頻頻的齊國能返璞歸眞，讓百姓生活能安定富足。各家各派的齊國學者提出了各種派別的看法，爭辯紛紛，莫衷一是，這讓曹參深感無法下適當的決定。後來，他聽人推薦在膠西有位叫做蓋公的老先生，深諳黃老治術，立刻託人以重金厚禮前往聘請。蓋公也很爽快地答應曹參的邀請，見面後蓋公告訴曹參，治道應該清靜無爲、順應自然，相信人民自己處理的能力，則政治自然會趨於安定。

曹參聽了，頓然領悟，立刻令人空出正堂給蓋公居住，以便能不斷向他請教。此後，曹參在齊國的施政，均以黃老治術的原則行之，安定養民、與民休息，不求自己績效，但求民生安定富足。九年之內，齊國安定繁榮，曹參被公認爲管仲及晏子以後的齊國第一賢相。曹參在這段期間，也學會透視和洞悉世事的高度智慧。蕭何去世的消息傳開，曹參立刻要求舍人進行西入長安的準備，並著手移交齊國丞相的職務。

旁人問其故，曹參沉靜地表示：「我將入京爲相國，應早準備以免倉皇失措。」果然不久，曹參便接到漢惠帝劉盈的詔書，令他火速趕往長安，擔任丞相。曹參交代繼任的齊國宰相道：「全力照顧好齊國獄政和市場的幫派行爲，只要這方面管理得好，齊國大概也沒有什麼事了。切勿以自己的績效干擾人民的生活。」

後繼齊相問道：「獄政和市場幫派？難道沒有比這方面更重要的政務嗎？」

曹參回答說：「倒不是這樣。齊國的社會組織非常複雜，人民利害間的相異性頗大。監獄及市場幫派，是相容並蓄複雜勢力最重要的地方，接納他們才能加以有效管理。如果一味強力壓制式掃黑，反使這股勢力到處流竄，奸人無容納之地，勢必造成社會的普遍汙染和腐敗，所以我認爲這兩件事情最重要。其餘的治術，人民自己會處理，不用你去擔心！」

曹參接任後，萬事無所變更，依樣畫葫蘆，完全仿照蕭何時代的規畫行事。這樣就省心多了，蕭何早已畫下的圈圈，曹參在那個圈圈裡待著便行了。閒著沒事時，還可以唱唱歌來跳跳舞，悠哉遊哉！曹參從各郡中，選出有治理地方實際行政經驗，性格木訥且拙於文辭、處世待人厚重、個性穩定有耐心的官吏，將他們提拔爲丞相府官員，而對於那些追求自我聲望、急於表現以突顯自我、辯才無礙、富有煽動性的官員，則對他們痛加斥責，絕不予重用。爲了讓自己變得無所作爲，曹參日夜飲酒，拒絕處理太多的事情。由於呂后專政，呂氏人馬整天忙著搶班奪權，行政和制度變更的速度極快，對此曹參一律不予理睬，因此他辦公桌上積壓的文件數量驚人。

很多官員見曹參什麼事都不做，到丞相府求覲見，主動要和他商談公事。曹參便招待他們喝酒，讓大家都沒有說話的機會，只要有人想說話，曹參便以「喝，要不要再來一杯」加以阻止，直到把對方灌醉，什麼話也說不出來爲止。

所謂「上梁不正底梁歪」，時間長了，大家也漸漸習慣了這種爲官作風。見到這種情形，曹參高興得嘴都咧歪了。漢惠帝劉盈知道這種現象後，不好意思直接指責戰功卓著的開國元勛，便把曹參的兒子召到宮中，對他抱怨說：「你的父親大概欺負我年少無知，所以才會如此的荒唐吧！你回去對他說：『高皇帝棄群臣而歸天，當今皇上年紀尚小，您身為相國，整天喝酒唱歌，無所事事，如此作為怎能成為天下臣民的領導者呢？』但不要說是我講的，看看他有什麼反應。」

曹參的兒子回家後，就把皇上的話極為委婉地向曹參說了一下，想不到曹參卻大怒道：「你這臭小子，天下大事，大而無邊，豈是你能懂得的，你給我滾！」說著，好像是真的動怒了，狠狠地打了兒子一頓。漢惠帝聽說後更加氣憤，再也忍不住了，立刻召見曹參，責問道：「你知道嗎，你兒子說的話，是我的意思。你這不等於是在罵我嗎？」

曹參說：「我所以什麼事都不做，顯得碌碌無為的樣子，是有道理的。」

漢惠帝說：「有什麼道理，你倒說說讓我聽聽。」

曹參問：「陛下在聖明英武方面，比先帝如何？」

漢惠帝說：「我哪敢和先皇帝相比。」

曹參又問：「那麼，陛下認為我和蕭相國，誰更賢能？」

漢惠帝說：「你當然不如蕭何，蕭何在的時候，哪裡像你這個樣子，整天什麼事都不做。」

曹參笑著說：「陛下說得對極了，我們是都不如他們，如今高皇帝和蕭相國平定天下所訂的法令已經夠清楚了，陛下只要垂拱而治，我也只要謹守職位，遵守既定的法令，不就可以了嗎？」

漢惠帝恍然大悟，便說：「我明白了，原來是這麼一回事！」

據《史記‧曹相國世家》所載：「曹參為漢皇朝相國，先後三年，死於任內……百姓歌頌道：

『蕭何制定法律規章，統合整體行政作業，曹參接續其職務，審愼保守制度精神，毫不修改，主政務在清靜無爲，讓百姓有一段安靜日子好過。』」另載說：「百姓在經歷秦朝繁苛嚴酷的政治後，曹參以清靜無爲與民休息，故天下俱稱其美焉！」可見，曹參採取清靜無爲的治國策略，正是其有爲之處。

威加海內兮歸故鄉

西元前一九六年七月，淮南王英布起兵叛漢，劉邦抱病親征，重病在身的張良勉強起身，爲劉邦輔佐太子。劉邦率大軍到達蘄西，在庸城駐紮，與駐紮在蘄縣的英布對峙，劉邦親冒矢石於前線鼓舞士氣。英布被擊潰後，渡過淮河往南逃走，劉邦命灌嬰率騎兵在後追擊，英布和百餘騎殘兵急速逃往江南。不久，英布在逃亡途中被亂民所殺。

在親征英布的戰役中，劉邦爲流矢所傷，仍忍著傷痛隨軍撤回關中。班師途中，經過家鄉沛縣，劉邦便召集沛郡故人、父老子弟舉行酒宴。

劉邦親自擊筑，慷慨高歌：

大風起兮雲飛揚
威加海內兮歸故鄉
安得猛士兮守四方

歌畢，劉邦乘興起舞，沛縣父老子弟也起而共舞。

劉邦深受感動，不禁傷懷落淚。酒宴結束後，劉邦召見沛縣父老，感慨地說：「流浪在外的人，每個人都會有懷念故鄉的悲情，我雖定都於關中，但即使死了以後，我的魂魄仍樂意回到故鄉沛縣來。況且我開始便是以『沛公』之名起義誅暴逆而有天下的啊！因此我決定回饋故鄉，特別恩賜沛縣所有的居民永遠不必繳交賦稅。」沛縣父老興奮異常，舉辦酒宴慶祝，十餘日不停。劉邦離開家鄉時，沛縣全縣民眾皆殺牛獻羊前來相送，盛情難卻之餘，劉邦遂又多待了幾天。

在這幾天裡，沛縣父老向劉邦請願：「沛縣承蒙恩復（免除賦稅），卻未見恩及陛下的出生地豐縣，希望陛下哀憐，比照沛縣。」劉邦說：「豐縣是我出生及長大的地方，我怎會忘掉他們，只是當年他們協助雍齒背叛我投向魏國的事，我也還未忘掉啊！」沛縣父老一再苦求，劉邦只好答應，豐縣也比照沛縣給予恩復。

劉邦回到長安不久，即崩逝於長樂宮。群臣以劉邦起於微細，撥亂世反之正，平定天下，功最高，而謚為漢太祖，尊號為高皇帝，世稱漢高祖。

蓋棺定論，司馬光在其《資治通鑑》中，最後評價劉邦道：「漢高祖劉邦不修文學，可是個性豁達、敏銳、好智謀，能傾聽別人的意見。他不講排場，對卑賤職位者親切以待，自監門、戍卒，無不見之如舊。初入關中時，曾與父老約法三章，以最簡約、寬容的法律來作統轄。天下既定後，他命蕭何整理修改秦法，制定律令九章，由張良、韓信修軍法，張蒼定歷數章程，叔孫通定禮儀，又與功臣們行白馬盟誓，作以丹書及鐵契，藏之於石室、金匱、宗廟中，雖然政權結構尚稱粗淺，但在無前例可循的情形下，其眼光和規模仍稱得上相當宏遠……」

國家圖書館出版品預行編目資料

霸業崛起的大謀略家—劉邦／李偉編著．
—— 二版．——臺中市　：好讀，2012.04
面：　公分，——（九九方略；05）

ISBN 978-986-178-229-4（平裝）

1.（漢）劉邦 2. 傳記 3. 謀略

856.9　　101000171

好讀出版

九九方略 05

霸業崛起的大謀略家—劉邦

編　　著／李偉
總 編 輯／鄧茵茵
文字編輯／林碧瑩
美術編輯／鄭年亨
行銷企畫／陳昶文
發 行 所／好讀出版有限公司
台中市 407 西屯區何厝里 19 鄰大有街 13 號
TEL:04-23157795　FAX:04-23144188
http://howdo.morningstar.com.tw
（如對本書編輯或內容有意見，請來電或上網告訴我們）
法律顧問／甘龍強律師
承製／知己圖書股份有限公司　TEL:04-23581803

總經銷／知己圖書股份有限公司
http://www.morningstar.com.tw
e-mail:service@morningstar.com.tw
郵政劃撥：15060393 知己圖書股份有限公司
台北公司：台北市 106 羅斯福路二段 95 號 4 樓之 3
TEL:02-23672044　FAX:02-23635741
台中公司：台中市 407 工業區 30 路 1 號
TEL:04-23595820　FAX:04-23597123

初版／西元 2001 年 10 月 1 日
二版／西元 2012 年 4 月 15 日
定價：200 元
如有破損或裝訂錯誤，請寄回知己圖書更換

Published by How-Do Publishing Co., Ltd.
2012 Printed in Taiwan

ISBN 978-986-178-229-4

讀者回函

只要寄回本回函，就能不定時收到晨星出版集團最新電子報及相關優惠活動訊息，並有機會參加抽獎，獲得贈書。因此有電子信箱的讀者，千萬別吝於寫上你的信箱地址

書名：霸業崛起的大謀略家一劉邦

姓名：__________ 性別：□男 □女 生日：____年____月____日

教育程度：____________

職業：□學生 □教師 □一般職員 □企業主管

□家庭主婦 □自由業 □醫護 □軍警 □其他__________

電子郵件信箱（e-mail）：__________ 電話：__________

聯絡地址：□□□ ____________________

你怎麼發現這本書的？

□書店 □網路書店（哪一個？）__________ □朋友推薦 □學校選書

□報章雜誌報導 □其他__________

買這本書的原因是：__________

□內容題材深得我心 □價格便宜 □封面與內頁設計很優 □其他______

你對這本書還有其他意見嗎？請通通告訴我們：

____

你買過幾本好讀的書？（不包括現在這一本）

□沒買過 □ 1 ～ 5 本 □ 6 ～ 10 本 □ 11 ～ 20 本 □太多了

你希望能如何得到更多好讀的出版訊息？

□常寄電子報 □網站常常更新 □常在報章雜誌上看到好讀新書消息

□我有更棒的想法__________

最後請推薦五個閱讀同好的姓名與 E-mail，讓他們也能收到好讀的近期書訊：

1. __________

2. __________

3. __________

4. __________

5. __________

我們確實接收到你對好讀的心意了，再次感謝你抽空填寫這份回函

請有空時上網或來信與我們交換意見，好讀出版有限公司編輯部同仁感謝你！

好讀的部落格：http://howdo.morningstar.com.tw/

請填妥後對折黏貼，直接投郵即可，無須貼郵票。

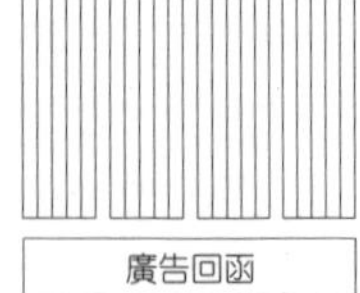

廣告回函
台灣中區郵政管理局
登記證第 3877 號
免貼郵票

好讀出版有限公司　編輯部收

407 台中市西屯區何厝里大有街 13 號

電話：04-23157795-6　傳眞：04-23144188

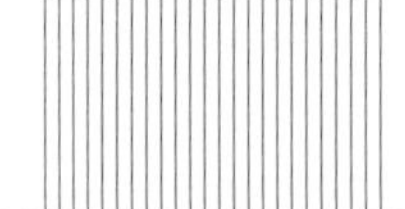

沿虛線對折

購買好讀出版書籍的方法：

一、先請你上晨星網路書店http://www.morningstar.com.tw檢索書目或直接在網上購買

二、以郵政劃撥購書：帳號15060393 戶名：知己圖書股份有限公司並在通信欄中註明你想買的書名與數量

三、大量訂購者可直接以客服專線洽詢，有專人爲您服務：客服專線：04-23595819轉230 傳眞：04-23597123

四、客服信箱：service@morningstar.com.tw